W0297521

DROEMER

1.

EVELYN, 1959

An jenem frühsommerlichen Maimorgen sieht Evelyn Friedrichs Opel Admiral über den schmalen, ungeteerten Zufahrtsweg davonrollen, sieht sein winziges Blinklicht flackern, bevor er in die Landstraße einbiegt. Dann ist er fort.

Es ist das erste Mal, dass sie allein ist, seit … Seit wann genau? Sie weiß es nicht mehr. Es muss mindestens zwei oder drei Jahre her sein.

Eine Weile steht sie da, als gäbe es noch irgendetwas zu sehen. Doch da ist nichts. Nichts jedenfalls, was sonst nicht auch da wäre: die Zufahrt, auf die sich der aufgewirbelte Staub langsam wieder herabsenkt, die ungemähte Wiese mit dem einsamen Apfelbaum daneben. Margeriten, Mohn, Schafgarbe und Wilde Möhre tummeln sich hier und werden zum Bachlauf hin von einem breiten Saum wild wuchernder Brennnesseln abgelöst. Gegenüber dem Weg die Brombeerhecke, die von Jahr zu Jahr mächtiger wird, weil ihr niemand zu Leibe rückt. Bei Sonnenuntergang fallen hier Schwärme von Staren ein, um sich mit lautem Getöse vom Tag zu verabschieden.

Hinter den Brombeeren die Gruppe schlanker, schnell aufgeschossener Ahornbäume mit ihrem fingrigen Blattgrün, durch das glimmernd das Morgenlicht bricht. Eigentlich mag sie all das. Eigentlich hat sie nie etwas anderes gewollt. Eigentlich.

Evelyn atmet tief durch. Das Atmen fühlt sich leicht an, wie eine Befreiung. Für einen Moment schließt sie die Augen, öffnet sie wieder, geht dann zurück ins Haus. Noch immer spürt sie dieses leise Kribbeln, als erwarteten sie allerlei köstliche Geheimnisse. Aber falls es sie gibt, so kennt sie sie nicht.

Sie erledigt den Abwasch vom Frühstück, macht die Betten, schafft im Kinderzimmer Ordnung, hebt seufzend ein schwarzes, noch unbeschriebenes Heft vom Boden auf, das sich jetzt vermutlich im Schulranzen ihrer Tochter Martha befinden sollte, hockt sich dann zu ihrem kleinen Sohn Kai und stapelt Türme aus Bauklötzen, die dieser wonnevoll einstürzen lässt.

Sie räumt die Bauklötze fort, schält Kartoffeln fürs Mittagessen, bettet Kai zum Mittagsschlaf und ist gerade auf dem Weg nach draußen, um einen Korb Wäsche zum Trocknen aufzuhängen, als sie einen Mann auf einem Damenfahrrad in den Hof einbiegen sieht.

»Einen schönen guten Tag!« Der Fremde hebt kurz die Hand zum Gruß, bremst dann ab und kommt vor den Stufen des Hauses zum Stehen. »Prima Wetter heute.« Evelyn sagt nichts darauf, beäugt ihn nur misstrauisch. Wahrscheinlich will er betteln. Oder ihr irgendetwas verkaufen. »Sind Sie Frau Wagner?« Er blinzelt gegen die Sonne an.

»Ja, bin ich. Was kann ich für Sie tun?«

»Ich würde gern Ihren Mann sprechen.«

»Der ist nicht da.«

»Oh! Wann kommt er denn wieder?«

»Das kann ich Ihnen nicht sagen.«

»Können Sie nicht oder wollen Sie nicht?«

»Wie?«

»Entschuldigung, das war nur ein dummer Scherz.« Der Fremde lacht gutmütig. »Ich werde ein andermal wiederkommen. Dann habe ich hoffentlich mehr Glück.« Er tippt sich an den nicht vorhandenen Hut, wendet sein Rad und tritt in die Pedale.

»Hey, warten Sie!«, ruft sie ihm nach. »Was wollen Sie denn von ihm?« Der Fremde bremst wieder ab, wendet sein Rad, rollt bis vor die Stufen zurück, schaut abermals zu ihr auf. »Mein Name ist Schulte. Jonas Schulte. Aber alle nennen mich Jonny. Hubert Zaley schickt mich. Er sagte mir, hier gäbe es vielleicht Arbeit.«

»Zaley also.« Sie nickt nachdenklich und mustert den jungen Mann genauer. Er hat ein offenes Gesicht, nicht unsympathisch. Wache Augen. Ein sehr einnehmendes Lächeln. Jetzt kommt er ihr auch nicht mehr ganz so unbekannt vor, sie ist fast sicher, ihn schon ein- oder zweimal im Ort gesehen zu haben.

Jonny Schulte nimmt die Hände vom Lenker, wischt sich den Schweiß von der Stirn. Die kurzen Hemdsärmel geben den Blick auf seine bloßen Unterarme frei. Sie sind sehnig und nahezu unbehaart. Auch er mustert sie jetzt, kaum merklich zwar, aber ihr entgeht das nicht. Sie schaut kurz auf ihre Füße herab. Sie ist barfuß und trägt keine Strümpfe. Wozu auch? Mit Besuch war ja nicht zu rechnen.

»Ganz schön heiß heute.« Ihre Blicke treffen sich, und er lächelt eine Spur verlegen.

»Kann gut sein, dass mein Mann gleich zurück ist«, behauptet Evelyn und deutet mit dem Kinn in Richtung Haustür. »Kommen Sie rein!«

»Ich habe sechs Monate lang bei Zaley gearbeitet«, erzählt der Mann. Er sitzt am Küchentisch, auf dem Stuhl mit der hohen Lehne, den sie ihm angeboten hat. Sie steht nahe der Tür, eine Schulter gegen die Wand gelehnt. »Zaley sagte, Sie können ihn anrufen.« Er kramt einen Zettel aus seiner Brusttasche, faltet ihn auseinander, schiebt ihn über die

Tischplatte. Ein Abriss aus einem Tageskalender. *Treue im Kleinsten macht die Treue dir leicht im Größten*, liest sie flüchtig. Dazu eine schräg übers Blatt gekritzelte Telefonnummer. »Zaley will aufhören, wie Sie vielleicht wissen. Ist ja nicht mehr der Jüngste«, sagt dieser Jonny Schulte jetzt. »Leider kann ich seinen Laden nicht übernehmen, dazu fehlt mir das Geld. Aber er war immer zufrieden mit meiner Arbeit. Deshalb hat er mir geraten, mich an Ihren Gatten zu wenden. Der macht ja nicht nur Landmaschinen, sondern auch Pkws.«

»Wir machen alles«, entgegnet sie kühl.

»Im Automobil liegt die Zukunft.« Jonny Schulte grinst breit.

»Ich bezweifle, dass hier die Zukunft liegt«, entfährt es ihr. Wie kann sie so unüberlegt daherreden?

»War nur ein Witz«, beeilt sie sich zu sagen. Sie löst sich von der Wand, greift nach ihren Zigaretten, die auf der Anrichte liegen, klopft eine aus der Packung, hält ihm die Schachtel hin.

»Nein danke, ich rauche nicht.« Er hebt abwehrend die Hände.

Sie zuckt die Achseln, zündet sich selbst eine an, nimmt einen Zug, stößt den Rauch durch die Nase aus. »Selten heutzutage, dass ein Mann nicht raucht. Aber Ihrer Frau wird's gefallen. Ist billiger.«

»Ich bekomme Kopfschmerzen davon«, erwidert er. »Und eine Frau, die sich darüber freuen würde, habe ich auch nicht.«

»Über Ihre Kopfschmerzen?« Evelyn muss lachen, laut lachen sogar, und er lacht nun auch.

Sie haben Hilfe nötig, das ist offensichtlich. Friedrich benötigt Hilfe. Zumindest für ein paar Tage. Dieser Jonny Schulte könnte ihre Rettung sein.

»Möglicherweise brauchen wir tatsächlich jemanden«, räumt sie wie beiläufig ein. »Aber das müssten Sie mit meinem Mann besprechen.«

»Natürlich.«

»Es wäre auch nur vorübergehend.«

»Kein Problem. Ich wollte hier nicht festwachsen.« Wieder dieses Lächeln, wieder treffen sich ihre Blicke. Dann Stille. Die Wanduhr tickt. Eine Fliege löst sich von der Decke und fliegt surrend durch den Raum.

»Ich komme gern noch einmal vorbei, wenn Ihr Mann wieder da ist«, sagt Jonny Schulte schließlich, schiebt seinen Stuhl zurück und steht auf.

»Mein Mann kommt nicht zurück«, entgegnet sie, den Blick auf die rote Glut ihrer Zigarette gerichtet. »Zumindest nicht heute oder morgen. Er ist verreist«, sagt sie und schiebt sicherheitshalber nach: »... aus beruflichen Gründen.« Ihr unverhoffter Gast sagt nichts darauf. »Wir haben Kinder«, ergänzt sie, wieder aufschauend. »Deshalb bin ich nicht mitgefahren. Jemand muss sich ja kümmern.«

»Ja, natürlich.« Jonny Schulte nickt milde lächelnd. Da ist etwas Weiches an ihm. Etwas Einfühlsames, geradezu Weibliches. Eine Art Verletzlichkeit.

»Schon ein komischer Zufall, dass Zaley Sie ausgerechnet jetzt schickt.«

»Kein Zufall«, räumt Jonny freimütig ein. »Er wusste, dass Ihr Mann zu tun hat.« Hat die Sache also bereits die Runde gemacht.

»Ein paar Tage könnten wir natürlich schon überbrücken«, behauptet sie mit gespielter Gleichmut. »Aber wozu Aufträge verlieren?« Sie zwinkert ihrem Gast komplizenhaft zu. »Viel zahlen können wir allerdings nicht. Was Sie verdienen, hängt davon ab, was reinkommt. Ein besseres Geschäft kann ich Ihnen im Moment nicht anbieten.« Sie drückt ihre

Zigarette im Aschenbecher aus, schaut ihm in die Augen, beginnt innerlich zu zählen.

»In Ordnung«, sagt er bei drei. »Ich komme morgen um acht, wenn es Ihnen recht ist. Dann sehen wir weiter.« Er streckt ihr die Hand hin, und sie ergreift sie. Sie führt ihn hinaus, sieht zu, wie er aufs Rad steigt und mit klappernden Schutzblechen die Zufahrt hinunterrollt. Bevor er in die Landstraße einbiegt, lässt er noch einmal die Fahrradklingel schrillen. Dann ist er weg.

Was bleibt, ist dieses leise Kribbeln, das ihr vom Nacken ausgehend den Rücken hinabrieselt. Sie muss unwillkürlich lächeln. Lächeln ohne Grund.

»Vielleicht«, sagt sie laut und weiß selbst nicht recht, wie der Satz enden soll. Vielleicht ändern sich die Dinge nun. Vielleicht geht es ja doch voran, irgendwie.

MARTHA

Fräulein Secklich hat jedem ein Heft geschenkt
wir sollen alle schönen Sachen aufschreiben sagt sie
zur Übung
Papa ist in Italien weil sie da tolle Autos bauen
vielleicht kriegen wir auch welche sagt Mama
ich schreibe gern in mein neues Heft
das Papier riecht so gut.

***

2.

EVELYN

Evelyn fährt zusammen. Sie erschrickt immer, wenn das Telefon spätabends noch schrillt. Gute Nachrichten können bis zum Morgen warten, schlechte nicht. Noch immer hat sie die Stimme ihres Onkels Rudolf im Ohr, der ihr seltsam unterkühlt, wie ein Nachrichtensprecher im Rundfunk, mitgeteilt hatte, dass ihr Vetter Karl bei einem Autounfall ums Leben gekommen war. Über ein Jahr ist das nun schon her, doch beim beim Läuten des Telefons überkommt sie erneut dieses seltsame Gefühl, als würde die furchtbare Nachricht sie erst im folgenden Augenblick ereilen. Oder als wartete eine andere Schreckensmeldung auf ihr Gehör.

Sie hält kurz den Atem an, ergreift mit zittriger Hand den Hörer. Es ist nicht der Onkel, natürlich nicht. Auch kein Arzt oder eine Krankenschwester. Es ist Friedrich. Gott sei Dank. Er ist jetzt bereits vier Tage fort, aber sie hat noch nichts von ihm gehört.

»Friedrich! Wie geht es dir?«

»Leidlich.«

»Wie war die Fahrt?«

»Hat ewig gedauert. Der Pass war zwar schon offen, aber über den Gotthard ist mir der Motor heiß gelaufen. Und die Itaker mögen ja anständige Autos bauen, aber fahren können sie nicht.«

Dazu weiß sie nichts zu sagen. »Bist du gut untergekommen?«, fragt sie stattdessen.

»Ja, die Pension ist in Ordnung.«

»Und das Essen?«

»Auch gut so weit. Aber Kartoffeln kennen sie hier nicht.«

»Sie kennen keine Kartoffeln?«, fragt Evelyn verwundert. »Was essen sie denn dann?«

»Nudeln. Allzeit Nudeln«, antwortet Friedrich. Auch dazu fällt ihr nichts Rechtes ein.

»Hat sich denn schon etwas ergeben?«, wagt sie schließlich zu fragen.

»Nichts Konkretes. Ich muss mir wohl jemanden besorgen, der übersetzen kann.«

»Übersetzen? Aber dieser Herr Giordano hat doch deutsch mit dir gesprochen.«

»Ja, der!« Friedrich lacht leise auf. »Aber Giordano ist noch unterwegs.. Er trifft wohl erst übermorgen ein oder, falls er es bis dahin nicht schafft, erst nach dem Wochenende.«

Herrje. Evelyn packt die Sorge. Das alles klingt nicht gut. Hatte sie nicht gleich ein schlechtes Gefühl bei der Sache? Friedrich hat diesen Herrn Giordano vor Wochen hier in der Werkstatt kennengelernt, wegen einer gerissenen Windschutzscheibe an seinem Wagen. Man war ins Gespräch gekommen, und dieser hatte gefragt, ob Friedrich sich nicht vorstellen könne, Vertragshändler der Marke Fiat zu werden, und ihn zu sich nach Turin eingeladen. Seitdem hatte Friedrich von kaum etwas anderem gesprochen. Aber wenn dieser Herr Giordano ernsthaft an dem Geschäft interessiert wäre, dann hätte er doch da sein müssen, oder?

Friedrich spürt ihre schweigsame Zurückhaltung.

»Es ist komplizierter, als ich dachte«, räumt er ein, und sie hört, wie er Münzen nachwirft. »Aber hier gehen sie die Dinge eben etwas gemächlicher an, als wir das kennen. Hier braucht man für alles Geduld.«

In Evelyn keimt ein neuerliches Fünkchen Hoffnung auf. Wenn etwas kompliziert ist, ist es immerhin nicht aussichtslos. Auch darf sie ihren Mann nicht mit Vorbehalten entmutigen. Er kann sehr empfindlich sein. »Und das Wetter?«, erkundigt sie sich daher.

»Warm. Sehr warm.«

»Wie schön. Hier aber auch.«

»Na, siehst du! Wozu also verreisen?«, fragt Friedrich scheinbar leichthin. Dabei hätte Evelyn ihn gern begleitet, sie hätte gern einmal den Gotthard überquert und Italien mit eigenen Augen gesehen – Rom wäre ihr absoluter Traum –, aber Friedrich hat ihr klargemacht, dass eine Geschäftsreise keine Urlaubsreise sei und eine Strapaze für die Kinder dazu. Außerdem müsse jemand daheim die Stellung halten. So sei es nun einmal.

»Was macht der Nachwuchs?«, erkundigt er sich.

»Martha ist der zweite Eckzahn ausgefallen«, weiß sie zu berichten. »Sie findet's gut, weil sie angeblich besser pfeifen kann.« Evelyn lacht ein wenig.

»Und Kai?«

»Er will dauernd in die Werkstatt rüber. Ich glaube, er vermisst dich.«

»Aha.« Es knistert in der Leitung. »Sonst was Neues?«

Es gäbe durchaus weitere Neuigkeiten zu berichten, aber Evelyn weiß nicht recht, wie sie die Sache angehen soll. »Meine Mutter will uns übermorgen besuchen kommen«, erzählt sie ausweichend. »Ilse hat angeboten, sie zu fahren.«

»Oha! Die alte Giftspritze.«

»Sprich nicht so über Ilse.«

»Du sprichst doch auch so über sie.«

Schweigen.

»Hat Großmann sich gemeldet?«, erkundigt sich Friedrich jetzt.

»Ja, hat er.«

»Und?«

»Er meint, es gibt nichts, was nicht ein paar Tage Zeit hätte.« Das hat Großmann wirklich gesagt. Allerdings hat er auch gesagt, dass die Ballenpresse bis zum Wochenende ans Laufen kommen muss. Das gute Wetter hält nicht ewig, das Heu muss eingefahren werden. Jonny Schulte hat sich den Schaden besehen: Eine Kette ist übergesprungen, und der Kolben hat die Rafferzinken zerstört. Er ist zuversichtlich, die Sache in den Griff zu bekommen. Evelyn ist drauf und dran, Friedrich doch noch von Schulte zu erzählen, lässt es aber dann. Es würde ihm nicht passen, das weiß sie. Sie braucht einen Plan, wie sie ihrem Mann die neue Situation schmackhaft machen kann, und den hat sie noch nicht.

Es war von Anfang an schwer, die Werkstatt allein zu führen, aber Friedrich hat es so gewollt. Für Mitarbeiter sei kein Geld da, hieß es immer. Außerdem habe er keine Lust, irgendeinen Stümper fürs Faulenzen und Krankfeiern zu bezahlen. Seine Worte. Tatsächlich hat er eine Zeit lang jemanden gehabt, der ihm zur Hand ging. Eberhard. Aber der hat mehr Schaden angerichtet, als er von Nutzen war, so Friedrich. Das müsse nicht heißen, es gäbe nicht jemanden, mit dem er mehr Glück haben könne, hat Evelyn ihn zu überzeugen versucht, aber davon wollte er nichts wissen. Also blieb es bei seinem Einmannbetrieb, und wenn der Mann ausfällt, ist es ein Kein-Mann-Betrieb. Friedrich weiß das, aber er spricht nicht darüber. Lieber beißt er die Zähne zusammen und steht von früh bis spät in der Werkstatt. Kein freier Tag, kein freies Wochenende. Wenn es doch nur klappen würde in Italien! Wenn seine Pläne sich doch nur in die Tat umsetzen ließen!

Wieder knistert es in der Leitung. »Ich muss Schluss machen, die Telefoniererei kostet ein Vermögen«, hört sie ihn sagen. Wieder dieses Knistern. Friedrich ergänzt noch etwas, einen Gruß an die Kinder vielleicht. So recht versteht sie ihn nicht mehr. Erneutes Knacken.

»Friedrich?« Aber die Leitung ist tot.

3.

KERSTIN, 2022

Es gibt ein Lied von einer Band, deren Sängerin auch eine begnadete Texterin ist. Intelligent und humorvoll beschreibt sie das Dilemma, sich unsterblich in einen Schweiger vor dem Herrn zu verknallen.

Es lief heute Morgen im Radio, unmittelbar nach dem Aufstehen, und ließ mich nicht mehr los. Melodien und Gerüche haben ja die magische Fähigkeit, dich durch Zeit und Raum zu katapultieren und vor langer Zeit Erlebtes wieder fühlbar zu machen.

Der Song ist alt, doch Uwe und ich sind noch älter. Als er herauskam, waren wir bereits zehn Jahre zusammen und verheiratet. Voller Begeisterung darüber, dass jemand so schön in Worte fasste, was meinen Mann für mich so anziehend gemacht hatte, kaufte ich die CD, um sie ihm vorzuspielen. Aber Uwe verstand nicht recht, was dieses Lied mit ihm zu tun haben sollte. Er erkannte sich nicht wieder, im Gegenteil.

»Ich? Schweigsam? Weiß nicht. Es kann ja immer nur einer reden, und das bist gewöhnlich du, Kerstin.« Was ich nicht abstreiten konnte und kann. »Außerdem warst du doch die Anstifterin«, schob er damals mit einem Grinsen hinterher, und auch das stimmte. Ich hatte meine Freundin Ina überredet, Uwe zu ihrer Geburtstagsfete einzuladen – wir sagen immer noch Fete, ein Ausdruck, der bei unserer Tochter Jule mitleidsvolles Stirnrunzeln hervorruft. Wie dem auch sei, wäre ich zuvor nicht bereits über Uwes Zeltschnüre gestolpert, hätte ich Ina nicht gebeten, ihn einzuladen. Und ich hätte mich nicht dazu entschlossen, André zu verlassen. Ina und André konnten einander nicht ausstehen, weshalb an jenem Abend keine Gefahr bestand, dass er bei ihr aufkreuzte. Freie Bahn sozusagen. Volle Kraft voraus. Die guten Startbedingungen an jenem Abend wusste ich zu nutzen. Seitdem waren Uwe und ich ein Paar.

Enttäuscht darüber, dass Uwe das Kompliment, das ich ihm mit der CD eigentlich hatte machen wollen, nicht recht annahm, ließ ich das Thema fallen. Ein Songtext war nicht das Leben, die Metaphern erschienen mir plötzlich überspannt. Wenn wir unterwegs waren und das Stück gerade im Radio lief – die Sender spielten es noch jahrelang –, wurde mir das gemeinsame Hören sogar ein bisschen peinlich; wir sprachen nicht mehr darüber, ignorierten es quasi.

Dabei mochte ich den Song nach wie vor, schon allein weil er gewisse Erinnerungen in mir wachrief. Zu jener Zeit war unsere Beziehung bereits in ein Stadium getreten, in dem es manchmal notwendig wurde, sich die Gründe für unser Zusammensein in Erinnerung zu rufen.

Anfangs hat mir das nichts ausgemacht, dass Uwe kein großer Redner war, im Gegenteil. Es war ein angenehmes Schweigen, das ihn umgab, weder von Schüchternheit herrührend noch von allgemeiner Maulfaulheit, vielmehr schien es Ausdruck seiner gefestigten Persönlichkeit zu sein, seines In-sich-Ruhens, das nicht vieler Worte bedurfte. So kam es mir zumindest vor.

Heute denke ich anders über dieses Schweigen. Wenn mit den Jahren die freundliche Zugewandtheit nachlässt, mit der junge Paare einander bedenken, wenn sich dazu ein Quäntchen allgemeiner Unmut gesellt, dann wächst sich das Schweigen schnell zur Verstocktheit aus. Es wirkt abweisend und kalt und macht einsam. Da hilft alles Gegenreden nicht. Stille Wasser müssen nicht unbedingt tief sein. Trotzdem kann man drin ersaufen.

Merkwürdig, dass dieses Lied ausgerechnet jetzt wieder gespielt wurde. Oder vielleicht auch nicht. Vielleicht liegt die Merkwürdigkeit eher darin, dass es mich so traurig gemacht hat.

Halb drei Uhr nachmittags. Ich habe der Arbeit im Büro gerade den Rücken gekehrt und den häuslichen Kram noch vor der Brust, als es an der Tür klingelt.

Es klingelt immer, wenn ich mich gerade mit vollem Wäschekorb ins Obergeschoss hinaufgeschleppt habe. Also wieder runter.

Draußen steht ein Mann. Mittelgroß, mittelalt, schlanke Figur, breites Lächeln. Ich kenne ihn nicht.

»Guten Tag. Wohnt hier Kai-Uwe Wagner?«

»Jawohl.«

»Das freut mich.« Der Mann lächelt wieder, schüttelt dann den Kopf über sich selbst. »Unsinn! Ich meinte, dass es mich freut, die richtige Adresse gefunden zu haben. Mein Name ist Alexander Hild.«

Ich sage nichts darauf. Gleich wird er mir erklären, er habe übers Internet einen Harley-Davidson-Lenker, ein Getriebe, einen Auspuff oder was auch immer bei Uwe gekauft. Das Übliche. Normalerweise sind die, die hier vor der Tür stehen, weniger höflich und weniger umständlich, aber auch unter Bikern gibt es solche und solche.

Und dafür renne ich extra die Treppe runter, denke ich ärgerlich und fasse mir an die schmerzende Hüfte.

Jetzt kann ich das von Uwe verscherbelte Zeug auch noch suchen gehen und herschleppen. Wann kümmert er sich endlich selbst um seinen Kram?

Aber Alexander Hild sagt nichts dergleichen, druckst nur

ein wenig herum. »Wie soll ich anfangen?«, fragt er mit treuherzigem Augenaufschlag. »Am besten kurz und bündig, nicht wahr?«

»Ich bitte darum.«

»Also gut. Höchstwahrscheinlich bin ich ein Cousin Ihres Mannes.«

Ich horche auf. »Höchstwahrscheinlich?«

Er nickt. »Allerhöchstwahrscheinlich. Das heißt, ich bin mir sogar ziemlich sicher.«

»Hild? Alexander Hild, sagen Sie?« Ich mustere ihn noch ein bisschen genauer. »Tut mir leid, ich kann mich nicht erinnern, dass mein Mann Ihren Namen schon einmal erwähnt hätte.«

»Das glaube ich gern«, räumt dieser Alexander Hild bereitwillig ein. »Er kennt mich nämlich nicht. Oder allenfalls vom Hörensagen. Möglicherweise weiß er auch nicht einmal, dass es mich gibt.« Wieder dieses Lächeln, entschuldigend diesmal. »Sicher hört sich das jetzt alles recht merkwürdig an für Sie.«

Kann man durchaus so sagen.

»Ich fände es jedenfalls merkwürdig«, ergänzt er. »Aber wenn ich mit Ihrem Mann sprechen dürfte, würde sich die Sache sicher klären.«

»Mein Mann ist nicht da.«

»Ach so. Tja, schade.« Dieser Alexander Hild wirkt ehrlich enttäuscht. Er könnte ein Trickbetrüger sein, so sympathisch und offen, wie er rüberkommt. Schon fast zu sympathisch. Womöglich will er uns um Geld anpumpen, von wegen Verwandtschaft.

»Soll ich meinem Mann etwas ausrichten?«, biete ich an und kann mir Uwes Reaktion auf den angeblichen Cousin bereits lebhaft vorstellen. Alexander wer? Nie gehört, nie gesehen. Du hast ihn doch hoffentlich nicht reingelassen?

»Vielleicht komme ich einfach ein andermal wieder«, sagt Alexander Hild, und plötzlich bin ich diejenige, die es schade fände, wenn er einfach so wieder gehen würde. Ich kann mir nicht recht vorstellen, dass er ein Betrüger ist. Ins Haus lasse ich ihn trotzdem nicht. Allerdings ist das Wetter schön. »Wir können uns einen Moment setzen«, schlage ich vor. »Draußen. Auf der Terrasse. Das wollte ich zumindest gerade tun.« Wollte ich nicht. Ich wollte Wäsche einsortieren, aber die kann warten.

»Sehr gern.« Alexander Hild folgt mir um die Hausecke herum durch unseren handtuchgroßen Garten hin zur Sitzgruppe unter dem Sonnenschirm.

»Bitte sehr.« Ich weise auf den erstbesten Stuhl, zertifiziertes Teakholz. Halten hundert Jahre, entsprechende Pflege vorausgesetzt, so der Verkäufer aus der Gartenabteilung. Dann werden sie uns sicher überleben, habe ich gescherzt, und er hat pflichtschuldig gelacht.

»Bin gleich wieder da.« Die Terrassentür steht offen. Ich durchquere das Wohnzimmer, gehe in die Küche, setze den Kaffeeautomaten in Gang. Vom Fenster aus kann ich meinen Gast draußen sitzen sehen. Er hockt still da, verändert dann ein wenig seine Position, hält wieder still. Zwei Tassen, zwei Löffel, Milchtüte, Zucker, Tablett. Bitte sehr.

Alexander Hild bedient sich, rührt in seiner Tasse, legt mit einer grazilen Bewegung den Löffel zur Seite. Hände wie ein Klavierspieler, fährt es mir durch den Sinn. Und keine Ölränder unter den Nägeln.

»Vielleicht lege ich einfach mal los.« Er führt die Fingerkuppen zusammen, schenkt mir wieder dieses sanfte Lächeln. »Wie gesagt, ich bin Alexander Hild. Meine Mutter war Ilse Hild, geborene Schoops. Ilse wiederum war die Schwester von Evelyn Schoops, spätere Wagner. Die Mutter Ihres Mannes also.« Ich nicke zum Zeichen, dass ich ihm bis hierher folgen kann. »Meine Mutter ist vor einem halben Jahr gestorben«, erzählt er dann.

»Das tut mir leid.«

»Kannten Sie sie vielleicht doch?«, fragt er hoffnungsvoll.

»Nein. Der Name sagt mir nichts. Trotzdem. Es ist traurig, wenn die Mutter stirbt.«

Er nickt und presst dabei die Lippen aufeinander, ohne dass sich sein Lächeln gänzlich verliert. »Ja, es ist traurig, wenn die Eltern sterben. Aber so ist der Lauf der Dinge, nicht wahr? Mein Vater ist schon lange tot, jetzt bin ich sozusagen ein Waisenkind. Genauer gesagt: ein verwaistes Einzelkind. Das wiegt noch mal ein bisschen schwerer.« Wieder nickt er versonnen.

Ich denke kurz über seine Worte nach, empfinde sie als sehr treffend. Auch ich bin ein Einzelkind. Nach dem Tod meiner Eltern – erst der Vater, dann die Mutter, wie bei ihm – habe ich mich sehr einsam gefühlt. Und bin es noch.

»So als frischgebackenes Waisenkind fiel mir auf, dass ich herzlich wenig über meine Familie weiß«, erzählt der Mann, der angeblich Uwes Cousin ist, und lächelt sanft dabei. Er hält kurz inne, schaut mich an. »Wissen Sie, im Nachhinein kann ich selbst kaum glauben, dass ich nie genauer nachgefragt habe. Aber so war es, und nun ist es nicht mehr zu ändern. Also habe ich zu recherchieren begonnen und bin dabei auf Ihren Mann gestoßen. Ich hatte gehofft, wir könnten uns einmal unterhalten. Ein bisschen austauschen. Vielleicht erinnert er sich an Dinge, Situationen, Menschen … keine Ahnung. Deshalb bin ich hier«, endet er und atmet hörbar ein und aus, als hätte er eine große Anstrengung hinter sich gebracht.

»Okay«, sage ich, noch immer überrascht und leicht verwirrt über das, was mir dieser Mensch soeben erzählt hat. »Uwe kann Sie ja anrufen.« Ich trinke einen Schluck, stelle meine Tasse ab. »Ach was. Kommen Sie einfach am Sonntag um drei, wenn Sie Zeit und Lust haben. Dann setzen wir uns zusammen und reden ein bisschen.« Alexander Hild schaut mich an, hebt fragend die Augenbrauen. Ich nicke bestätigend. Es ist mir ernst.

»Super!« Er hebt den Daumen und sieht glücklich aus. Wie leicht manche Menschen doch zufriedenzustellen sind.

»Wie kommst du bitte dazu, ihn einfach einzuladen – ohne mich vorher zu fragen?« Uwe lässt sein Besteck sinken und funkelt mich ärgerlich an.

»Ich weiß auch nicht«, antworte ich wahrheitsgemäß. »Er war einfach nett, und ich dachte, es könnte ganz interessant für dich werden.«

»Ich bin dem Kerl nie begegnet.«

»Das streitet er auch gar nicht ab.«

»Ich bin mit Buzz verabredet.«

Klar. Das hätte ich mir denken können. »Du bist ständig mit Buzz verabredet«, sage ich. »Kannst du das nicht mal verschieben?«

»Verschieben?« Uwes Mundwinkel wandern nach unten. »Wenn wir den Bock nicht sauber ans Laufen kriegen, geht er nicht durch den TÜV. Dann können wir unsere Tour vergessen.«

Das leuchtet ein. Das geht nicht.

Jedes Jahr, wirklich jedes verdammte einzelne Jahr seit Anbeginn aller Tage, macht Uwe eine Motorradtour mit seinem Kumpel Buzz, und bevor es losgeht, gibt es immer eine Menge zu tun, schon x Wochen vorher. Da bleibt für nichts anderes Zeit.

In mir steigt der altbekannte Ärger hoch. Es ärgert mich, dass Uwe sich einfach so absetzt. Allerdings muss ich mich jetzt fragen, ob meine Reaktion nicht nur ein Automatismus ist. Stört es mich wirklich noch, dass er mit seinem Freund auf Tour geht? Warum sollte er nicht hin und wieder allein verreisen? Das habe ich auch schon getan. Eigentlich bin ich sogar ganz froh, das Haus ein paar Tage lang für mich zu haben, meinen eigenen Gedanken nachzuhängen, meine Musik aufzudrehen, den Online-Yogakurs auf dem Wohnzimmerteppich fortzusetzen, ohne mich der Lächerlichkeit preiszugeben. Aber was ist es dann, was mich so triggert?

Es ist die wie in Stein gemeißelte Selbstverständlichkeit seines Tuns. Diese Vorhersehbarkeit, das sture Festhalten an Ritualen.

Uwe und Buzz gehen auf Tour. Amen.

»Ruf ihn an und sag ab«, fordert mein Mann mich auf und schiebt seinen Teller von sich.

Ich habe bereits gegessen und bin gerade dabei, den Topf abzutrocknen, in dem ich die Nudeln gekocht habe. Für uns zwei lohnt es sich oft nicht mehr, die Spülmaschine einzuschalten.

Beleidigtes Innehalten. Luft holen. »Okay, dann lade ich ihn eben wieder aus«, lenke ich ein und registriere im selben Moment, dass ich dazu keineswegs bereit bin. Ich habe diesem Alexander Hild zugesagt, und ich will ihm nicht wieder absagen müssen. Aber vor allem will ich ihn wiedersehen. Unbedingt. Der Gedanke erschreckt mich selbst, ich kann das damit verbundene Gefühl nicht recht einordnen, aber es ist da, und es ist stark und will sich nicht wegschieben lassen. »Mir fällt ein, dass ich keine Handynummer von ihm habe«, behaupte ich.

»Er hat dir keine Handynummer dagelassen?«, fragt Uwe ungläubig. »Auch kein Festnetz, nichts? Also, das allein schon hätte mir zu denken gegeben.« Er wirft mir diesen Blick zu, den ich allzu gut kenne: genervt und mitleidig zugleich.

»Vielleicht einfach eine Nachlässigkeit.« Ich zucke die Achseln. »Wahrscheinlich kommt er auch gar nicht. Aber falls doch: Kannst du nicht wenigstens kurz mit ihm reden?«

»Nein, kann ich nicht«, antwortet Uwe kurz angebunden.

Ich ziehe einen Flunsch, klimpere mit den Wimpern, bettele mit Kleinmädchenstimme: »Ach, bitte!«

»Nein«, wiederholt er stur. »Du hast dir die Suppe eingebrockt, also löffele sie auch aus.« Ich setze eine noch leidendere Miene auf. »Schick ihn weg!«, wiederholt Uwe gereizt. »Sag ihm, es passt nicht. Wir haben kein Interesse.« Er steht auf, will sich schon abwenden, tritt dann aber noch einmal ganz nah an mich heran, umfasst mein Gesicht mit beiden Händen und drückt mir einen Kuss auf die Stirn. »Schatz, ich weiß, du meinst es gut. Entschuldige, war nicht mein Tag heute.«

»Offensichtlich nicht.«

Er lässt mich los, will nun zum Trockentuch greifen, doch ich schnappe es ihm vor der Nase weg, hole damit aus und lasse es auf seinen Hintern klatschen.

»Hey, was soll das?« Uwe springt zur Seite, um einem zweiten Hieb zu entgehen, lacht und ist weg.

4.

EVELYN

Besuch im Anmarsch. Evelyn weiß wieder einmal nicht, ob sie sich freuen oder fürchten soll, als der blaue Ford Taunus in den Hof rollt.

Ihre Schwester Ilse hat im vorigen Jahr den Führerschein gemacht, und jetzt kutschiert sie Mutti durch die Lande, wenn der Vater keine Zeit oder Lust hat. Sehr praktisch. Auch für Evelyn, wie sie einräumen muss. Ilse hat angeboten, sie für die jährliche Routineuntersuchung zur weit entfernten gynäkologischen Praxis zu fahren, die mit dem Bus nur schwer zu erreichen ist.

Der Wagen hält, der Motor erstirbt. Evelyn geht und öffnet die Beifahrertür, um ihrer Mutter beim Aussteigen behilflich zu sein. »Mutti, Ilse! Wie schön, dass ihr gekommen seid.«

»Was bleibt uns übrig, wenn wir die Kinder mal zu Gesicht kriegen wollen?«, spöttelt Ilse, während sie sich aus dem Fahrersitz schält.

»Du lässt dich ja gar nicht mehr blicken«, skandiert die Mutter. Die zwei sind ein eingespieltes Team – insbesondere wenn es darum geht, sich auf Evelyn einzuschießen.

»Es tut mir leid, aber immer wenn ich euch besuchen will, ist irgendwas.« Sie seufzt. Zu nennen wären da beispielsweise diverse Kinderkrankheiten wie Marthas Scharlachinfektion oder Kais Windpocken oder jetzt eben Friedrichs Abwesenheit. Evelyn fürchtet schon, die Liste wird sich bis in alle Ewigkeit fortsetzen.

»Ja, ja«, flötet Ilse, »heute dies, morgen das.« Sie schlägt die Wagentür zu und schaut sich neugierig um. Erste optische Bestandsaufnahme: die Werkstatt noch immer nicht verputzt; der asphaltierte Hof voller Ölflecke und Schlaglöcher; das Wohnhaus in einem beklagenswerten Zustand – oder falls nicht gerade beklagenswert, so doch zumindest dringend renovierungsbedürftig. Die Renovierung obläge eigentlich Schönefeld, dem Vermieter, doch der denkt nicht dran. Früher hat er das Haus an Flüchtlinge aus dem Osten vermietet, Generationen von Flüchtlingen, bis auch die wohl Besseres gefunden hatten. Danach hat er es angeblich eine Weile selbst bewohnt, bevor er endgültig zu seiner Tochter gezogen ist – in jedem Fall aber hat er es genutzt, um seinen gesamten Hausstand darin einzulagern. ›Möbliert‹ hat er es genannt und Evelyn und Friedrich eingeschärft, pfleglich mit den Dingen umzugehen, für die er selbst offenbar keine Verwendung mehr hatte. Die Eigennützigkeit wusste er allerdings gut zu verbergen und hat sie ihnen sogar als einen Akt der Wohlfahrt verkauft. Ein gemachtes Nest, in das sich die junge Familie nur zu setzen brauche. Und das stimmte sogar anfangs, sie hatten ja nichts. Aber die Möbel sind hässlich und alt, keine Spur von einer modernen, zeitgemäßen Einrichtung, wie Evelyn sie sich inzwischen wünschen würde. Leider ist dafür kein Geld da.

Der eigentliche Grund für Friedrichs Entscheidung, den Hof zu mieten, war aber weder das Haus noch die Werkstatt, sondern die Wiese daneben. Er hat sie auf Kredit erworben – was sie allerdings erst viel später erfuhr. Friedrich nannte das Grundstück auch nicht einfach Wiese, sondern »Bauerwartungsland« und wurde nie müde, diesen Umstand zu betonen. In einigen Jahren, schneller womöglich, als Evelyn sich das vorstellen könne, würde hier ein Gewerbegebiet entstehen. Hallen, Werkstätten, Handwerksbetriebe. Die ideale Umgebung für sein Autohaus. Sie würde sehen.

Bis heute ist die Wiese eine Wiese geblieben, genauso wie die Wiesen drum herum. Und heimlich ist sie ganz froh, nicht auch noch inmitten qualmender Schornsteine, Sägengekreisch und des Lärms an- und abfahrender Lastwagen leben zu müssen. Nur eben dieses heruntergekommene Haus; seine Schäbigkeit offenbart sich ihr immer ausgerechnet dann am deutlichsten, wenn Besuch da ist.

»Wenn Sie's schöner haben wollen, kaufen Sie den Schuppen«, sagt Schönefeld immer.

Kaufen – ja, die Idee gab es mal. Evelyn beschleicht das altvertraute Schamgefühl. Ihr eigener Vater und ihr Schwager Günther – Ilses Mann – haben gerade gemeinsam einen Neubau hochgezogen, drüben in Torbenau, ihrer alten Heimat. Jetzt wohnen Mutti und Vati oben, Ilse und Günther unten, und wenn die Eltern mal nicht mehr so können, wird getauscht.

»Den Garten haben wir jetzt auch fertig«, verkündet Ilse mit Blick auf die struppige Wiese. »Zierrasen und Rosenbeet. Sehr hübsch, oder was sagst du, Mutti?« Die Mutter nickt zustimmend. »Hinterm Haus hat Günther eine Mauer gezogen, damit man nicht so auf Vatis Karnickelställe guckt, und auf die Klärgrube hat er einen Kübel gestellt. Sieht aus, als wäre er aus tonnenschwerem Stein, aber in Wahrheit ist es … Was ist es noch mal, Mutti? Egal, jedenfalls macht der Kübel was her, und man kann ihn trotzdem einfach wegheben, wenn der Jauchewagen kommt. Sehr praktisch. Ich hab Begonien reingepflanzt, bin gespannt, ob die was werden.«

»Kommt erst mal rein. Wir müssen doch nicht hier draußen rumstehen.« Evelyn führt Mutter und Schwester in die Küche. Immer noch das olle Küchenbüfett und der uralte Herd, immer noch die alten Stühle. Immer noch keine modernen Elektrogeräte, wie Ilse sie hat. Dabei ist es nicht einmal so, dass Evelyn mit ihrer Schwester würde tauschen wollen. Mit Mutti unter einem Dach zu leben – unvorstellbar. Aber gegen etwas mehr Komfort und ein bisschen was zum Herzeigen hätte sie jetzt nichts einzuwenden.

Die Miene der Mutter schwankt zwischen Mitleid und leiser Verachtung, und ihre Gedanken sind ihr von der Stirn abzulesen: So sieht's also aus im Hause Wagner – und was hat der Mann früher getönt! »Wirst sehen, demnächst kommt hier alles neu, das Haus, die Werkstatt, die Verkaufshalle. Wir bauen das erste moderne Autohaus weit und breit. *Opel Wagner – Qualität zum soliden Preis.*« Das waren Friedrichs Worte, schon vor Jahren an die Schwiegermutter gerichtet. Aus Opel ist dann Fiat geworden. Man müsse eben mit der Zeit gehen. Ebenfalls Friedrichs Worte. Doch in diesem Haus scheint die Zeit stehen geblieben zu sein. Für den Moment nimmt auch Evelyn wie unter einem Brennglas jede Schramme, jeden Kratzer, jeden Schmutzrand wahr – die ganze Schäbigkeit des in die Jahre gekommenen Mobiliars. Nur der Esstisch entzieht sich jeder Kritik. Seine Flecken und Wasserkränze hat sie nach dem Kinderfrühstück mit einer blütenweißen Tischdecke kaschiert.

»Bei euch geht's ja vornehm zu«, sagt die Mutter prompt und setzt sich.

Evelyn kocht Kaffee, deckt den Tisch ein. Die Mutter dreht ihre Tasse um und begutachtet die Porzellanmarke, wie immer. Das Service ist ein Erbstück von Friedrichs Großmutter, immerhin etwas, das ihm von seiner Familie noch zugeflossen ist.

»Sehr hübsch, diese Tassen«, lobt die Mutter wieder einmal, und wie immer bedankt sich Evelyn. Sie schenkt Kaffee ein, stellt Milch und Zucker bereit. Aus der Werkstatt dringt Lärm herüber.

Sofort horcht Ilse auf, macht runde Augen. »Nanu, hat Friedrich nun doch jemanden eingestellt?«

Evelyn zögert. »Ja. Das heißt nein. Es ist nur vorübergehend. Auf Empfehlung von jemandem aus dem Dorf.«

Ilse mustert Evelyn prüfend. »Aber Friedrich weiß davon, oder?« Sie hatte schon immer ein Talent, den Finger direkt in die Wunde zu legen. Evelyn sagt nichts dazu. »Keine Antwort ist auch eine Antwort!« Ilse lacht, hebt ihren Zeigefinger und lässt ihn mahnend hin und her wippen. »Na, du traust dich was!«

»Das Geld muss irgendwie reinkommen«, erwidert Evelyn knapp, und in diesem Moment klopft jemand von draußen an die Scheibe. Sie springt auf, zieht die Gardine zurück, öffnet das Fenster. Die Brüstung ist so niedrig, dass sie Martha oft als Verkaufstheke für ihren imaginären Kaufladen dient, über die sie ihrer Kundschaft mit wichtiger Miene dann das Gewünschte nach draußen reicht: ein kleines Glas Marmelade, eine aus einem Rundholz gesägte Jagdwurst, eine Tüte Äpfel, eine Minipackung Reis. Da in der unmittelbaren Umgebung keine Kinder leben, eigentlich sonst überhaupt niemand wohnt, ist Evelyn meist die einzige Kundin. Jetzt steht Jonny Schulte draußen.

Ihr Herz tut einen Extraschlag, sie spürt es deutlich. Es ist verrückt. Sie weiß doch, dass er dort drüben arbeitet, nur einen Steinwurf entfernt. Kein Grund also zu erschrecken, wenn er sich hin und wieder zeigt. Kein Grund zur Aufregung. Und doch bebt sie innerlich. Sie fühlt sich ertappt, und zugleich ist da so etwas wie Stolz. *Sie* hat Jonny Schulte eingestellt. Er arbeitet für *sie*, Evelyn, für sie ganz allein, auch wenn sie den anderen – und allen voran sich selbst, wie sie sich eingestehen muss – weismachen will, er täte es für Friedrich. Umso wichtiger, vor Mutti und Ilse die Form zu wahren und sie von der Normalität der Dinge zu überzeugen.

»Was gibt's?«, erkundigt sie sich in geschäftsmäßigem Tonfall.

»Entschuldigen Sie bitte, ich möchte nicht stören. Aber wir müssten noch die Ersatzteilbestellungen durchgehen.«

»Kein Problem, bin in ein paar Minuten da.« Evelyn spürt die neugierigen Blicke ihrer Familie in ihrem Rücken und entscheidet sich, die Flucht nach vorn anzutreten. »Ilse, Mutti, das ist Jonny Schulte. Herr Schulte – meine Mutter und meine Schwester Ilse.«

»Freut mich!« Jonny nickt den Damen freundlich zu. Auf seiner Wange zeichnet sich ein schwarzer Ölstriemen ab, der seine blauen Augen umso mehr funkeln lässt.

Evelyn entgeht nicht, dass er Ilses Interesse geweckt hat: ihre leicht geschürzten Lippen, der intensive Blick, mit dem sie ihn mustert.

»Soso«, sagt sie gedehnt. »Da wird Friedrich sich freuen, dass er jetzt eine so tüchtige Hilfe hat.«

Jonny Schulte neigt ein klein wenig den Kopf, schenkt ihr ein gewinnendes Lächeln.

»Ich komme rüber«, bekräftigt Evelyn und schließt eilig das Fenster. Dann schaut sie Ilse und die Mutter an. »Kann ich euch einen Moment allein lassen?«

Ilse nickt. »Nun geh schon, damit wir aufbrechen können. Ich habe keine Lust, auf der Rückfahrt in den Berufsverkehr zu geraten.«

»Ich dachte, ich soll hier auf meine Enkel aufpassen«, schaltet die Mutter sich mit lauter Stimme ein. »Wollen sie ihre Oma nicht mal langsam begrüßen?« In diesem Moment fliegt die Tür auf.

»Buh!«, macht Martha und stürmt herein, ihren kleinen Bruder wie ein ungelenkes Stofftier hinter sich herschleifend.

»Du meine Güte!« Evelyns Mutter presst ihre Hand gegen die Brust. »Ist das etwa eine Begrüßung für die eigene Großmutter, Martha?«

»Großmutter, ach, Großmutter, was hast du für scharfe

Zähne?«, kräht Martha. »Damit ich dich besser fressen kann!« Sie stößt ein keckerndes Lachen aus.

»Martha, benimm dich!«, mahnt Evelyn scharf und fasst Kai bei der Hand. »Komm, Junge! Sagen wir der Oma Guten Tag.«

Endlich ist alles besprochen und geregelt, sind die Kinder versorgt, sitzen Evelyn und Ilse im Wagen.

Ilse ist eine routinierte Fahrerin, die einen ebenso flotten wie umsichtigen Fahrstil pflegt.

»Du solltest dir auch einen Führerschein zulegen, dann bist du unabhängig, gerade hier auf dem Land«, rät sie und setzt den Blinker, um einen Traktor zu überholen.

»Ich würde ja gern«, antwortet Evelyn. »Aber wohin mit den Kindern? Martha wäre zwar morgens in der Schule, aber ich kann Kai nicht allein lassen.«

»Tja, da beißt sich die Katze in den Schwanz.« Ilse schaltet in einen höheren Gang und gibt Gas. »Hättest du einen Führerschein, könntest du ihn zu Mutti bringen. Sie würde sicher gern ab und zu auf ihn aufpassen.«

Evelyn sagt nichts darauf, ihr ist das Thema unangenehm. Das ist das Schöne an langen Autofahrten: Man kann einfach mal den Mund halten.

Sie passieren Wiesen und Felder, dann ein Waldgebiet; schließlich windet sich die Straße in engen Serpentinen talwärts. Als sie den Wald verlassen – von jetzt auf gleich, ohne Übergang, öffnet sich unvermittelt der Blick auf die Rheinebene und die dahinterliegenden Gebirgsketten der Eifel, die sich im Dunst verlieren. Die sich plötzlich auftuende, schier endlose Weite ist atemberaubend. Eigentlich müssten sie anhalten und den Ausblick genießen, denkt Evelyn jedes Mal, wenn sie die Stelle passiert, hat es aber noch nie getan. Nie war Zeit, immer war anderes wichtig. Wie jetzt auch.

Die Fahrt geht weiter bergab, die Serpentinen weiten sich

zu Kurven, die Landschaft wird ebener, gefügiger – und urbaner. Sie passieren Gehöfte, Häuserreihen, Werkstätten, Lagerhallen.

»Aber du sagst Friedrich nichts«, mahnt Evelyn, als sie die Innenstadt erreicht haben.

»Du sprichst von deinem Herrn Schulte?«, vergewissert sich Ilse und schüttelt den Kopf. »Evchen, Evchen! Man sollte seinen Ehemann nicht belügen.«

»Ich lüge doch nicht.«

»Du sagst ihm nur nicht die Wahrheit.« Wieder schaut Ilse kurz zu ihr rüber, grinst.

»Das wäre schön«, bekräftigt Evelyn. Noch schöner wäre, es gäbe nichts, was sie vor Friedrich verheimlichen müsste. Aber diesen Gedanken spricht sie nicht aus, zumal sie nicht einmal sicher ist, ob er so stimmt.

5.

KERSTIN

Vielleicht kommt er nicht, denke ich und unterdrücke den Impuls, einen Kuchen zu backen. Wenn ich nervös bin, fange ich oft an zu backen. Entsprechend bescheiden fällt meist das Ergebnis aus. Wieso, zum Kuckuck, bin ich so aufgeregt?

Es steht kein Kindergeburtstag mit zehn Gästen an, keine erste Teenagerfeier mit unabsehbarem Ende. Auch nicht die große Feier zur Silberhochzeit. Das alles liegt bereits hinter uns. Und schon gar nicht geht es darum, Uwes Verwandtschaft unser trautes Heim und Eheglück zu präsentieren, auch wenn ich mir das selbst gern einreden würde. Was also ist los? Ich weiß es selbst nicht genau, da ist nur dieses Gefühl gespannter Erwartung. Die Erwartung von etwas Neuem, Unbekanntem. Eine plötzliche Verwerfung in unserem vorhersehbaren Alltag.

Blödsinn. Ich komme mir albern vor. Ein ganz normaler Sonntagmittag. Uwe geht seinen üblichen Sonntagsbeschäftigungen nach, und zum Kaffee hat sich Besuch angesagt. Schluss, aus. Ich habe keine Zeit zu verplempern, morgen ist das Wochenende rum. Und überhaupt – bestimmt wird dieser Alexander Hild nicht kommen.

Ich rupfe Unkraut entlang unserer Einfahrt, schneide die verblühten Lavendelbüsche zurück, harke die Erde dazwischen. Bestimmt kommt er nicht, denke ich, während ich ins Bad gehe, mir die Hände schrubbe, mein Haar kämme, die Lippen nachziehe. Ich bin schon halb auf dem Sprung, halte dann aber inne und betrachte mich nochmals im Spiegel, nicht mit der geschäftsmäßigen Aufmerksamkeit, mit der ich mich morgens für die Arbeit zurechtmache oder am Wochenende für eine Einladung oder eben wenn Besuch ansteht wie jetzt, sondern mit der Aufmerksamkeit einer Fremden, die man bittet, sich das eigene Gesicht einzuprägen: mein volles, zum Krausen neigendes Haar, die graublauen Augen, die nach wie vor dunklen Brauen. Die Labialfalten, dieser leicht verbitterte Zug um den Mund. Wann hat er sich dort eingeschlichen? Und habe ich sonst auch diesen nervösen Glanz im Blick?

Er kommt nicht, denke ich, während ich zusehe, wie der kleine Zeiger der Küchenuhr auf die Drei springt. Und dann kommt er doch.

Ich serviere Kaffee und Kekse – gekaufte, keine selbst gebackenen –, habe Gedecke für drei Personen aufgelegt. Könnte ja sein, dass Uwe doch noch dazustößt. Er ist schon seit zehn Uhr mit Buzz in dessen Hinterhofwerkstatt zugange. Könnte ja sein, dass sie irgendwann fertig werden, zumindest für heute. Oder eine Pause einlegen, für ein sonntägliches Kaffeestündchen. Außer mir hat Buzz allerdings niemanden, der ihn dazu einladen würde. Er ist seit hundert Jahren geschieden und wird es auch die nächsten hundert Jahre bleiben. Und ich habe ihn nicht eingeladen.

»Schön haben Sie's hier.« Alexander Hild lässt seinen Blick aufmerksam durch unser Wohnzimmer schweifen, allerdings nicht so aufmerksam, dass es aufdringlich wirken würde.

»Finden Sie?«

»Sie etwa nicht?« Er lächelt breit.

»Doch, schon. Ich bin zufrieden«, entgegne ich, denn eigentlich bin ich das. Im Großen und Ganzen. Meistens. Oder manchmal zumindest. Und selbst wenn ich es nicht wäre, würde ich es wohl in diesem Moment kaum zugeben.

Dennoch drehe ich den Kopf und schaue mich um, überlege, wie er das alles wohl wahrnimmt: die weiße Couch, die beiden Sessel, das lange Sideboard mit den Lamellentüren aus Eichenholz. Eine Sammlung bunter Kerzenleuchter kaschiert die angekokelte Stelle, auf der vor Jahren mal der Adventskranz gebrannt hat, aber das kann unser Gast ja nicht wissen. Also lasse ich meine Augen weiterwandern, hin zur Bildergalerie darüber: ein Leuchtturmmotiv von Edward Hopper, gerahmt, Kinderfotos der Tochter, bis in die Säuglingszeit zurückreichend, ebenfalls gerahmt; ein Kunstdruck von Paul Klee – bunte Würfel –, kein Rahmen, daneben ein nachempfundenes Motiv aus Jules Kunstunterricht, hinter Glas. Weiterhin der handgeknüpfte Wandteppich mit dem sandfarbenen Muster, irgendwann einmal in Frankreich gekauft, aber wohl marokkanischen Ursprungs. Eine weder sonderlich kenntnisreich noch geschmackvoll kuratierte Sammlung, wie mir durchaus bewusst ist, aber darum ging es auch nie. Ich bin niemand, der ständig umdekoriert. Die Dinge sind auf einmal da und bekommen einen Platz zugewiesen, an dem sie heimisch werden können. Zum Dank machen sie umgekehrt einen Raum zum Heim, so in etwa lässt sich meine Einrichtungsphilosophie beschreiben. Jetzt gerade bin ich mir nicht sicher, ob sie noch Gültigkeit besitzt. Ob sie sich nicht auch überholt hat wie so vieles.

Ich schaue wieder Alexander Hild an, überlege, was für ein Mensch er wohl ist. Hat er sich nur höflich über die Sofa-Sessel-Wandteppich-Kleinbürgerlichkeit hinweggelobt? Will er sich einschmeicheln? Oder meint er tatsächlich, was er sagt?

Ich entscheide mich für Letzteres: Mir gefällt diese offene Zugewandtheit, das scheinbar vorurteilslose Interesse, das er seiner Umgebung zuteilwerden lässt einschließlich meiner Person. Mir gefällt dieses Lächeln.

»Wir können uns gern duzen«, schlage ich vor und ergänze augenzwinkernd: »Wo wir doch jetzt miteinander verwandt sind.«

Er willigt sofort ein, setzt nachdrücklich hinzu: »Von mir

aus sehr gern.« Wie angenehm doch ein gut gelaunter Mensch ist.

»Kerstin«, sage ich.

»Alex.« Er streckt mir die Hand hin. Sie ist warm und weich.

»Kein Alexander?«

»Für meine Freunde bin ich Alex. Und für die Verwandtschaft auch.« Sein Blick streift kurz die dritte Tasse.

»Uwe kommt sicher gleich«, behaupte ich. »Er meinte, wir sollten ruhig schon ohne ihn anfangen.«

»Okay.« Alexander Hild – Alex – lächelt, faltet die Hände, verschränkt die Finger ineinander. »Also, Kerstin. Dann will ich mal versuchen, unsere verwandtschaftlichen Verstrickungen zu entwirren. Wie gesagt, ich bin das Kind von Ilse Hild. Ilse, geborene Schoops, die Schwester von Evelyn, Uwes Mutter – und der Mutter seiner Schwester Martha natürlich. Mein Vater war Günther Hild. Er –«

»Stopp!«, rufe ich, weil mir das alles schon jetzt zu viel wird. Ich war noch nie gut darin, die graduellen Feinheiten und Unterschiede diverser verwandtschaftlicher Verhältnisse auseinanderhalten zu können. Aber was, bitte schön, habe ich erwartet? Ahnenforschung ist nun einmal nichts anderes als das Sammeln und Sortieren von Namen und Daten. Uwe hat recht. Die Sache ist nichts für uns.

»Ich weiß, es ist schwer zu verstehen«, räumt dieser Alex ein. Offensichtlich hat er mir meine Verzweiflung angemerkt. »Deshalb habe ich es euch aufgemalt. Hier.« Er zieht eine Mappe hervor, schiebt mir einen handgezeichneten Stammbaum hin und ignoriert dabei, dass Uwe gar nicht anwesend ist. Ich beuge mich über das Diagramm, studiere es pflichtschuldig – oder tue zumindest so, denn die Skizze macht es nicht besser, im Gegenteil. Ich hasse diese Dinger. Austauschbare Namen, austauschbare Beziehungen, austauschbare Geburts- und Sterbedaten. Was sagen diese Buchstaben- und Zahlengräber schon über die Menschen aus?

Ohne Lesebrille kann ich ohnehin nichts Rechtes erkennen.

»Einen Moment, bitte.« Ich stehe auf, gehe ins Wohnzimmer, finde die Brille auf der Sessellehne, kehre ins Esszimmer zurück, betrachte nun den Stammbaum genauer. Tatsächlich, da steht's: Evelyn Wagner. Ein zartes, nach unten weisendes Ästchen führt von ihr direkt zu Uwe. Seltsam, ihn da so stehen zu sehen, mit allen drei Vornamen und seinem Geburtsdatum. Daneben der Eintrag seiner Schwester Martha. Auch bei ihr ist nur das Geburtsdatum vermerkt. Ein eigenartiges Gefühl.

Auf der Ebene der Geschwister enden die Aufzeichnungen.

Alex' Finger malt mir familiäre Verbindungslinien auf. Ich schaue auf seine schmale, beinahe zarte Hand. Die Hand eines Arbeiters ist es jedenfalls nicht.

»Was machst du eigentlich beruflich?«, erkundige ich mich.

Falls ihn die Frage verwundert, lässt er es sich nicht anmerken. »Was glaubst du?« Wieder dieses Lächeln, ein wenig spitzbübisch dieses Mal.

»Trickbetrüger«, sage ich. Oder beinahe. Einer, der familiäre Verbundenheit vorgaukelt und dir ans Geld will. Der Scherz liegt mir auf der Zunge, aber er wäre doch zu frech. Ebenso wie der Begriff Heiratsschwindler, der mir gleich im Anschluss durch den Kopf schießt: dieser samtene Blick, die entwaffnende Freundlichkeit. Aber es würde keinen Sinn ergeben, immerhin bin ich schon verheiratet, und eigentlich geht es auch gar nicht um mich, muss ich mir wieder ins Gedächtnis rufen.

»Keine Ahnung.« Ich zucke demonstrativ die Achseln.

»Ich bin Lehrer«, löst Alex das Rätsel auf.

»Ah ja. Welche Fächer?«

»Mathematik und Geografie.«

»Meine Lieblinge!« Ich klatsche in die Hände. »War nur ein Scherz. Ich war in beidem eine Niete. Welche Schule?«

»Gymnasium.«

»Uwe ist übrigens auch Lehrer.«

»Na bitte!« Alex klopft mit den Knöcheln auf die Tischplatte. »Da haben wir ja schon eine Familienähnlichkeit gefunden.«

»Bestimmt nur ein Zufall«, wiegele ich ab, aus Solidarität mit meinem Mann vermutlich, dem Alex' Behauptung sicher nicht gefiele. »Uwe war nicht immer Lehrer«, sage ich. »Er unterrichtet erst seit ungefähr fünfzehn Jahren. Metallbau, an einer Berufsfachschule. Das ist wohl etwas anderes.« Er ist sozusagen nicht von Berufs wegen Lehrer, könnte ich ergänzen, weil Uwe das wichtig ist. So, wie es auch in der Politik Quereinsteiger gibt und solche, die nie etwas anderes gemacht haben. Wobei die Quereinsteiger in der Politik ebenfalls meist wieder Lehrer sind, also eigentlich in doppelter Hinsicht keinen richtigen Beruf haben, ergo: von nichts eine Ahnung. So sieht Uwe die Sache. Seine Meinung zum Thema ist mir derart gegenwärtig, als wäre es meine eigene, doch ich hüte mich, sie an dieser Stelle zur Sprache zu bringen. Genauso wenig erwähne ich, dass die Umschulung vom Mechaniker zum Ausbilder nicht ganz freiwillig erfolgte, sondern einem Bandscheibenvorfall geschuldet war.

Alex sagt erst einmal nichts weiter. Trinkt seinen Kaffee. Nimmt sich einen Keks.

»Diese Evelyn hier.« Ich tippe mit dem Zeigefinger auf den Eintrag, auf den er mich eben hingewiesen hat. Uwes leibliche Mutter, von der nur das Geburtsdatum vermerkt ist, das mir im Übrigen bislang unbekannt war. »Du weißt sicher, dass sie schon seit Ewigkeiten tot ist?« Ich schaue kurz auf. »Wie auch Uwes Schwester Martha«, wieder deute ich auf das Blatt. »Sie sind beide bei einem Verkehrsunfall gestorben.« Mein Gast hält einen flüchtigen Moment inne, setzt dann seine Tasse ab, schluckt den Keks hinunter. »Diese Information fehlt dir wohl«, schiebe ich nach. »Uwe war damals erst zwei Jahre alt. Alles sehr tragisch, aber er hat keine richtige Erinnerung mehr an die beiden.«

»Wir sprechen von Martha, ja?« Alex wirkt plötzlich eine Spur heiser, als steckte ihm ein Kekskrümel im Hals. Er räuspert sich, nimmt noch einen Schluck Kaffee.

»Ja, von Uwes Schwester«, bekräftige ich.

»Von einem solchen Unfall weiß ich nichts.« Die Bestimmtheit seines Tonfalls erweckt einen gewissen Unmut in mir.

»Nun, jetzt weißt du es. Jetzt kannst du noch zwei Kreuzchen auf dein Blatt malen.« Ich zeichne mit dem Zeigefinger zwei Kreuze in die Luft, schiebe das Papier demonstrativ von mir und hülle mich in Schweigen. Wie kann er denn über derart wichtige Dinge nicht informiert sein?

Die Stimmung ist schlagartig dahin.

Dieses Treffen führt zu nichts. Ich hätte diesen Alex nicht einladen dürfen. Nun muss ich zusehen, wie ich ihn wieder loswerde. Von wegen Verwerfungen. Man hat nichts davon. Sie bringen nur Ungemach.

Wieder schaue ich auf seine schmalen Hände, verspüre ein Prickeln, das nicht hierhergehört. Eine Missempfindung und zugleich eine sehr angenehme. Der Widerspruch irritiert mich. Irritiert mich schon die ganze Zeit. Schnell wende ich den Blick ab.

Vor dem Fenster die stoppelköpfigen Lavendelbüsche, denen ich heute Morgen zu Leibe gerückt bin, der Essigbaum, noch unspektakulär, aber hier und da mischt sich bereits eine Spur Orange ins Grün, eine Amsel, die einen Regenwurm aus dem Rasen zieht.

»Okay.« Alex Hild hat offenbar verstanden. »Vielleicht hast du recht, Kerstin. Vielleicht spielt das alles keine Rolle mehr. Und ich sehe ja, dass …« Sein Blick streift das unberührte Gedeck. »Jedenfalls bedanke ich mich für die Einladung und für deine Zeit.« Er steht auf, und ich halte ihn nicht zurück. Ob wir in Verbindung bleiben wollen, frage ich dann doch, mich selbst überrumpelnd, als wir bereits in der Tür stehen, und schiebe hinterher: »Für den Fall, dass Uwe sich die Sache durch den Kopf gehen lässt.«

»Für welchen Fall auch immer«, antwortet Alex und schenkt mir ein so warmes Lächeln, dass mir schwindlig wird.

Ich kichere wie ein Schulmädchen, fahre mir mit beiden Händen durchs Haar. Kerstin, ermahne ich mich selbst. Sei nicht albern.

Als er weg ist, schnappe ich mir mein Handy, öffne die Internetseite der Schule, an der er angeblich unterrichtet. *Alexander Hild, Oberstudienrat, Mittelstufenkoordinator.*

Ich hole die Sprühsahne aus dem Kühlschrank, nehme mir einen Keks, sprühe einen großzügigen Tupfen darauf, bemühe mich dabei, ihn so perfekt wie möglich hinzubekommen. Das Ergebnis ist steigerungsfähig, also nehme ich mir noch einen Keks, denke an Uwe, meinen Mann, der seiner eigenen Familie immer ausgewichen ist. Ein Stiefkind ist ein Stiefkind, hat er mal gesagt, und damit war das Problem für ihn sowohl umrissen als auch abgehakt. Nachbohren zwecklos.

Die eruptiven Verwerfungen in Uwes Leben liegen lange zurück; ein Alex Hild wird kein neuerliches Beben auslösen. Nicht bei meinem Mann.

Warum, bitte schön, bumpert mein Herz? Kerstin, rufe ich mich erneut zur Ordnung. Wäre es nicht so abwegig, könnte man denken, du bist verknallt.

Ein dritter Keks muss dran glauben.

6.

KERSTIN

Hallöle, bin wieder da.« Uwe steckt den Kopf durch die Tür. Ich bin dabei, den Kaffeetisch abzuräumen.

»Und, hat's geklappt?«, frage ich.

»Wissen wir noch nicht hundertprozentig. Aber wir kommen voran.«

»Das klingt gut.« Ich lasse mir absichtlich Zeit mit den Gedecken. Mit den drei Gedecken. Räume erst meines fort. Dann das zweite. Dann das unberührte dritte. Uwe bemerkt es nicht einmal.

»Willst du noch Kaffee?«, frage ich.

»Nein. Ich hab 'nen Mordskohldampf. Du auch?«

»Hm.«

»Lass uns Pizza bestellen, okay?«

»Einverstanden.«

»Aber erst gehe ich duschen.«

»Mach das.«

Die Tür schließt sich, und ich starre auf den handgemalten Stammbaum, den Alex auf dem Tisch liegen gelassen hat. Schnell falte ich ihn zusammen und schiebe ihn in das Buch, das ich gerade lese. Plötzlich erscheint noch einmal Uwes Kopf in der Tür.

»Hat sich dieser Alexander Hild eigentlich gemeldet?«

Ich zögere einen Moment. »Nein«, sage ich dann.

»Na siehst du.«

Ja, ich sehe es. Uwe kommt klar und ich auch. Wir sind all die Jahre lang klargekommen. Wozu alte Wunden aufreißen? Oder neue Verletzungen riskieren?

Ist nicht jeder Mensch im Grunde einsam? Erwarte ich zu viel von Uwe? Ehepartner sind keine siamesischen Zwillinge, hat meine Freundin Angie gesagt. Es gibt nun mal Unterschiede, die sich nicht überwinden lassen. Damit muss man leben. Vielleicht ist es so. Vielleicht fühlen sich alle nach mehr als dreißig Jahren Ehe einsam. Oder viele.

Gut, unsere Freunde Heike und Frank sicher nicht, sie haben sozusagen den Jackpot in Sachen harmonische Zweisamkeit gezogen. Allerdings um den Preis, dass man mit ihnen einzeln nicht viel anfangen kann, da sie jeweils immer nur vom anderen reden.

Vielleicht spinne ich einfach, denke ich, als Uwe gegen halb sieben nach mir schaut. Vielleicht habe ich den Auszug unserer Tochter noch immer nicht richtig verkraftet.

»Bist du fertig?«, fragt er, selbst bereits in Jacke und Schuhen. Eigentlich bin ich diejenige, die auf ihn warten muss, aber heute ist es umgekehrt. Als wollte er mir zeigen, dass meine Gewissheiten keineswegs immer zutreffen.

Wir sind mit Angie und Eric zum Poker verabredet, wie jeden ersten Sonntag im Monat. Heike und Frank kommen auch, ebenso wie meine alte Freundin Bea und Carla, meine Arbeitskollegin, die ich irgendwann mal in diesen Kreis eingeschleust habe, weil sie eine begnadete Zockerin ist. Meist stellt sie uns alle kalt, was den Spielreiz erhöht, aber auch den Frust. Dieses Täuschen und Tricksen, im Grunde liegt mir das nicht. Ich gewinne nie. Und habe insgeheim schon lange keine Lust mehr auf diese Abende.

»Nun komm, du hast zugesagt«, fordert Uwe mich auf, als ich irgendetwas in der Richtung murmele, und reicht mir meine Jacke. »Zu Hause wird es auch nicht spannender.«

Da hat er recht.

7.

EVELYN

Da ist dieser Gedanke: Was schätzt sie noch an Friedrich? Merkwürdigerweise ist es seine physische Abwesenheit, die ihr plötzlich Raum lässt, über diese Frage nachzudenken.

Ernst und aufrichtig ist er, war es schon damals. Das hat sie gleich gemocht an ihm. Er hat nicht diese kindische Prahlsucht besessen wie andere junge Männer, und ihr gegenüber war er immer ausgewählt höflich.

Sie haben einander in der Tanzschule kennengelernt. Für Vergnügungen fehle ihm leider häufig die Zeit, erklärte er ihr damals gleich, aber ein Mann müsse tanzen können, das gehöre nun einmal dazu. Diese klare Bestimmtheit, der feierliche Ernst haben ihr imponiert. Mit derselben Zielstrebigkeit, die Friedrich beim Erlernen von Walzer und Foxtrott an den Tag legte, warb er auch um sie. Nachdem sie ein paar Monate miteinander gegangen waren, machte er gleich Nägel mit Köpfen und hielt um ihre Hand an. »Wozu unnötig Zeit verschwenden? Womöglich kommt noch jemand anders und schnappt dich mir weg.« Selbst im Scherz blieb Friedrich in gewissem Sinne ernst. Wie gerührt Evelyn war und wie stolz! »Für mich gibt es nur dich«, versprach er und nahm ihre Hände schützend in seine. Auch für sie gab es nur ihn. Sie konnte sich nicht vorstellen, jemals einen anderen zu lieben. Warum also nicht heiraten? Sie war zwar erst neunzehn, aber das schien ihr kein Hinderungsgrund zu sein, im Gegenteil: Es war ein großes Glück, den Richtigen schon so früh im Leben gefunden zu haben. Wo man das Glück findet, muss man es aufsammeln. So dachte sie damals.

Das Problem waren ihre Eltern. Friedrich und sie hatten sich – von den Tanzstunden abgesehen – meist heimlich getroffen, denn miteinander auszugehen, hätte Evelyns Vater nicht erlaubt.

Diese Heimlichtuerei war auch etwas, das Friedrich zutiefst gegen den Strich ging. Er war für klare Verhältnisse, in jeder Lebenslage. Also drängte er darauf, bei ihren Eltern vorstellig zu werden.

»Muss das sein, Evelyn?«, fragte die Mutter. »Du bist zu jung, um dich zu binden.« Und dann, weicher: »Lass dir doch noch ein bisschen Zeit. Andere Mütter haben auch schöne Söhne. Du hast sie nur noch nicht kennengelernt.«

Die schönen Söhne anderer Mütter konnten Evelyn gestohlen bleiben, und so kam der Sonntagnachmittag, an dem Friedrich in Anzug und Krawatte und mit einem Blumenstrauß bewehrt vor der Tür stand. Es war ein kühler Herbsttag, daran erinnert sie sich sehr genau. Der Wind trieb das Laub vor sich her und schickte einen feinen Sprühregen mit, der das Einschlagpapier des Blumenstraußes bereits leicht durchweicht hatte; auch auf Friedrichs Mantel und dem sauber gescheitelten Haar glitzerten feine Tröpfchen, trotzdem strahlte er von Kopf bis Fuß Würde aus.

Ihre Familie wohnte damals noch in der Kantstraße, in der Wohnung im ersten Stock, in der Evelyn aufgewachsen war. Auch Ilse, die ältere der beiden Schwestern, lebte zu diesem Zeitpunkt noch dort.

Die Mutter hatte die gute Stube eingeheizt, es gab Bohnenkaffee – Mutti sagt immer Bohnenkaffee, damit nur ja keine Missverständnisse aufkommen –, dazu selbst gebackenen Kuchen, obwohl sie sonst nicht viel buk. Die Chrysanthemen wanderten in eine hohe Vase, die sie mit einem untergelegten Häkeldeckchen auf dem Kirschbaumbüfett abstellte. Der Vater thronte bereits am Kopfende des Tisches und blickte staatsmännisch drein. Evelyn kannte diesen Gesichtsausdruck und fand ihn albern, was ihre Nervosität allerdings nicht minderte. Die Eltern saßen nun einmal am längeren Hebel. Sie schenkte Kaffee ein, tat Kuchen auf, stieß Ilse im Vorbeigehen heimlich mit dem Ellbogen ins Kreuz. Wie ihre Schwester glotzte, mit leicht offenem Mund und sezierendem Blick, als wäre Friedrich ein exotisches Tier, das es im Auge zu behalten gelte. Aber dahinter lauerte noch etwas anderes, was Evelyn weit weniger gefiel, so eine Art Fresstrieb.

Die Mutter reichte Zucker und Kaffeesahne herum, legte bald eigenhändig noch einmal nach – der junge Mann könne sicher ein zweites Stückchen Kuchen vertragen –, und Friedrich bedankte sich, bedankte sich, bedankte sich.

Nach dem Kaffee saßen alle steif am Tisch, Ilse glotzte noch immer, und die Pendeluhr tickte die Zeit weg. Dann ging es los mit der Befragung.

»Was machen Sie denn so beruflich, junger Mann?«, erkundigte sich der Vater, obwohl er bereits wusste, dass Friedrich Mechaniker war. Ein Akademiker wäre ihm lieber gewesen, immerhin hatte er selbst es bis zum Verwaltungsbeamten gebracht.

»Mechaniker also. Gut, gut«, befand der Vater. »Die Dinge müssen am Laufen gehalten werden.« Wie wahr. Wo Friedrich denn arbeite?

Im Familienbetrieb, schon in dritter Generation. Der erste Wagner habe noch an Pferdekutschen geschraubt, erzählte Friedrich. Motorisierte Pferdestärken seien ihr lieber, bemerkte Ilse mit blödsinnigem Lachen, die Hände immerfort am frisierten Haar. Die Mutter durfte sich derweil ein wenig entspannen. Als einziger Sohn hatte Friedrich den elterlichen Betrieb sozusagen schon in der Tasche, das machte es Evelyn leichter. Aus der Werkstatt könne ja auch einmal ein Autohaus werden, warf sie hoffnungsvoll ein und stellte sich dabei zweifelsohne ein modernes Gebäude mit großen, blitzenden Glasscheiben vor, hinter denen sich große, blitzende Neuwagen ihren glücklichen Käufern präsentierten. Auch Friedrich hielt eine solche Entwicklung für möglich. Man müsse eben mit der Zeit gehen, anstatt sich ihr entgegenzustellen, und damit hatte er die Mutter halbwegs auf seiner Seite.

Heimlich hat sie zwar von einem Juristen geträumt oder einem Mediziner – das heißt, so heimlich nun auch wieder nicht, sonst hätte Evelyn ja nicht davon gewusst –, aber Friedrichs sachliche, zielstrebige Art und seine vertrauenerweckende Ernsthaftigkeit stimmten die Eltern schließlich um. Einem Mann wie ihm konnte man die Tochter anvertrauen.

Friedrich war einer, der sie aus einer brennenden Scheune retten würde, ohne mit der Wimper zu zucken. Hat Evelyn es nicht schon gewusst? Und sie weiß: Er würde es auch heute noch tun.

Trotzdem hätten die Eltern die Sache gern noch ein Weilchen hinausgezögert, wäre da nicht die Schwangerschaft gewesen.

Abschlussball in der Tanzschule Hilgers. Es hatte Wein gegeben, daran erinnert sie sich. Eine laue Spätsommernacht; der Heimweg nicht über die Hauptstraße, sondern am Bachufer entlang. Friedrichs heißer Atem auf ihrem Hals. Dieses Drängen von Leib zu Leib. Dann ein kurzes, heftiges Stoßen, etwas, das außerhalb ihres Erfahrungshorizonts lag, worauf sie verschämt die Kleider hochgerafft und so getan hatten, als wäre nichts gewesen. Und genau so war es ihr am nächsten Morgen vorgekommen: als wäre nichts gewesen.

Während der schicksalsträchtigen Kaffeestunde war sie bereits in anderen Umständen, ohne es zu wissen, und als sie es dann wusste, gab es ohnehin kein Zurück mehr. Verlobung. Hochzeit. Friedrichs Jugendzimmer im Haus der Schwiegereltern: ihr neues Heim.

Ein Provisorium von absehbarer Dauer. Absehbar der Zeitpunkt, in dem die Kfz-Reparaturwerkstatt, die Vater Anton Wagner in Torbenau betrieb und die er von seinem eigenen Vater übernommen hatte, in Friedrichs Hände übergehen würde. Das zumindest war der Plan. Genau genommen war es kein Plan, denn der hätte ein gewisses Durchdenken vorausgesetzt, eine einvernehmlich getroffene Entscheidung, im Zweifelsfall sogar das Inbetrachtziehen eines möglichen Scheiterns. Doch all das hatte nicht stattgefunden, nicht einmal von Friedrichs Seite. Seit seinem sechzehnten Lebensjahr arbeitete er in der väterlichen Werkstatt, der Generationswechsel erschien ihm so erwartbar und unabänderlich wie der Wechsel der Jahreszeiten.

Nicht eingepreist in die vermeintliche Schicksalsfügung hatten Vater und Sohn allerdings die Sprengkraft gewisser familiärer Eigenheiten, denn Anton Wagner hatte nicht nur sein handwerkliches Geschick, sondern auch seinen kapitalen Sturschädel an den Sohn vererbt. Immer öfter wuchsen sich die Meinungsverschiedenheiten zwischen beiden zu handfesten Auseinandersetzungen aus, Familienkrach war an der Tagesordnung. Schließlich entzweiten sich Vater und Sohn völlig – Martha war zu diesem Zeitpunkt gerade geboren –, und in seinem Zorn überschrieb der Alte die Werkstatt einem langjährigen Angestellten.

Aus der Traum von der Betriebsübernahme. Aus der Traum von Evelyns baldigem Reichtum, in dessen Glanz sich ihre Eltern hätten sonnen können. Bei ihnen war Friedrich fortan unten durch.

Doch die ablehnende Haltung beider Elternpaare schweißte die Frischvermählten nur noch fester zusammen. Sie würden es schaffen, auch ohne die Alten, und bald konnte Friedrich dem Bruch nur noch Gutes abgewinnen.

»Ganz ehrlich, Evchen: Mein Vater ist doch von gestern, in

jeder Hinsicht. Blind für die Zeichen der Zeit. Aber die Konkurrenz schläft nicht, und ich hätte nicht zuschauen wollen, wie andere an mir vorbeiziehen.«

Nein, das hätte Evelyn auch nicht gewollt. Sie würde sich schon einfinden in ihrem neuen Leben.

Alles erschien ihr besser als die bedrückende Enge, in der sie ihr erstes Ehejahr verbracht hatten. Das enge Jugendzimmer, die Mahlzeiten am engen Tisch der Schwiegermutter, an dem Evelyn sich fühlte wie ein Parasit, ein von Woche zu Woche dicker werdender, sich bei ihr durchfressender Käfer, denn der Familienzwist machte auch vor Evelyns Person nicht halt.

Dann also Merenbach, ein Ort, von dem sie zuvor nie gehört hatte. Hier wollte Friedrich noch einmal neu anfangen, ohne den Alten im Nacken, der nichts verstehe von den modernen Zeiten.

Anfangs hat sie die Fremde nicht gestört, im Gegenteil: endlich weg von zu Hause, weg von allen Zwängen. Lieber ein kleiner Herr als ein großer Knecht, lautete Friedrichs neues Motto, dem sie sich vorbehaltlos anschließen konnte.

Geld war keins da, aber das machte Evelyn nichts aus. Sie war Bescheidenheit gewohnt und blickte voller Zuversicht in die Zukunft. Das wird schon, versprach Friedrich immer. Du kannst dich auf mich verlassen. Und das tat sie. Warum auch nicht? Er war keiner, der sich von einer Niederlage kleinkriegen ließ. Friedrich war ein Mann der Tat, er erschien ihr unzerstörbar. Folglich hatte sie bedenkenlos zugestimmt, das marode Haus am Ortsrand zu mieten, dessen überdimensionierte Scheune Friedrich ideal erschien, um darin eine Reparaturwerkstatt für Kraftfahrzeuge und Landmaschinen einzurichten. Später würde er das Haus kaufen, renovieren und auf der Wiese nebenan ein modernes Autohaus bauen.

Neun Jahre ist das nun schon her, auf das »später« wartet Evelyn immer noch.

8.

EVELYN

Nach nicht allzu langer Zeit musste Evelyn feststellen, dass die Heimatferne und die Entfremdung von den eigenen Eltern auch ihre Nachteile hatten. Wie gern wäre sie berufstätig gewesen! Wie beneidete sie die junge Frau im Schneideratelier in der Marksgasse, die so gekonnt Maß nahm und mit scharfer Schere die edlen Stoffe zuschnitt, ratsch, ratsch.

Aber wohin mit Martha? Eine Kinderfrau oder einen Kindergarten gab es damals nicht im Ort, alles wurde in der Familie geregelt. Eine, die sie hier nicht hatte.

Als frischgebackener Vater trug Friedrich Verantwortung, weit mehr noch als vorher, und so arbeitete er von morgens um sieben bis weit nach Sonnenuntergang in der Werkstatt, um dann abends am Küchentisch über der Buchführung zu hocken.

Doch da war diese Verbundenheit. Nachdem Evelyn das Kind zu Bett gebracht hatte, saßen sie gewöhnlich beieinander, sie mit irgendeiner Handarbeit im Schoß – einem Paar Strümpfe, das es zu stopfen galt, einem losen Knopf, bald dann auch einem zu kurz gewordenen Kleidchen, das ausgelassen werden musste. Dieses Beisammensitzen mochte sie sehr. Zwar sprachen sie kaum, aber sie waren einander sehr nahe und teilten die Gewissheit, die richtige Entscheidung getroffen zu haben.

Wann hat das aufgehört? Evelyn hat oft darüber gegrübelt, aber keine Antwort gefunden. Es gab nicht diesen einen Augenblick, den großen Knall – obwohl es hier und da durchaus geknallt hat –, es war eher ein schleichender Prozess, ein leiser, sich stetig vertiefender Zweifel, ob sich Friedrichs Träume, die gleichsam auch ihre waren, je erfüllen würden. Zwar lief es anfangs ganz gut, sein Fleiß zahlte sich aus, doch er war und blieb ein Mann, der, was er sich mit den Händen aufgebaut hatte, mit dem eigenen Hintern wieder einriss. Diese Erkenntnis war so unelegant wie wahr, und Evelyn litt zunehmend darunter.

Da war der Auftrag des Großbauern Stegmeier. Friedrich sollte über den Winter den gesamten Fuhrpark warten, eine einmalige Gelegenheit. Wie sie sich freuten! An jenem Abend öffneten sie sogar eine Flasche Wein und er für sich später noch eine zweite. Aber dann gab es Querelen. Stegmeier hielt einige der von Friedrich vorgeschlagenen Erneuerungen für unnötig, worauf sich dieser in seiner Kompetenz untergraben fühlte. Friedrich prophezeite Unheil für den Fall, dass seine Ratschläge nicht befolgt würden, was ihm vonseiten Stegmeiers den Vorwurf der Unlauterkeit einbrachte. Dieser wiederum führte zu einer verbalen Entgleisung Friedrichs, die Stegmeier veranlasste, den Auftrag zu stornieren.

Fortan kamen kaum noch Aufträge herein, kaum Wartungsaufträge zumindest, nur solche, die aus der Not geboren waren: hier ein Unfall, da eine plötzliche Panne. Evelyn hielt auch weiterhin unverbrüchlich zu Friedrich. Eine dumme Geschichte, eine unglückliche Fügung. Nichts, das nicht mit Fleiß und Anstand wiedergutzumachen wäre, so hoffte sie. Es müsste nur ein bisschen Gras über die Sache wachsen.

Das Gras wuchs, es wuchs in der Tat schnell, doch dann passierte diese andere Sache. Ein Kunde hatte ein Problem mit den Bremsen seines Wagens. Welches genau es war, weiß Evelyn nicht mehr, doch das Bild jenes offensichtlich gut betuchten Herrn gesetzten Alters steht ihr noch klar vor Augen.

»Wie lange werden Sie benötigen?«, erkundigte er sich forsch. Offenbar war er das Kommandieren gewohnt.

Friedrichs lapidare Antwort: »So lange es eben dauert.«

»Und das heißt?«

»Keine Ahnung. Wir brauchen neue Bremsscheiben, neue Bremsbacken und so weiter. Dieser Wagentyp ist ja nicht mehr das gängigste Modell.«

»Nicht mehr das gängigste Model? Ich darf doch sehr bitten! Mit diesem Wagentyp wurde Adenauer neulich durch die Hauptstadt kutschiert!«

»Es ist, wie's ist«, gab Friedrich ohne einen Funken Nachgiebigkeit zurück.

»Das ist nun wirklich unerhört!«, echauffierte sich der Kunde, worauf einmal mehr der Wagner'sche Jähzorn aus Friedrich herausbrach, wie so häufig, wenn er an jemanden geriet, von dem er sich in die Ecke gedrängt oder bevormundet fühlte.

»Die Bremsen sind Schrott, komplett Schrott!«, zischte er. »Geht Ihnen das nicht in den Kopf?«

Ein Wort gab das andere, dann rauschte der Kunde vom Hof und ward nicht mehr gesehen. Später stellte sich heraus, dass es der Landrat persönlich gewesen war.

»Wie's in den Wald hereinruft, schallt's heraus«, lautete Friedrichs einziger Kommentar, als Evelyn ihm die missliche Botschaft aufgetischt hatte, zusammen mit einem Viertelpfund Mett, frisch aus der Metzgerei Griese. Sogar die Aushilfe im Lebensmittelladen, Ulrike Kemmert, hatte so merkwürdig dreingeschaut. Ziemlich anzüglich hatte auch ihr »Darf es noch etwas sein, oder war's das für heute?« geklungen, was Evelyn besonders getroffen hatte.

Eine Soldatenbraut sei Ulrike Kemmert gewesen, hieß es, erst Braut, dann Witwe, mit nur ein paar Monaten Abstand dazwischen, und gerade mal einundzwanzig. Evelyn hat heimlich gehofft, in der alleinstehenden Verkäuferin, von der es hieß, sie stamme auch nicht von hier, eine Verbündete zu finden. Allerdings gab die Frau dieser Hoffnung wenig Nahrung, ihr Ton blieb unverbindlich. Nun klang er scharf.

Ein Indiz, dem weitere folgten. Der Landrat und seine Entourage hielten auch andernorts nicht mit ihrer Meinung über den neuen Mechaniker hinterm Berg, worauf diese ihre Kreise zog wie ein schwerer Stein, der ins Wasser geworfen worden war. Kunden kamen nicht wieder, Neukunden blieben aus. Es dauerte mindestens ein Jahr, wenn nicht länger, bis die Aufträge wieder ein ähnliches Volumen wie das vor der unseligen Begegnung erreichten.

Inzwischen bedurfte es keines nassforschen Landrats mehr, um Friedrich auf die Palme zu bringen. Es reichte eine unbedachte Bemerkung von Evelyn. Dabei war es nicht so, dass Friedrich sie ständig schlecht behandelte, dass er keine Zuneigung mehr für sie empfunden hätte – die empfand und empfindet er durchaus noch, wenn auch auf seine sparsame evangelische Art. Aber irgendetwas fehlte. Sie hätte nicht benennen können, was es war, wohl aber das Gefühl, das es in ihr auslöste: Einsamkeit. Sie fühlte sich einsam trotz Kind und Ehemann. Das war verwerflich, und weil es verwerflich war, gesellte sich zu der Einsamkeit das schlechte Gewissen.

Bald ließ sie das Handarbeiten sein, es erschien ihr gar zu bäuerisch und rückständig. Sie hatte nun immer eine Illustrierte im Schoß, wurde geradezu süchtig nach dem Klatsch und Tratsch aus den Adelshäusern, nach den Irrungen und Wirrungen des Prominentenlebens. Kinder spielten darin keine Rolle, sie kamen schlicht nicht vor.

In ihrem eigenen Leben dagegen schon, denn auf einmal war Kai da, und ihr blieb keine Zeit mehr für Adelsklatsch.

Aber Kai war ein Sonnenschein und sorgte dafür, dass es ihr eine Weile besser ging.

Und ein Sonnenschein ist er auch heute noch.

9.

KERSTIN

Es tut mir leid.« Kein sonderlich geglückter Einstieg für ein Gespräch, das ist mir bewusst, aber ein besserer fällt mir nicht ein. Alex schon.

»Hallo, Kerstin«, sagt er freundlich, und ich erschrecke ein wenig, weil er mich gleich an der Stimme erkannt hat. Blödsinn. Er hat meinen Namen auf seinem Display gelesen. »Was tut dir leid?«, erkundigt er sich sanft.

»Der Ausgang unseres Treffens neulich. Die Sache mit den Sterbekreuzen und so weiter. Ich war nicht sehr höflich. Und auch nicht ganz ehrlich.« Schweigen. »Ich muss dir gestehen: Uwe hatte von Anfang an kein Interesse an diesem Treffen. Er wollte nicht dabei sein, verstehst du? Ich habe dich nur eingeladen, weil ich neugierig war.«

»Neugier ist doch ein ganz guter Anfang«, entgegnet Alex munter.

»Aber ich bin leider die falsche Person«, widerspreche ich sanft, um ihn nicht zu sehr abzubügeln. »Außerdem sind mir diese ganzen verwandtschaftlichen Verstrickungen sowieso zu hoch. Dieses Auseinanderklamüsern von Neffen, Großtanten, Schwippschwagern und so weiter, das ist nicht wirklich interessant für mich, sorry.«

»Für mich eigentlich auch nicht«, räumt Alex bereitwillig ein. »In gewisser Weise ist es nur Mittel zum Zweck.«

»Ach ja? Und der wäre?«

»Wie ich bereits sagte: Ich bin jetzt mehr oder weniger allein auf der Welt. Ich wollte schauen, wer da eigentlich noch so zu meinem Clan gehört. Blut ist dicker als Wasser, du weißt schon. Aber kaum fange ich an, merke ich, dass da doch so einiges im Argen liegt.«

»Wie meinst du das?«, frage ich skeptisch.

»Tja, wie soll ich sagen … Das ist jetzt eigentlich nichts für ein lockeres Telefonat, Kerstin.«

Wir treffen uns nach der Arbeit im Café Possmann. Obwohl sich die Kaffeezeit bereits ihrem Ende entgegenneigt, ist es noch immer rappelvoll. Nur mit Mühe ergattern wir einen freien Platz an einem Zweiertisch. Nebenan brechen fünf Leute gleichzeitig auf, und wir müssen sie zunächst passieren lassen. Während sie sich an uns vorbeidrängen, legt mir Alex ganz sacht die Hand an die Taille und schiebt sich schützend vor mich. Es ist nur eine winzige Geste, ein kleiner Moment, kaum mehr als eine Sekunde. Doch die reicht auch für einen heftigen Stromschlag. Da, wo Alex mich berührt hat, kribbelt meine Haut. Herr im Himmel!

Wir setzen uns, danken uns wechselseitig für unser Kommen und müssen beide über unsere Förmlichkeit lachen, was die Situation deutlich entspannt.

»Also, wo waren wir stehen geblieben?« Alex schenkt mir ein warmes Lächeln.

»Bei der Ahnenforschung, die nicht so recht unser Ding ist, Uwes und meins«, antworte ich, als gehörte es zu meinen ehelichen Verpflichtungen, meinem Mann die Stange zu halten und der guten Stimmung einen Dämpfer zu versetzen.

»Wobei ich festhalten möchte, dass es mir nicht so sehr um die Ahnen geht, sondern vielmehr um die, die noch leben«, lenkt Alex mit sanftem Lächeln ein.

»Umso enttäuschender muss es für dich sein, dass Uwe nicht da ist.«

»Enttäuschend? Keineswegs.« Alex schüttelt den Kopf.

»Ich habe ja dich kennengelernt. Du gehörst doch auch irgendwie zur Sippe.« Er schaut mir in die Augen, lächelt noch immer dabei. Ich spüre, wie mir das Blut in die Wangen steigt, und fühle mich geradezu erlöst, als die Bedienung an unseren Tisch tritt. Es ist Sabrina, ein Mädchen aus unserer Nachbarschaft.

»Tag, Frau Wagner«, begrüßt sie mich und hebt cool zwei Finger von ihrem Tablet.

»Hallo, Sabrina. Ich wusste gar nicht, dass du hier arbeitest.«

»Ist nur zur Aushilfe, zweimal die Woche.« Ihr Zeigefinger schwebt bereits über dem Display. »Was darf ich bringen?«

Einen Kaffee für Alex, eine Cola für mich.

»Wir hätten da noch eine gedeckte Apfeltorte im Angebot oder den Bananen-Kirschkuchen, sehr zu empfehlen; die Schokoladentarte wird auch gerne genommen oder die Brownies«, rattert sie tonlos herunter. Ich lehne dankend ab, doch Alex nimmt die Apfeltorte.

»Geschäftstüchtig«, spöttele ich, nachdem Sabrina abgerauscht ist. »Sie muss nur noch ein bisschen an ihrem Ton feilen.« Wir schmunzeln beide, schauen ihr kurz nach. Sie hat einen flinken und zugleich watschelnden Gang. Diese jungen Dinger, irgendwie sind sie alle rührend.

»Du hast von gewissen Ungereimtheiten gesprochen«, komme ich auf unser Thema zurück. Ich spüre, dass ich das Heft nicht aus der Hand geben darf, sonst bin ich verloren. Sonst wickelt mich Alex mit seinem Charme und seinem innigen Dackelblick um seinen kleinen Finger. Nicht dass er mir am Ende noch eine Kamelhaardecke andreht oder eine romantische Busreise nach Feuerland. Womit wir wieder nahe am Trickbetrüger wären. Aber nein, er ist Mittelstufenkoordinator, und überhaupt erscheint mir meine Sorge übertrieben.

»Mich hat gewundert, dass du mit so großer Bestimmtheit sagtest, Martha wäre tot«, nimmt Alex den Faden wieder auf.

»Du meinst Uwes Schwester?«, vergewissere ich mich.

»Ja, aber sie ist nicht als Kind gestorben.«

»Doch, ist sie«, beharre ich leicht gereizt.

»Nein, ist sie nicht.«

»Wieso bist du dir da so sicher?«

»Ich bin mir sicher, weil sie einmal beinahe so etwas wie eine Schwester für mich war. Wir sind zusammen aufgewachsen, eine Zeit lang zumindest.«

Uff. Diese Info muss ich erst einmal verdauen.

Mir schießen all die Taufen, Geburtstage, Jubiläen durch den Sinn, bei denen das Thema Familie, Uwes Familie, plötzlich wie der sprichwörtliche Elefant im Raum gestanden hat. Oder sagen wir besser: das Nichtvorhandensein dieser Familie. Die Lücke, die sich bei bestimmten Anlässen plötzlich auftat. Aber auch daran haben wir uns gewöhnt, ganz nach dem Motto: Die Natur kennt kein Vakuum. Meine Familie – meine Eltern, genauer gesagt, Geschwister habe ich ja keine – wurde auch zu Uwes Eltern, und als solche betrachtet er sie, auch noch nach ihrem Tod.

»Neulich hast du behauptet, du wärst ein Einzelkind«, sage ich. »Jetzt hast du plötzlich eine Schwester. Eins von beidem kann ja nun nicht stimmen.«

»Ich wollte nicht gleich mit der Tür ins Haus fallen«, antwortet Alex gelassen.

»Verstehe ich nicht.«

»Ich war ein Einzelkind, das ist richtig. Der skizzierte Familienstammbaum, den ich dir gezeigt habe, falls du dich erinnerst.« Er lächelt verhalten. »Meine Mutter Ilse war wie gesagt Marthas Tante. Martha hatte große Probleme in ihrer Familie, deshalb hat Ilse sie irgendwann zu sich genommen. Allerdings war Martha viel älter als ich und ist dann auch sehr früh wieder ausgezogen. Ein richtiges Geschwisterkind war sie also nicht. Später hat sie sich dann auch mit meiner Mutter überworfen. Martha war …« Er zögert, winkt schließlich ab. »Lassen wir das. Nach ihrem Auszug kam sie jedenfalls nur noch selten zu Besuch, und irgendwann kam sie gar nicht mehr, aber das habe ich damals ehrlich gesagt nicht so richtig wahrgenommen.« Wieder hält er einen Moment inne. »Ja, so war das«, bekräftigt er mit einem tiefen Seufzer, wirkt aber keineswegs leidend dabei.

Sabrina bringt uns die Getränke, serviert Alex den Kuchen.

»Mmh, der sieht aber köstlich aus«, lobt er.

Sabrina reagiert nicht darauf.

»Kartoffelpamp«, sagt Alex unvermittelt.

»Wie?« Ich muss lachen.

»Daran erinnere ich mich gerade. Kartoffelpamp mit Apfelmus. Das war unser gemeinsames Lieblingsessen – das von Martha und mir.«

»Kartoffelpamp und Apfelmus«, wiederhole ich.

»Solltest du auch mal probieren. Gut gegen Kümmernisse, selbst der schlimmsten Sorte.« Alex grinst.

»Womit wir wieder beim Thema wären«, sage ich und trinke einen Schluck. »Martha … Wieso denkt Uwe, sie wäre tot?«

»Keine Ahnung. Das ist ja das Merkwürdige.«

»Meintest du das, als du sagtest, es liege etwas im Argen?«

»Ja.«

»Und was ist mit Uwes Mutter?«, frage ich. »Welche Rolle spielt sie in dieser Geschichte?«

»Auch das weiß ich nicht«, antwortet Alex mit bedauernder Geste. »Danach solltest du vielleicht besser deinen Mann fragen.« Er greift zur Gabel und widmet sich seinem Kuchen.

»Meinen Mann müssen wir leider außen vor lassen, zumindest vorerst«, sage ich. Da ist auf einmal dieser drängende Wunsch, Uwe in Schutz zu nehmen. Ihn zu schützen vor der sanften Zielstrebigkeit dieses Mannes, der mir hier gegenübersitzt. Vor seinen schmalen Händen, seinen sanften Rehaugen, dem einschmeichelnden Tonfall. Seiner Wirkung, die er auf mich ausübt, und davor, dass Uwe im direkten Vergleich womöglich den Kürzeren ziehen könnte. Ich will keine Vergleiche anstellen. Ich will Uwe nicht schlecht aussehen lassen.

Aber vielleicht ist nicht so sehr Uwe derjenige, den ich beschützen möchte. Vielleicht bin ich es selbst.

»Uwe und ich haben keine Geheimnisse voreinander. So ist das nicht«, behaupte ich. »Aber es gibt Dinge, an denen man vielleicht besser nicht rührt.«

Alex nickt, als wüsste er genau, wovon ich spreche, greift zu seiner Papierserviette und betupft sich die Lippen. »Wie war Uwes Verhältnis zu den Eltern?«, erkundigt er sich, tupft nochmals, legt die Serviette zur Seite.

»Nicht gut«, antworte ich. »Weder zum Vater noch zur Stiefmutter. Deshalb ist er früh ausgezogen. Er wollte nichts mehr mit ihnen zu tun haben, und das hatte er auch nicht. Trotzdem hat er sich ganz gut eingerüttelt in seinem Leben. Ihm fehlt nichts.«

»Eingerüttelt«, wiederholt Alex mit sichtlichem Gefallen. »Was für ein wunderbarer Ausdruck!«

Klar, er ist Deutschlehrer. Nein, ist er nicht, fällt mir ein. Was war es noch gleich? Mathe und Erdkunde? Egal. Jedenfalls trifft zu, was ich sage: Uwe braucht keine Bewusstseinserweiterung in Sachen Familie. Er braucht keine neuen Wahrheiten. Das war und ist seine Haltung, und ich habe sie immer akzeptiert. Aber was zum Kuckuck tue ich dann überhaupt hier?

Wieder muss ich daran denken, was ich spürte, als ich

zum ersten Mal mit Alex an einem Tisch saß. Die Verwerfung in meinem Leben, wie ein Schluckauf in unserem sonst so still strömenden Alltag, ein Herzstolpern, ein kleines vulkanisches Beben im Strom der Zeit. Es hat mich erschreckt, sogar ein wenig geängstigt, aber habe ich es womöglich auch herbeigesehnt?

Und war es wirklich der Zufall, der diese Verwerfung herbeigeführt hat, oder war sie bereits in mir angelegt wie eine Sollbruchstelle? Eine Empfänglichkeit, die in mir schlummerte und sich nur ihr Ventil suchte? Ist Alex dieses Ventil?

Es fällt mir schwer, diese Gedanken vor mir selbst zuzulassen. Bleiben wir beim Thema.

»Lebt Martha noch?«, erkundige ich mich.

»Ich denke schon«, antwortet Alex. »Aber ich hatte lange keinen Kontakt mehr zu ihr. Das letzte Mal kam sie zur Beerdigung meines Vaters. Beim Begräbnis meiner Mutter …« Er bricht mitten im Satz ab, holt tief Luft. »Nun – sie war nicht da. Aber reden wir von anderen Dingen. Der Kuchen ist wirklich köstlich. Möchtest du probieren?«

»Nein danke.«

»Nur ein Stück. Hier, nimm den Kaffeelöffel, ich habe ihn noch nicht benutzt.«

Ich schüttele stumm den Kopf, worauf er seinen Dackelblick aufsetzt. Also gut, nur ein Eckchen. Er schaufelt ein Stück Apfelkuchen auf den Löffel, beugt sich vor und hält ihn mir hin. Ich öffne die Lippen, schnappe schnell zu. Die Situation ist mir peinlich. Ich kaue, schlucke, lobe, und Alex nickt zufrieden.

»Was machst du so beruflich, Kerstin?« Er scheint wieder bestens aufgelegt.

Ich stutze. Der Themenwechsel kommt reichlich abrupt. Doch dann beginne ich von meiner Arbeit als Grafikerin zu erzählen, halbtags, zwanzig Stunden die Woche, wegen des

Kindes, das jetzt allerdings nicht mehr im Haus ist, weshalb ich mein Stundenkontingent aufgestockt habe, mehr, als mir eigentlich lieb war. Aber ich arbeite gern, ich mag meine Arbeit, meistens zumindest. Allmählich komme ich in Schwung, um Worte bin ich selten verlegen, und Alex ist ein guter Zuhörer. Ich erzähle ihm, wie sehr sich die Arbeit im Laufe der Jahre verändert hat, dass es mal Zeiten gab, in denen die Bildagenturen Layout-Motive noch mit der Post verschickten und die Druckanzeigen noch mit Papier, Schere und Sprühkleber gebastelt wurden. Eine dieser Basteltanten war damals schon ich. »Alles war so viel aufwendiger und hat so viel länger gedauert«, sage ich, »und trotzdem ist der Stress heute größer.«

»Mit den Möglichkeiten steigen die Ansprüche«, sagt Alex darauf, auf sein Lehrerdasein übertragen, kann er das nur bestätigen. Dann erzählt er mir von seinen Reisen, die er als notwendigen Ausgleich für sein durchgetaktetes, den kapitalistischen Zwängen unterworfenes nordeuropäisches Alltagsdasein bezeichnet, wobei er den Begriff Alltag für sich eigentlich ablehnt, denn einen jeden von Gott gegebenen Tag gäbe es nur einmal, dann sei er unwiederbringlich verloren. An einem solchen Tag hat er im buddhistischen Gandan-Kloster in Ulaanbaatar die Gottheit Megjid Janraisig um Segen gebeten und ist in gut zwanzig weiteren in einem Reittrecking mit den Rentiernomaden durch die Taiga zu deren Sommerlager gereist. An einem gewöhnlichen Wochentag hat er sich in Tibet mit unzähligen Gläubigen auf dem Pilgerweg nach Lasa in den Staub geworfen, langsam und mit Bedacht allerdings, denn dort geschieht nichts mit Hast, wie ich erfahre. In Sansibar hat er sich in einem von Hühnern bevölkerten Hinterhof einem einäugigen Heiler anvertraut, der ihn mit einem bitteren, zum Erbrechen führenden Trunk von seinen Magenkoliken befreite. Er hat die Guaraní im brasilianischen Regenwald besucht und ist mit einem Kajak in den grönländischen Fjorden umhergekreuzt. Und das alles in den Schulferien. Dieselben Schulferien, in denen Uwe mit Buzz durch den Schwarzwald kurvt. Oder bis nach Italien runter.

Alex' Geschichten faszinieren mich, ich hänge an seinen Lippen. Mit unseren Nachforschungen kommen wir dagegen nicht recht voran, weshalb wir uns nochmals für Donnerstagnachmittag verabreden.

10.

Kerstin

Uwe und ich kennen uns gut, das dürfen wir wohl voneinander behaupten. Ich erkenne ihn an der Art, wie er die Haustür aufsperrt, wie er den Schlüssel im Schloss dreht, ich weiß, wie er riecht, wenn er im Sommer den Rasen gemäht oder eine Zylinderkopfdichtung ausgetauscht hat. Ich schmecke seine Spaghetti carbonara auf der Zunge – sie sind immer sehr gut, jedoch mit einem Hauch zu viel Oregano. Ich weiß, worüber er lachen kann und worüber nicht und dass er bei Krankheit nur Tee und Puddingteilchen zu sich nimmt. Ich weiß noch tausend andere Dinge über ihn und er über mich. Wir kennen unsere Stärken und Schwächen. Unser Leben läuft in einem gut geschotterten Gleisbett, eine geölte und geschmierte Maschinerie.

Wir haben uns aneinander gerieben und uns aneinander glatt geschliffen über die Jahre. So, wie es in einer langen Beziehung wohl immer der Fall ist.

Vielleicht aber haben wir einander zu sehr abgeschliffen. Vielleicht ist es gerade die mangelnde Reibung, sind es die fehlenden Verhakungen, die uns haben auseinanderdriften lassen. Ein jeder von uns gefangen in seinem Denken, in seinem Handeln, ein jeder in seiner eigenen Umlaufbahn.

Aus dem großen Wir, das da mal war, sind zwei Parallelstränge geworden, deren Gemeinsamkeit nur noch darin besteht, dass sie in dieselbe Richtung weisen: geradewegs auf das Ende zu. So erscheint es mir zumindest. Wann hat es angefangen, dass sich mein Leben anfühlt wie die Wartehalle eines Kleinstadtbahnhofs? Warten auf die Altersteilzeit,

Warten auf den Ruhestand, Warten auf den Tod. Eine Folge von Absehbarkeiten: die sich immer tiefer grabenden Falten, der sich krümmende Rücken, das sich irgendwann eintrübende Gedächtnis. Der unweigerliche Verfall.

Das ist beängstigend. Es macht mir wirklich Angst. Müssten wir einander nicht davor bewahren, oder, wenn wir es schon nicht können, so einander doch zumindest Halt geben?

Aber so fühlt es sich nicht an. Irgendetwas haben wir versäumt, Uwe und ich. Irgendwann auf unserem langen gemeinsamen Weg haben wir die falsche Richtung eingeschlagen, ohne es zu merken.

MARTHA

Wir haben einen neuen Mann er hilft Papa
in der Werkstatt wo der nicht da ist
er heißt Herr Schulte aber wir dürfen Jonny sagen
er ist nett und lacht immer und zieht lustige Frazzen.

***

11.

EVELYN

Das Telefon schellt. Evelyn setzt den Wäschekorb auf dem untersten Treppenabsatz ab und eilt in die Küche.

»Ja bitte?«

»Evelyn? Hier spricht deine Mutter.«

»Guten Tag, Mutti. Wie geht's dir?«

»Nun, muss ja. Und du? Ist dein Mann noch ausgeflogen?«

»Ja, Friedrich ist noch unterwegs«, bestätigt Evelyn. »Geschäftlich.«

»Ein Mechaniker auf Geschäftsreise«, bemerkt die Mutter in einem krittelnden Ton, als wäre etwas Verwerfliches daran.

»Er verhandelt über eine Vertragspartnerschaft, Mutti«, erklärt Evelyn leicht angesäuert.

»Eine Vertragspartnerschaft, soso.« Aus der Leitung dringt ein Geräusch, als öffne die Mutter eine Schublade. »Ich hoffe nur, er verhebt sich nicht dran.« Die Schublade geht wieder zu. Evelyn sagt nichts darauf, ballt nur stumm die Faust.

»Wie schläft Kai-Uwe denn in dem Bettchen, das dein Vater ihm gebaut hat?«, erkundigt die Mutter sich jetzt. Das tut sie jedes Mal, obwohl das Bettchen schon fast ein Jahr lang oben steht.

»Sehr gut«, antwortet Evelyn wie immer. »Viel besser als in der alten Kiste vom Vermieter.« Auch dieser Satz ist nicht neu. »Im Moment schläft er allerdings lieber im Ehebett«, fügt sie unbedacht hinzu und ärgert sich augenblicklich darüber. Prompt kommt es, wie es kommen muss.

»Kinder gehören nicht ins Ehebett«, mahnt die Mutter

streng. »Das haben wir euch nie durchgehen lassen. Wenn man sie erst reinlässt, kriegt man sie nie wieder raus.«

»Es war ja nur einmal«, behauptet Evelyn, obwohl das keineswegs der Wahrheit entspricht. »Wenn Friedrich erst wieder –«

»Was ist jetzt eigentlich mit der Wäschestange?«, unterbricht sie die Mutter. »Hat die jemand repariert?«

Evelyn hat ihr beim letzten Besuch erzählt, einer der beiden Eisenholme sei gebrochen. Das war erst vor ein paar Tagen, Friedrich ist weg, es kann sie also niemand gerichtet haben. Nun behilft sie sich mit einem Apfelbaum, an dessen stärksten Ast sie die Leine geknotet hat. Es ist etwas unkomfortabel, denn der Ast hängt recht hoch, also muss sie sich strecken, aber das bindet sie der Mutter nicht auf die Nase.

»Ilse hat sich eine moderne Wäschespinne gekauft«, berichtet diese jetzt. »Günther hat sie gleich im Garten aufgebaut. Sehr praktisch. Ich häng auch schon mal was dran, eine eigene würde sich für uns nicht lohnen. Dein Vater und ich haben ja nicht mehr so viel Wäsche.«

»Wie schön.«

»Was da alles drangeht! Wie viele Strampler man daran aufhängen könnte … Es ist eine Schande.« Die Mutter seufzt tief. Evelyn zieht es auch jetzt vor, nicht darauf einzusteigen. Ilses ungewollte Kinderlosigkeit ist eine weitere Sprengfalle, auf die sie nicht treten möchte.

»… und einen Teppichkehrer von Leifheit hat sie jetzt auch. Wirklich ungeheuer praktisch. Ilse?«, ruft die Mutter plötzlich so laut, dass Evelyn schnell den Hörer vom Ohr nimmt. »Was hat der Leifheit noch mal –« Sie bricht ab.

»Ist Ilse da?«, erkundigt sich Evelyn.

»Nein, ich dachte. Aber es war nur dein Vater.«

»Grüß Papa schön«, bittet Evelyn. Die Grüßerei hat der Vater nicht gern, das weiß sie. Dafür könne er sich nichts kaufen, sagt er, und erst recht möchte er nicht zurückgrüßen. Er sei doch kein Grüß-August. Trotzdem ist Evelyn der Ansicht, dass es sich gehört, die Eltern grüßen zu lassen.

Sie wirft einen Blick auf die Wanduhr und beobachtet zwei Fliegen, die um die Küchenlampe kreisen, während die Mutter sämtliche Vorzüge des Leifheit-Teppichkehrers preist. Bald lauscht sie nur noch mit halbem Ohr und bemerkt zu spät, dass die Mutter ihr eine Frage gestellt hat.

»Wie bitte?«

»Ob du dich an Hannelore Uhlmann erinnerst, die kleine Schwester von Gudrun?«

»Ja, warum?«

»Hörst du mir denn gar nicht zu? Ilse hat sie neulich getroffen, habe ich erzählt. Hanne war ja immer so eine graue Maus, aber stell dir vor, jetzt hat sie einen Zahnarzt geheiratet. Zahnarztfrau! Das hätte man ihr gar nicht zugetraut. Donnerwetter, kann ich nur sagen.«

»Donnerwetter«, sagt Evelyn.

»Wenn du dir ein bisschen Zeit gelassen hättest, wer weiß …«

Evelyn beißt sich auf die Unterlippe. »Und sonst, Mutti? Was machen die Hühneraugen?«

»Hab noch mal Pflaster draufgemacht. Wird sich zeigen, ob's hilft.«

»Es sind die engen Schuhe, Mutti. Aber ich muss jetzt Schluss machen, Kai-Uwe brüllt. Ich glaube, er ist hingefallen«, behauptet sie.

»Das ist aber auch ein Schussel!«, schimpft die Mutter. »Gerhard war in seinem Alter mehr auf Zack.«

»Das ist gut möglich, Mutti«, sagt Evelyn tonlos und würgt einen dicken Kloß im Hals hinunter. Wie lange hat sie nicht mehr an ihren Bruder Gerhard gedacht? Mamas Liebling. Gefallen in den Ardennen, noch auf den letzten Drücker.

»Das hätte nun wirklich nicht mehr sein müssen«, hat die Mutter noch Jahre danach gesagt, immer und immer wieder, und damit hatte sie ausnahmsweise recht.

Ausgerechnet der Bub. Der Allerbeste.

Evelyn atmet erleichtert auf, als das Gespräch beendet ist, ihre Schultern entspannen sich. Mutti kann nett sein, wenn sie will. Zu den Enkeln ist sie meist zuckersüß. Doch zwischendurch sticht sie der Hafer, dann muss sie ihre überschüssige Galle loswerden, wie Papa sagt, und Telefonate mit ihr sind wie ein Ritt übers Minenfeld.

Evelyn schnappt sich wieder ihren Wäschekorb, nimmt Kai bei der Hand und macht sich auf den Weg zur Wiese neben dem Haus, jene Wiese mit dem einsamen Apfelbaum, die in ferner Zukunft einem Autohaus mit spiegelnden Scheiben weichen soll.

Verblüfft hält sie inne. Die Wäschestange steht wieder an ihrem Platz, jetzt umgibt sie ein bläulicher, metallisch glänzender Ring. An der nagelneuen Spannleine flattert ein rosa Schal im Wind, Evelyn hat ihn neulich in der Werkstatt vergessen. Jonny Schulte war hier.

Ihr Herz tut einen Sprung, und plötzlich ist sie wieder guten Mutes. Mit einem nach innen gekehrten Lächeln hängt sie die Wäsche auf und malt sich den Moment aus, in dem Jonny aus der Werkstatt treten wird.

Er geht nie, ohne sich von ihr zu verabschieden, ›sich abzumelden‹, wie er es nennt. Und er weiß ihre Stimmung einzuschätzen, ohne dass sie sich artikulieren muss. Sitzt sie draußen auf dem Treppenabsatz oder tritt vor die Tür, gesellt er sich noch eine Weile zu ihr. Bleibt sie im Haus, lässt er ein paarmal die Fahrradglocke schellen und radelt winkend davon.

Er winkt tatsächlich immer, auch wenn sie sich nicht am Fenster zeigt; meist tritt sie dann vor und winkt ebenfalls.

Das Leben kann so einfach sein.

Dabei wüsste sie dennoch gern, was er nach Feierabend treibt, ob er eine Freundin hat beispielsweise, aber sie traut sich nicht zu fragen. Würde sie es tun, wüsste er ja, dass ihre Gedanken um ihn kreisen. Es würde ihren spontanen Begegnungen die Leichtigkeit, das Absichtslose nehmen.

»Er weiß es nicht, oder?«, fragt Jonny Schulte, während sie gemeinsam auf den Stufen vor dem Haus in der Abendsonne sitzen. »Er weiß nicht, dass ich hier bin.«

»Wie kommen Sie darauf?«, tut Evelyn empört.

»Er hat nicht nach mir gefragt«, sagt Schulte. »Eigentlich müsste er sich erkundigen, wie es läuft.«

»Aber das tut er ja«, behauptet sie.

»Er müsste mir Anweisungen erteilen oder Ratschläge geben«, fährt Jonny unbeirrt fort. »Und ganz sicher hätte er etwas zu kritisieren.«

»Woher kennen Sie meinen Mann?«, spöttelt sie, doch zugleich hat sie das Theaterspielen satt. »Friedrich würde von nichts anderem reden«, sagt sie und räumt damit indirekt ein, dass Schulte recht hat. »Er würde Ihnen misstrauen, so, wie er der ganzen Welt misstraut«, bricht es aus ihr heraus, obwohl auch sie selbst der Welt misstraut und noch immer nicht ausgemacht ist, ob es die richtige Entscheidung war, Jonny Schulte von dieser Regel auszunehmen. Aber es tut gut, ihn hier neben sich sitzen zu haben, das kann sie nicht leugnen. Sie ist nicht allein.

»Es muss eine schwierige Situation für ihn sein«, räumt Jonny Schulte ein, ohne sie anzusehen. »Umso wichtiger, dass wir hier gute Arbeit leisten.« Er steht langsam auf, klopft mit den Händen den Staub von seiner Hose. »Ich sehe mal zu, dass ich fertig werde.«

In diesem Moment kommt Martha angesprungen. Bis vor

wenigen Augenblicken hat sie mit ihrem kleinen Bruder Höhlen in den Sandhaufen gegraben, den Friedrich im letzten Jahr in einer Ecke des Hofes zum Spielen aufgeschüttet hat. Jetzt ist sie des Spiels offenbar überdrüssig.

»Wo gehst du hin?«, erkundigt sie sich neugierig und schaut, von einem Bein auf das andere hüpfend, zu Jonny Schulte auf.

»Ich gehe wieder an die Arbeit«, antwortet Jonny freundlich.

»Und was arbeitest du?«

»Aber Martha, das weißt du doch!«, schaltet Evelyn sich ein. »Ich habe dir doch erklärt, dass –« Sie spricht nicht weiter, denn Jonny bedeutet ihr mit einem Lächeln, es gut sein zu lassen.

»Nun, im Großen und Ganzen tue ich das, was dein Vater auch tut«, beantwortet er Marthas Frage.

»Papa ist in Italien.«

»Ich weiß. Deshalb springe ich für ihn ein.«

»Ich kann alle Stufen auf einmal runterspringen«, verkündet Martha stolz. »Kannst du das auch?«

»Ich habe es noch nicht versucht.«

»Martha, Kinder dürfen Erwachsene nicht einfach duzen«, schaltet Evelyn sich erneut ein.

»Schon in Ordnung.« Jonny winkt ab. »Freunde können ruhig Du zueinander sagen.«

»Sind wir denn Freunde?«, fragt Martha und hält kurz inne.

»Na klar.«

Martha sagt nichts darauf, mustert ihn nur mit diesem für sie typischen eindringlichen Blick, den Evelyns Mutter als ungehörig bezeichnet, hopst dann mit geschlossenen Beinen die Stufen hinauf. Auf dem obersten Treppenabsatz hält sie nochmals inne, schaut wieder Jonny an. »Du und Mama – seid ihr auch Freunde?«

Jonny Schulte schenkt Evelyn ein fragendes Lächeln, und ihr fährt ein Schauer über den Rücken.

»So etwas Ähnliches«, antwortet sie für ihn, doch Martha scheint bereits nicht mehr hinzuhören.

»Achtung!«, ruft sie laut und hüpft auch schon mit einem Satz die Treppe hinab. »Hast du gesehen?« Sie wirft Jonny über die Schulter hinweg einen triumphierenden Blick zu und rennt dann, ihre Arme wie Propeller schwingend, zurück zu ihrem Bruder.

»Ganz schön aufgeweckt, die Kleine«, bemerkt Jonny Schulte schmunzelnd.

»O ja!«, bekräftigt Evelyn. »Ich wünschte, hier wohnten mehr Kinder in der Nähe, mit denen sie sich austoben könnte.«

Schulte nickt nur, will sich schon abwenden, hält dann aber noch einmal inne. »Ich verstehe nicht, wieso Ihr Mann nicht Zaleys Werkstatt übernommen hat«, sagt er mit nachdenklichem Kopfschütteln. »Sie ist viel besser ausgestattet, liegt zentraler, und sie hat –«

»Aber das stand nie zur Debatte«, unterbricht Evelyn ihn und erntet einen verwunderten Blick.

»Zaley hat ihm die Werkstatt doch angeboten«, behauptet Schulte.

»Wie?«

»Zaley hat mit ihm darüber gesprochen, sagte er mir. Aber Ihr Mann hat abgelehnt.«

Evelyn will sich ihre Ahnungslosigkeit, den Schrecken nicht anmerken lassen, also schaut sie zu Boden und bohrt ihre Schuhspitze in die dünne Sandschicht, die sich inzwischen über den ganzen Hof verteilt hat. Stimmt etwa, was sie da gerade gehört hat? Falls ja, so hat Friedrich dieses Gespräch mit keiner Silbe erwähnt. Es wäre doch eine einmalige Chance gewesen! Warum hat er sie nicht gefragt? Etwa weil er wusste, wie sie reagieren würde? Sie hätte sich dafür ausgesprochen, Zaleys Angebot anzunehmen, keine Frage. War es der Stolz, der ihn davon abhielt? Ging dieser Stolz über ihre Meinung? Halt, halt!, versucht sie sich zu bremsen. Das Ganze wird auf einem Missverständnis beruhen. Schulte wird irgendetwas falsch verstanden haben.

»Kai, keinen Sand in den Mund nehmen!«, ruft sie unvermittelt und steht auf. Dieses Gespräch muss sie erst einmal verdauen.

12.

KERSTIN

»Das ist jetzt nicht dein Ernst, oder?« Jule stemmt ihre Hände in die Hüften, reckt angriffslustig das Kinn vor.

»Was ist mir nicht ernst?« Ich habe keinen blassen Schimmer, womit ich meine Tochter jetzt mal wieder auf die Palme gebracht habe. Es gehört nicht viel dazu.

»Sabrina sagt, du warst mit so 'nem Knacker im Café Possmann, stundenlang. Du mit knallrotem Lippenstift und Föhnfrisur, und ihr hättet einen auf Turteltäubchen gemacht.« Jule rümpft angewidert die Nase.

Sabrina, die kleine Watschelente, denke ich. Wer hätte diesem Küken so etwas zugetraut? Wir hätten uns nicht in dem Café treffen sollen. Es war ein Fehler.

»Hast du etwas gegen Lippenstift?«, versuche ich abzulenken, weil ich mich nun doch überrumpelt fühle, regelrecht ertappt.

»Du benutzt sonst nie welchen«, behauptet Jule.

»Das stimmt doch gar nicht! Ich benutze ihn nur nicht täglich. Aber früher, im Büro …« Stopp! Ich muss mich vor meiner Tochter doch nicht für mein Make-up rechtfertigen.

Die liebe Jule. Seit ein paar Wochen dreiundzwanzig Jahre alt, Tattoo am Hals, Nasenpiercing – und neuerdings anscheinend nicht nur meine Tochter, sondern auch meine Anstandsdame.

»Kümmere du dich um deine Angelegenheiten«, rate ich ihr mit einem netten Lächeln. Rau, aber herzlich, so könnte man unseren Umgangston beschreiben – zumindest wünsche ich es mir. Ich wünsche mir, dass Jule die Herzlichkeit spürt.

Falls sie es tut, lässt sie es sich allerdings nicht anmerken. Ich schaue sie an, schaue zu, wie sie an der Taillenschnürung ihrer Jogginghose rupft. Das bollerige Ding hat sie mit einem hautengen nabelfreien Top kombiniert, und ich frage mich mal wieder, ob sie das sexy findet. Jule hat keinen dicken Hintern – niemals würde ich so etwas behaupten –, aber sie hat in letzter Zeit ein bisschen zugelegt, will mir scheinen. Ihre Oberweite fällt dagegen nicht so üppig aus, weshalb diese Hose … Ich weiß auch nicht. Dieser Look verschiebt irgendwie die Proportionen, und zwar nicht zu Jules Gunsten. Schaut sie denn nicht in den Spiegel? Vielleicht hat sie ja ein ganz anderes Gefühl für Proportionen, denke ich gleichzeitig, oder sie sind ihr schnurzpiepegal, was ihr wiederum das Leben erleichtern würde und das Allerbeste wäre. Die anmaßenden Gedanken einer Mutter. Ich werde mich hüten, das Thema anzusprechen, sonst könnte ich auch geradewegs in die Hölle reiten.

Also konzentriere ich mich auf Jules Gesicht, denn das hat sich über die Jahre hinweg wenig verändert. Hinter der verdrießlichen Miene der jungen Frau schimmert noch der Kleinkindertrotz durch.

Zugegeben: Eine Tochter zu haben, hätte ich mir anders vorgestellt. Habe ich sie mir auch anders gewünscht? Wieder so eine Falltür, vor der ich mich hüten sollte. Ja, vielleicht war es so. Als ich erfuhr, dass es ein Mädchen würde, träumte ich den heimlichen Traum aller Mütter, zumindest derer, die ich kannte und die allesamt nicht dazu stehen wollten: hübsche Kleidchen kaufen, Zöpfe flechten, Kaufmannsladen und Teestunde spielen. Gemeinsame Malkurse und glückliche Stunden auf dem Ponyhof, das hätte mir gefallen. Und ich durfte zuversichtlich sein, denn Jules rosa Phase schien meine heimlichen Träume zuverlässig einzuläuten.

Als pflichtbewusste, emanzipierte Mutter steuerte ich

selbstverständlich gegen. Das Prinzessinnenkostüm zu Karneval, okay, die rosa Strumpfhose auch, meinetwegen noch der pinke Rucksack. Aber damit Schluss. Es gab so viele andere schöne Farben! Doch Jule wollte unbedingt dieses rüschige Sommerkleidchen haben, das wir bei Marten & Sanders gesehen hatten. Statt in Rosa kaufte ich es ihr schließlich in einem Leinenton, den ich sehr niedlich fand, aber eben nicht so süßlich, eher Pippi-Langstrumpf-mäßig. Mit dem Erfolg, dass Jule das Kleid nie trug.

Heute denke ich, ich hätte sie in ihrer Lust schwelgen lassen sollen, denn die rosa Phase wiederholte sich nie. Dafür nimmt Jule das Leben zu ernst. Zu ernst für meinen Geschmack. Die Welt ist nun mal ein Irrenhaus, und wer sich jede Idiotie so sehr zu Herzen nimmt wie sie, muss zwangsläufig gemütskrank werden. Dabei schmerzt mich ihr Unglück. Es schmerzt mich, sie immer so leiden zu sehen. Meine liebe Jule, mein Geschenk. Unser Geschenk, auf das wir schon nicht mehr zu hoffen wagten. Ich war Mitte dreißig, als sie geboren wurde. Ein Glückslos nach all den Nieten der vorangegangenen Jahre.

Anfangs bestand kein Zweifel, dass wir bald ein Kind bekommen würden, so einfach, wie sich die Sache beim ersten Mal gestaltet hatte. Einmal mit den Fingern geschnippt, und zack! war ich schwanger gewesen. Aber dann hatte ich eine Fehlgeburt, und danach passierte – nichts. Eine zermürbende Zeit. Doch eines schönen Tages, an dem ich schon mit nichts mehr gerechnet hätte, stellte meine Gynäkologin die Schwangerschaft fest, was nun auch schon wieder eine halbe Ewigkeit her ist. Wie sehr das Leben rast, merken wir erst, wenn uns allmählich die Puste ausgeht. Wenn wir uns umschauen und kaum noch erkennen können, wo wir hergekommen sind. Und der Tatsache ins Auge sehen müssen, dass der längste Teil des Weges hinter uns liegt.

Julchen, mein Julchen! Ich ziehe die Gemüsesuppe von der Herdplatte, schöpfe eine Portion davon in einen Teller, schiebe ihn ihr hin.

»Hier, iss! Du hast sicher Hunger.«

»Da ist Fleisch drin.«

»Nur Mettwurst. Du kannst sie rausfischen, wenn du sie nicht magst.«

Jule rümpft schon wieder die Nase. »Ich verstehe nicht, wieso du das machst.«

»Mettwurst in die Suppe? Um deinen Vater zu ködern, sonst isst er gar kein Gemüse.«

»Das meine ich nicht.« In typischer Jule-Manier schiebt sie wieder ihr Kinn vor, Uwes Kinn. Das Kinn mit dem Piercing, das mich immer noch irritiert. Ich stelle es mir schmerzhaft vor.

»Sag mal, du wirst deinem Vater diesen Stuss von wegen Lippenstift und Turteltäubchen aber nicht auch auf die Nase binden, oder?«, argwöhne ich.

»Meinem Vater?«, wiederholt Jule vorwurfsvoll.

»Das ist er ja wohl noch. Oder hegst du daran plötzlich auch Zweifel? Ein bisschen spät, würde ich meinen.«

»Für dich ist Uwe dein Mann, Mama! Ihr seid verheiratet, verdammt noch mal!«

»Vielen Dank, dass du mich dran erinnerst.«

»Gern geschehen!«, giftet sie. »Neuerdings vergisst du es ja offenbar öfter.«

»Was?« Ich lache auf. »Wovon redest du?«

»Du bist bald sechzig und triffst dich heimlich mit anderen Kerlen, davon rede ich!«

Ich hole tief Luft. Jetzt nur nicht drauf einsteigen, sonst haben wir gleich die schönste Brüllerei.

»Gewöhnlich treffe ich mich nicht heimlich mit anderen Männern, das sei einmal festgestellt«, erkläre ich mit erzwungener Ruhe. »Aber falls es zukünftig doch einmal vorkommen sollte, wär's ja wohl meine Sache.«

»Unglaublich! Einfach unglaublich.« Jule schüttelt entrüstet den Kopf.

»Was ist so unglaublich? Dass ich mich mit einem Verwandten deines Vaters getroffen habe, weil er selbst keine Lust dazu hatte?«

»Ich habe keine Ahnung, um was es ging, und es ist mir auch egal«, zischt Jule. »Aber sogar ein Blinder sieht, dass es nicht mehr gut läuft zwischen dir und Papa.« Ihre Stimme kippt plötzlich, sie ist jetzt kurz vor dem Weinen. »Ich will nicht, dass du ihm wehtust.«

»Das will ich auch nicht, Jule.« Plötzlich ist mir ebenfalls zum Heulen zumute. Ich kann das nicht.

Ich kann das meiner Familie nicht antun.

13.

Kerstin

Können wir reden, Uwe?«
»Ungern.«

»Klar«, sage ich. »Reden ist ja nicht deine Stärke. Aber vielleicht solltest du dich hin und wieder dazu überwinden.«

Uwe hält inne, schaut mich an mit diesem sezierenden Blick, den er sich neuerdings angewöhnt hat. Als wären ihm plötzlich die Augen über mich aufgegangen und er würde etwas sehen, das er früher nie wahrgenommen hat, etwas Schlechtes, Verabscheuungswürdiges.

»Worüber sollte ich mit dir reden wollen, wenn alles, was du sagst, ein versteckter Vorwurf gegen mich ist?«, fragt er verärgert.

»Ich verstehe nicht.«

»Deine ganzen Geschichten: ›Frank hat Heike ins *L'Oignon Rose* eingeladen. Zum Hochzeitstag. Sie hat mich extra angerufen, weil sie nicht wusste, was sie anziehen sollte.‹« Er äfft meinen Tonfall nach, ohne ihn auch nur im Geringsten zu treffen. Es klingt einfach nur hässlich. Dann, wieder mit normaler Stimme: »Die eigentliche Botschaft der Geschichte lautete aber: ›Wieso machst *du* so etwas eigentlich nicht, du schlechter Ehemann? Wieso lädst *du* mich nie in so 'nen teuren Schuppen ein?‹ Und das wäre ja noch nicht das Schlimmste. Wenn dein Herz daran hinge, würde ich's tun, glaub mir. Die Picknickdecke wäre mir zwar lieber, aber man muss auch mal seine Komfortzone verlassen. Dann verpulvern wir eben ein halbes Monatsgehalt, anstatt es der Tochter in den Rachen zu schieben, was soll's. Aber ich tue es nicht, und warum nicht?« Er schiebt herausfordernd den Unterkiefer vor, antwortet sich selbst im Tonfall grimmigen Triumphs: »Weil du keinen Spaß daran hättest! *Das* ist das Üble an der Sache.«

»Warum sollte es mir keinen Spaß machen?«, frage ich hilflos.

»Weil du dich sehr schnell fragen würdest, ob ein Steak bei *Umberto's* nicht die bessere Wahl gewesen wäre«, antwortet Uwe prompt. »So viel Kohle, bloß für uns beide, vor allem für einen ungehobelten Trampel wie mich. Wäre doch schade drum!«

»Willst du damit sagen, dass ich geizig bin?«, frage ich betroffen.

»Ganz genau!« Uwes Augen funkeln vor dunkler Genugtuung. »Du bist geizig mit allem, was uns betrifft. Du lässt mir gerade so viel zukommen, dass ich nicht verhungere, um mal im Bild zu bleiben. Mehr aber auch nicht.«

»Verhungern?« Ich bin fassungslos. »Du sprichst von verhungern? Wer hockt denn dauernd allein da, wenn du mit Buzz durch die Gegend gurkst? Und wem ist es denn wichtiger, in seiner Garage vor sich hin zu werkeln, als mit der Frau etwas zu unternehmen?«

»Ach, hör doch auf!« Uwe schnaubt verächtlich. »Du möchtest doch gar keine Zeit mit mir verbringen, geschweige denn irgendetwas unternehmen. Ich bin dir einfach nicht mehr gut genug.«

»Das ist … so was von gemein«, stottere ich, und meine Augen brennen. Ich bin wütend darüber, dass Uwe plötzlich gesprächig wird, einzig und allein, um mir Vorwürfe zu machen, um mich auseinanderzunehmen und mich in meine mickrigen Bestandteile zu zerlegen wie eine seiner Maschinen. Ich bin wütend, weil seine Vorwürfe womöglich mehr als ein Körnchen Wahrheit enthalten. Ich bin wütend über die Sache mit dem *L'Oignon Rose*. Wer möchte schon ignorant, selbstbezogen und obendrein geizig sein?

Ich bin wütend über mich selbst. Was habe ich Uwe eigentlich sagen wollen? Dass ich einmal mehr mit Alex verabredet bin?

All diese kleinen Nadelstiche, mit denen das Leben dich piesackt.

14.

EVELYN

Vierzehn Tage, hieß es. Nach vierzehn Tagen würde Friedrich aus Turin zurück sein. Er würde ihr rechtzeitig telefonisch Bescheid geben, hat er Evelyn mitgeteilt.

Und dann ist er doch einen Tag früher da als erwartet. Sie ist nicht darauf eingestellt, soll heißen, sie ist nicht achtsam genug, als der Admiral in den Hof rollt. Das laute Sirren des Trennschleifers trägt noch dazu bei, dass sie Friedrich nicht kommen hört.

Als sie vom Fenster aus seinen Wagen erblickt, sitzt er schon nicht mehr drin. Der Lärm muss ihn direkt in die Scheune gelockt haben, hin zu Jonny.

Während sie aus dem Haus hastet, verstummen plötzlich die Arbeitsgeräusche, dafür tönt Friedrichs Stimme umso lauter. Was denn hier vorgehe? Die Frau hätte fragen müssen. Er hätte seine Einwilligung geben müssen! Dieses Arbeitsverhältnis habe nicht die geringste Gültigkeit.

Evelyn tritt durch das Werkstatttor, geht zu ihm.

»Friedrich!« Sie streckt den Arm aus, legt ihre Hand beschwichtigend auf seinen Unterarm. Sein Blick fliegt von Jonny zu ihr.

»Halt dich raus. Ich kläre das hier gerade.« Er entzieht sich ihr, schaut wieder Jonny an.

Der zuckt scheinbar gleichmütig die Achseln. »Es lag nicht in meiner Absicht, Unannehmlichkeiten zu bereiten«, sagt er gefasst.

»Unannehmlichkeiten!« Friedrich spuckt das Wort beinahe aus. »Da sind wir aber ganz vornehm, wie?«

»Ich könnte auch sagen: Wer nicht will, der hat schon.« Jonny greift nach einem Lappen, wischt sich die Hände ab, holt anschließend seinen Rucksack hinter dem mobilen Werkschrank hervor und wirft ihn sich lässig über seine Schulter. »Einen schönen Tag noch, Frau Wagner.« Ein kurzes Nicken, dann ist er auch schon auf dem Weg nach draußen.

»Aber Herr Schulte!« Hilflos schaut sie Jonny nach, wirft ihrem Mann einen flehenden Blick zu. »Bitte, Friedrich, er hat doch nichts Unrechtes getan.«

Friedrich sagt nichts darauf, starrt sie nur feindselig an. Es hat keinen Zweck, jetzt weiter mit ihm diskutieren zu wollen.

»Lass uns ins Haus gehen«, lenkt sie ein. »Reden wir in Ruhe.«

Sie geht voran, und er folgt ihr. Draußen auf dem Hof hält sie verstohlen nach Jonny Ausschau, sieht ihn gerade noch in die Hauptstraße einbiegen, dieses Mal ohne Klingelschellen. Ihn so grußlos davonfahren zu sehen, schnürt ihr das Herz zusammen.

»Es tut mir leid, Friedrich«, entschuldigt sie sich, während sie ihm eine Tasse Kaffee aufbrüht. Stark und schwarz, wie er es gern hat.

»Du hättest mich fragen müssen«, beharrt er, noch mürrisch zwar, aber nicht mehr ganz so harsch. »Warum hast du es nicht getan?«

»Zaley hat ihn geschickt, und auf Zaley ist Verlass. Das wissen wir doch«, antwortet sie, gibt drei Löffel Zucker in die Tasse, rührt um, schiebt sie ihm hin.

»Gar nichts wissen wir.«

»Zaley wollte uns helfen, und das hat er auch. Er hat seinen besten Mitarbeiter geschickt. Alle liegen gebliebenen Arbeiten sind getan, du kannst dich in Ruhe deinen Plänen widmen, Friedrich.«

»Meinen Plänen!« Er lacht verächtlich auf.

»Hat es nichts gegeben in Turin?«, fragt sie leise und glaubt die Antwort bereits zu kennen. Diese Zornesfalten auf seiner Stirn, der scharfe Zug um die Mundwinkel.

»Luschen sind das!«, begehrt er auf. »Feiglinge! Das haben sie ja schon im letzten Krieg bewiesen.«

»Feiglinge?« Sie flüstert beinahe.

Friedrich poltert dafür umso lauter. »Wir sind ihnen nicht fein genug, den arroganten Italienern! Unsere Kapitaldecke sei zu dünn, behaupten sie. Aber wenn wir irgendwann ein dickeres Polster haben, darf ich gern wiederkommen.« Er stößt ein bitteres Lachen aus.

»Das … das ist doch keine Absage, oder?«, stottert sie.

»Zum Teufel, was ist es dann?«, donnert Friedrich und hämmert mit der Faust auf die Tischplatte.

Erschrocken fährt sie zurück. Betretenes Schweigen.

Die Wanduhr tickt, irgendwo brüllt eine Kuh, und auf der nahen Landstraße rattert ein Laster vorbei.

Irgendwann sucht er ihren Blick, streckt ihr versöhnlich die Hand entgegen, und sie ergreift sie.

»Ach, Friedrich.« Sie seufzt leise auf.

»Wir werden's schon schaffen. Auch ohne Zaleys Ratschläge«, brummt er und lässt ihre Hand wieder los.

»Wie wäre es, wenn ich mir eine Arbeit suchen würde?«, schlägt sie vor. Darüber hat sie in letzter Zeit schon oft nachgedacht.

»Eine Arbeit? Aber du hast doch schon genug zu tun mit den Kindern und dem Haushalt und allem.«

»Nun, wenn ich sie unterbringen könnte für ein paar Stunden, wenn ich eine Lösung finden würde, dann –«

»Ich will nicht, dass meine Kinder untergebracht werden«, fällt Friedrich ihr ins Wort. »Ich will nicht anderen Leuten das Geld in den Rachen schieben, das du anderswo mühselig zusammenkratzt. Es reicht, wenn einer in der Familie sich den Buckel krumm schuftet, und das sollte der Mann sein, nicht die Frau.«

»Aber wer sagt denn –«

»Nein, Schluss! Ich könnt's nicht ertragen, wenn du abgekämpft von irgendwoher kämst, die Kinder den ganzen Tag über irgendwo verwahrt, und dann noch Kochen und Waschen und Putzen. Nein, das gehört sich nicht.« Er schüttelt heftig den Kopf.

Warum hat sie nur davon angefangen? Es gab doch schon Aufregung genug. Friedrich ist gerade erst heimgekehrt. Sie müssen es langsam angehen lassen.

Evelyn umrundet den Tisch, stellt sich hinter ihn und schlingt ihre Arme um seine Schultern.

»Es wird schon werden«, flüstert sie, den Mund an seinem Ohr.

Es wird schon werden.

MARTHA

Tante Ilse hat mich von der Schule abgeholt
und zu Oma gebracht wo wir auch schlafen sollen
ich und Kai aber ich schlafe nicht
Friedrich ist übel dran sagt Tante Ilse zu Oma
hoffentlich kriegen sie ihn wieder zusammengeflickt sagt sie
sonst ist es Essig mit der Werkstatt
dann können sie einpacken.

***

15.

EVELYN

Evelyns Hoffnung scheint sich zu bestätigen. Kurz nach Friedrichs Rückkehr mehren sich die Aufträge. Hubert Zaley muss bei seinen ehemaligen Kunden ein gutes Wort für ihn eingelegt haben.

Eigentlich hat sie sich längst bei Zaley bedanken wollen, aber wenn sie an ihn denkt, muss sie unweigerlich an Jonny Schulte denken, und das vermeidet sie momentan lieber.

Was er wohl jetzt macht? Gehört hat sie nichts mehr von ihm. Sicher ist er längst fort.

Es wäre nicht nötig gewesen, ihn einzustellen, denkt sie inzwischen. Eine Überreaktion. Sie hätte mehr Vertrauen in Friedrich haben oder, besser gesagt, zu ihrer alten Vertrauensfähigkeit zurückfinden sollen.

Die kurze Zeitspanne, die ihr Mann ausgefallen ist, wäre zu überbrücken gewesen. So schlecht stehen sie nun auch nicht da. Vielleicht wäre das Haushaltsgeld knapp geworden, aber was hätte es geschadet, eine Weile von Kartoffelsuppe zu leben?

Den schönen Frühsommertagen folgt eine Schlechtwetterperiode, wie sie der Juni oft mit sich bringt. Nachdem das Heu eingefahren ist, kommt der viele Regen den Bauern nur gelegen. Weizen, Gerste, Mais und Rüben können ihn brauchen.

In der zweiten Woche zieht das Tiefdruckgebiet gen Osten ab, die Nacht zu Mittwoch bleibt trocken. Am darauffolgenden Vormittag hängt Evelyn unter einer kompakten gipsweißen Wolkendecke die frisch gewaschene Wäsche auf in der Hoffnung, dass es über den Tag trocken bleibt.

Sie klammert gerade das letzte Unterhemd an die Leine, als sie ein Kind die Zufahrt heraufrennen sieht. Es ist einer der Brenner Jungs, Gerald oder Moritz. Oder hieß der jüngste nicht Felix?

»Du hast es aber eilig!«, ruft sie ihm entgegen. »Ist was passiert?«

»Der Herr Wagner soll kommen!«, schnauft der Junge. »Es ist wegen dem Hänger.«

»Was ist mit dem Hänger?«

»Platt.«

»Na so was.« Sie bedeutet dem Brennerjungen, ihr zu folgen, nimmt Kai bei der Hand. Gemeinsam gehen sie zur Werkstatt hinüber. »Friedrich?«

Ihr Mann tritt durch das offene Tor. »Was ist los?«

»Die Brenners haben ein Problem mit ihrem Hänger.«

»Platt wie 'ne Flunder«, ergänzt der Junge sicherheitshalber. »Sie sollen kommen und ihn reparieren. Der Vadder kriegt's allein nicht hin, sagt er.«

»Wo steht der Hänger denn?«

»Da drüben.« Der Junge deutet mit ausgestrecktem Arm vage über die Felder.

»Ist es weit?«

»Ziemlich. Deshalb bin ich ja gerannt.«

Friedrich denkt einen Augenblick nach. »Steig schon mal in meinen Wagen. Du musst mir den Weg zeigen. Ich hole noch ein paar Werkzeuge.«

»Ich komme mit«, sagt Evelyn schnell. Brenner arbeitet hin und wieder auch für den Großbauern Stegmeier, wie sie gehört hat. Vielleicht ergibt sich die Chance, die Sache wieder geradezubiegen. Mögliche Streitigkeiten sollten daher von vornherein verhindert werden, und die Erfahrung hat sie gelehrt, dass sich die Männer mehr am Riemen reißen, wenn eine Frau dabei ist.

»Warum willst du mitkommen?«, fragt Friedrich mit leisem Argwohn.

»Um Kai eine Freude zu machen«, antwortet sie und deutet auf den Jungen, der sich mit beiden Händen in ihrem Rock festgekrallt hat. »Er schaut dir so gern bei der Arbeit zu.« Das ist nicht gelogen. Die Werkstatt ist für Kai der schönste Ort der Welt, denn er liebt ausnahmslos alles, was einen Motor und Räder besitzt. Das weiß auch Friedrich, und es erfüllt ihn mit Stolz. *Der Apfel fällt nicht weit vom Stamm.*

Warum sollten Frau und Sohn nicht mitkommen und beim Reifenwechsel zuschauen dürfen?

»Nur zu!« Er deutet einladend auf den Admiral. Schnell steigt Evelyn ein, nimmt Kai auf den Schoß. Der Brennerjunge krabbelt auf die Rücksitzbank.

Bald sind sie unterwegs, und Friedrich gibt Gas. Sie passieren Kuhweiden und Felder, dann ein Stück Brachland. Dahinter fällt das Gelände leicht ab.

»Hier lang!«, ruft der Junge plötzlich, sodass Friedrich sich zu einem scharfen Bremsmanöver genötigt sieht. Evelyn muss sich mit einer Hand am Armaturenbrett abstützen, um nicht nach vorn geschleudert zu werden, presst mit der anderen das Kind an sich.

»Herrschaftszeiten!«, flucht Friedrich. »Hättest du nicht früher Bescheid geben können?«

»Es ist ja nichts passiert«, lenkt Evelyn ein.

Der Brennerjunge schweigt. Sie rumpeln den leicht abschüssigen Feldweg entlang, frisch eingeschlagene Zaunpfähle grüßen wie Wegmarken vom Rand. Nach ungefähr zweihundert Metern stoßen sie auf Brenners Traktor – und auf den abgekoppelten Hänger. Brenner steht direkt daneben.

»Schöne Bescherung«, sagt Friedrich zur Begrüßung.

»Schöne Scheiße«, erwidert Brenner. »Aber gut, dass Sie gekommen sind. Allein mit dem Jungen würde ich's nicht schaffen.« Sein Blick wandert kurz zu Evelyn hinüber, die ebenfalls aus dem Wagen gestiegen ist. Er tippt sich an seine Schiebermütze, ignoriert sie wieder.

Evelyn schaut prüfend an sich herab. Sie hätte daran denken sollen, ihr Schuhwerk zu wechseln. Die flachen Sandalen sind denkbar ungeeignet für den morastigen Grund, aber jetzt ist es nicht mehr zu ändern.

Sie hebt den Kopf und betrachtet den Hänger. Trotz seiner beachtlichen Länge hat er nur zwei Räder, die sich dazu an einer sehr weit hinten gelagerten Achse befinden. Eins der Räder steht nur noch auf der Felge, was das ganze Gefährt in eine starke Schieflage bringt. Entsprechend sind die geladenen Zaunpfähle alle auf eine Seite gerollt. Brenner hat bereits einen Wagenheber unter die Deichsel geklemmt, um zu verhindern, dass die Ladefläche auch noch nach vorn kippt. Mehr hat er allein nicht ausrichten können.

»Zum Glück war's der linke Reifen«, hört Evelyn ihn sagen. »Drüben im Graben herumzukriechen wäre sicher kein Vergnügen.«

»Warum haben Sie den Hänger abgekoppelt?«, erkundigt sich Friedrich.

»Weil ich den Trecker heute noch brauche und mit dem kaputten Karren nicht wenden kann. Kann ja sein, dass Sie ihn nicht wieder flottkriegen.«

»Wir biegen das schon wieder hin. Dafür bin ich ja da«, gibt Friedrich sich zuversichtlich und schaut sich das Malheur eingehender an.

Evelyn sucht sich einen halbwegs trockenen Flecken ein paar Schritte abseits, um nicht zu stören, wohingegen es Kai zu den Männern und dem Karren zieht.

»Komm her, Spatz, von hier oben siehst du alles.« Sie nimmt ihn auf den Arm, und beide schauen zu, wie die Männer sich an die Arbeit machen. In der Luft hängt der Geruch von nassem Lehm und den frisch geschälten Fichtenstämmen, deren helles Holz im milchigen Sonnenlicht glänzt wie poliert. Der Himmel ist noch immer weiß, die Luft mild; überm Feld nebenan singt eine Lerche. Evelyn ist ganz froh, der häuslichen Enge für eine Weile entkommen zu sein.

»Besser wär's, wir hätten noch was zum Drunterklemmen, ein paar Backsteine oder so.« Friedrich deutet auf den Wagenheber, mit dem Brenner den Anhänger vorn aufgebockt hat.

»Ham wir aber nicht«, entgegnet Brenner trocken. Vermutlich missfällt ihm, dass Friedrich die bereits geleistete Arbeit nicht recht würdigt.

Friedrich kommentiert das nicht weiter, öffnet den Kofferraum des Admirals und holt seinen eigenen, weitaus stabileren Wagenheber heraus. Mit der gebotenen Sorgfalt platziert er ihn unter der eigentlichen Achse, beginnt zu kurbeln. Evelyn bemerkt sein angestrengtes Gesicht, hört, wie er scharf die Luft einzieht. Friedrich kurbelt und kurbelt, endlich hebt sich der Hänger ein wenig, die Felge löst sich aus dem verschlammten Lehm.

»So, das hätten wir schon mal.« Er richtet sich auf, zieht die Träger seiner Arbeitshose straffer. In letzter Zeit hat er an Gewicht verloren, und sie überkommt ein Anflug von schlechtem Gewissen. Sie muss besser darauf achten, dass er ausreichend isst.

Jetzt macht sich Friedrich daran, die angerosteten Radmuttern zu lösen; auch das kostet ihn sichtlich Kraft.

»Hier, Junge, verwahr die mal gut!« Er reicht sie dem Brennerjungen – Gerald, Moritz? –, der sie mit hohlen Händen entgegennimmt, als wären sie ein besonderes Geschenk.

Kai beginnt auf Evelyns Arm zu zappeln, er will näher ran ans Geschehen. Sie tritt wieder einige Schritte vor, gerade so weit, wie es die Pfütze erlaubt, die sich nahe dem Hänger gebildet hat, setzt das Kind ab, fasst es bei der Hand. Diese kleine, fleischige, überaus sinnliche Kinderhand. Sie drückt sie, und eine Welle von Liebe schwemmt durch ihr Gemüt. Friedrich ruckelt derweil an dem Rad, um es von der Nabe zu lösen, doch es sitzt wie festgebacken in seinem Bett aus Rost und eingetrocknetem Schmierfett.

Er zerrt und zerrt weiter, inzwischen hochrot im Gesicht. Noch ein Ruck, und er bekommt endlich das Rad frei, schnellt jedoch gleichzeitig zurück und stürzt rücklings zu Boden. Auch Evelyn macht unwillkürlich einen Satz zur Seite, reißt dabei Kai mit sich; eine schnelle, harsche Bewegung, die jedoch verhindert, dass der Junge in die Pfütze fällt. Beinahe zeitgleich Brenners erschrockener Aufschrei. Evelyn fährt herum, registriert sofort, dass der vordere, unter der Deichsel platzierte Wagenheber in Schräglage geraten ist, sieht ihn mitsamt dem Pritschenanhänger nach vorn kippen, langsam nur, wie in Zeitlupe, aber unaufhaltsam. Schon sind die geladenen Zaunpfähle ins Rollen geraten, der ganze Karren gerät nun in Bewegung, und dann gibt auch der hintere, weit stabilere Wagenheber nach. Friedrich, der immer noch halb unter dem Hänger liegt, versucht ungelenk, sich auf dem durchweichten Untergrund zur Seite zu rollen, die Beine wegzuziehen, aber es ist zu spät. Ein hässliches Schaben von Metall auf Metall, dann kracht das intakte Hinterrad des Hängers zu Boden, unmittelbar darauf folgt die radlose Felge. Im selben Moment der Aufschrei. Viele Schreie; Evelyn gellt ihr eigenes Schreien in den Ohren.

»Friedrich!« Sie lässt das Kind los, stürzt zu ihrem Mann, sieht, dass sein rechter Oberschenkel direkt unter der nackten, scharfkantigen Felge klemmt. Panik peitscht durch ihren

Körper, doch zugleich gemahnt sie eine innere Stimme zur Ruhe. Nur jetzt nicht die Nerven verlieren! Schon ist auch Brenner bei ihr, und sie versuchen mit vereinten Kräften, den Hänger hochzuheben, schaffen es aber nicht. Die Zaunpfähle wiegen zu schwer. Brenner wirft sich zu Boden, tastet unter dem Hänger nach dem umgekippten Wagenheber, bekommt ihn zu fassen, zieht ihn heraus. Er springt wieder auf, rutscht fast aus dabei, fängt sich gerade noch. Schon setzt er das Hebewerkzeug wieder an und beginnt zu kurbeln, kurbelt wie besessen. Noch zwei Umdrehungen, noch eine, dann hebt sich der Karren ein wenig, das Bein kommt frei. Sie fassen Friedrich bei den Schultern, ziehen ihn eilig unter dem Hänger hervor; Evelyn kann das Blut riechen, bevor sie es sieht, dreht den Kopf zur Seite, kämpft gegen die Übelkeit an. Nur die Nerven behalten.

Sie rennt zurück zum Wagen, fällt hin, springt wieder auf, holt den Verbandskasten, legt ihrem Mann mit Brunners Unterstützung einen Druckverband an. Wenig später holpern sie über den Feldweg zurück in Richtung Hauptstraße, Brenner am Steuer, Evelyn und Kai daneben. Friedrich liegt halb ohnmächtig auf der Rücksitzbank.

Brenners Sohn lassen sie allein zurück. Im Wagen ist kein Platz mehr. Unsinnigerweise fällt Evelyn jetzt sein Name wieder ein. Nicht Gerald und nicht Moritz. Der Junge heißt Markus.

16.

KERSTIN

Alex ist schon da, als ich das Café betrete. Ein pünktlicher Mensch, im Gegensatz zu Uwe, auf den ich meist warten muss, wenn wir uns irgendwo treffen. Aber wann ist es schon noch erforderlich, uns irgendwo außer Haus zu treffen, und vor allem, wozu? Uwe muss höchstens mal raus, um mich von der Arbeit abzuholen, wenn mein Wagen in der Werkstatt ist, und umgekehrt.

Sicher hängt es auch mit Jules Auszug zusammen, dass wir uns nicht mehr verabreden müssen. Wie so vieles. Ich habe es bislang immer vermieden, über diese Dinge nachzudenken. Sie deprimieren mich nur.

Alex hat mich bemerkt und winkt mir zu, ich winke zurück. Eigentlich waren wir wieder im Café Possmann verabredet, doch ich habe ihm kurz zuvor eine SMS geschrieben und ihn gebeten, uns zu einem Spaziergang zu treffen. Während der Arbeit käme ich kaum an die frische Luft, und das Wetter sei so herrlich.

Das Wetter ist allenfalls passabel, aber ich verspüre nicht das geringste Bedürfnis, im Possmann nochmals auf Sabrina zu treffen. Alex war sofort mit allem einverstanden. Jetzt fegt uns ein scharfer Wind entgegen, und ich frage mich, wozu ich mir stundenlang Locken ins Haar geföhnt habe. Auch Alex' Frisur bleibt nicht verschont. Einige Strähnen seines überaus akkurat geschnittenen kurzen Haars stellen sich auf wie ein Hahnenkamm. Sie machen auch keine Anstalten mehr, sich wieder zu legen, doch gerade diese kleine Unkorrektheit wirkt auf mich ungemein anziehend. Unwillkürlich muss ich lächeln und drehe den Kopf weg, damit er es nicht bemerkt.

Die Hände in den Jackentaschen vergraben, schlage ich den Weg zum Flussufer ein, und Alex folgt mir.

»Dieses junge Mädchen, das uns neulich bedient hat, erinnerst du dich?« Er bejaht. »Sie ist eine Bekannte meiner Tochter Jule. Und stell dir vor: Sie hat uns eine Affäre angedichtet.« Ich lache auf, als wäre die bloße Vorstellung völlig absurd.

»Und das hat sie deiner Tochter erzählt?«, erkundigt sich Alex interessiert.

»So ist es. Jule war nicht gerade erbaut, muss ich zugeben, und ich kann nicht ausschließen, dass sie mit Uwe darüber gesprochen hat.«

»Du kannst es nicht ausschließen?« Er hebt verwundert die Brauen, schaut mich an. »Das heißt, du weißt nicht, ob dein Mann davon weiß?«

Es stimmt, das ist merkwürdig. »Ähm.« Ich räuspere mich, suche fieberhaft nach einer Erklärung. »Uwe ist nicht der Gesprächigste. Das erwähnte ich, glaube ich, schon.«

»Aber was ist mit dir? Du könntest die Sache doch ansprechen und klarstellen.« Es klingt nicht nach Kritik, eher wie ein freundlicher Vorschlag. Selbstverständlich hat Alex recht. Ich hätte Uwe von unserem Treffen erzählen können und weiß selbst nicht genau, warum ich es nicht getan habe.

Doch, natürlich weiß ich es. Manchmal vergesse ich kurzfristig, dass es eigentlich um Uwes Familiengeschichte geht, eine Geschichte, von der er nichts wissen will. Pure Rücksichtnahme ist es allerdings gewiss nicht. Es liegt vor allem daran, dass Alex Alex ist und nicht irgendwer. Dass er mir gefällt.

Was sollen die Leute denken? Die Worte meiner Mutter. Warum fallen sie mir ausgerechnet jetzt ein? Mir war immer egal, was die Leute denken, und auch Uwe war es egal. Soll jeder denken, was er will, es spielt keine Rolle. Aber Uwe ist nicht »die Leute«. Was Uwe denkt, ist nicht egal.

»Sorry. Eure Beziehung geht mich nichts an.« Alex schlendert gelassen weiter, rückt aber ein klein wenig ab von mir. Habe ich mir wirklich eingebildet, ich könnte ihm gefallen? Ich allein sei der Grund für dieses Treffen?

»Wir sollten die Sache vielleicht wirklich auf sich beruhen lassen«, sage ich in einem plötzlichen Anflug gekränkter Eitelkeit.

Alex bleibt unvermittelt stehen, schaut mich an mit diesem offenbar für ihn typischen Blick: halb ernst, halb belustigt. »Du änderst ziemlich oft deine Meinung. Kann das sein?« Er setzt eine fragende Miene auf.

»Das hast du ganz richtig erkannt«, muss ich ihm zustimmen. »Ich bin der Typ, der sich nie entscheiden kann, und wenn ich endlich eine Entscheidung getroffen habe, bereue ich sie hinterher garantiert. Du weißt schon: die rote oder die schwarze Handtasche? Wenn ich mich für die rote entscheide, trage ich sie am nächsten Tag in den Laden zurück und will sie gegen die schwarze tauschen. Die ist dann aber leider schon weg. Das Dilemma meines Lebens.« Ich lache über mich selbst und weiß zugleich, dass es nur die halbe Wahrheit ist. Zur anderen Hälfte gehört, dass ich nur selten etwas drangebe, wenn ich mir etwas in den Kopf gesetzt habe. Um im Bild zu bleiben: Ich würde die schwarze Handtasche bekommen, wenn ich sie wirklich wollte, woher auch immer.

Wir gehen eine Weile schweigend weiter, erreichen die Uferpromenade, wobei man von Promenade nicht wirklich sprechen kann. Es ist einfach ein geteerter Weg am Flüsschen entlang, den ich gewählt habe, weil hier um diese Zeit meist nur Hundebesitzerinnen und Rentner unterwegs sind. Keine klatschsüchtigen Kellnerinnen, alte Schulfreundinnen oder Motorradkumpels.

Alex steuert auf eine Bank zu, nimmt Platz, klopft mit der flachen Hand neben sich. Ich setze mich zu ihm, und so hocken wir gemeinsam da, die Hände zwischen die Knie geklemmt. Dieser Spaziergang war eine merkwürdige Idee, denke ich und sage laut:

»Lass uns lieber was trinken gehen.«

»Wie?« Er lacht auf.

»Lust auf eine richtig schmuddelige Eckkneipe?«

»Klingt fantastisch.«

Die Kneipe in der Heerstraße ist die einzige, die tagsüber geöffnet hat. Eigentlich hat sie immer geöffnet, was wohl daran liegt, dass der Wirt sonst kein Zuhause hat. Ein nikotingegerbter, trübsinniger Zausel namens Siggi Hagemann.

»Und du glaubst, in der Kneipe ist die Luft rein?«, spöttelt Alex.

»Nein«, widerspreche ich. »Da wird noch geraucht.«

»Wunderbar.«

»Du rauchst?«

»Nein, aber es klingt so schön verrucht.«

Ich lache. Warum bin ich auf einmal so gut gelaunt?

In der Tat erwarten uns keine unliebsamen Überraschungen, als wir den Schwarzen Hahn betreten. Alles so abgeranzt wie immer. Und wie immer steht Hartmann hinterm Tresen. Ich kenne ihn – jeder im Ort kennt Siggi Hartmann –, aber er kennt mich nicht. Uwe und ich gehen schon lange nicht mehr in Kneipen. Und auch sonst eigentlich nicht mehr groß wohin.

Falls Hartmann mich aber doch noch erkennt, lässt er es sich nicht anmerken. Ich bin ihm herzlich egal, und auch Alex ist ihm egal. Wir setzen uns an die Theke, bestellen zwei

Bier und zwei Kurze, grinsen, als würden wir etwas Verbotenes tun. Nun ja, legal ist es zwar, nachmittags um halb vier Pils und Korn zu trinken, aber für unsereins doch recht ungewöhnlich.

»Was ist mit dir? Wie lebst du so, wenn du nicht gerade mit den Inuit Robben häutest«, erkundige ich mich.

»Geschieden, eine Tochter, wenig Kontakt«, antwortet Alex etwas schmallippig.

»Solo? Verheiratet?«

»Single.«

Zögerte er einen Augenblick mit der Antwort, oder bilde ich mir das nur ein? Ich trinke den Schnaps aus, mustere ihn mit zusammengekniffenen Augen.

»Soll ich dir das glauben?«

Er lacht nur. Ich gebe Hartmann einen Wink, der uns zwei neue Gläser hinstellt. Um ein Haar stoße ich mein Bierglas um, kann es aber gerade noch halten. Trotzdem schwappt es über. »Hoppla!«

Hartmann kommentiert das nicht, wischt nur routiniert die Pfütze weg und trollt sich.

Es kann immer nur einer reden, und das wäre gewöhnlich ich, hat Uwe mal gesagt. Bei Alex ist das anders. Alex gehört offenbar zu den Leuten, die sich ihrer selbst vergewissern, indem sie pausenlos reden, die jeden Gedanken, jede Frage, jede vorweggenommene Antwort verbalisieren. Doch von ihm lasse ich mich gern beschallen und bin eine aufmerksame Zuhörerin. Vielleicht, weil ich keine Angst haben muss vor akustischen schwarzen Löchern, die sich im Umgang mit Uwe unweigerlich irgendwann auftun. Vielleicht, weil Alex so gut zu unterhalten weiß. Diese Leichtigkeit. Dieser unangestrengte Humor. Vielleicht ist es dieses Gefühl, das er mir vermittelt: als würde er an diesem Nachmittag nichts in der Welt lieber tun, als mit mir hier zu sitzen und zu lachen.

Als wir aufbrechen, hilft er mir in die Jacke, und beim Hinausgehen legt er mir mit sanfter Bestimmtheit die Hand ins Kreuz, als wollte er mich auf eine imaginäre Tanzfläche lotsen. Fünf Finger in meinem Rücken. Ich spüre sie noch, nachdem die Hand längst nicht mehr dort liegt. Auf dem Heimweg schwebt mein Kopf wie ein Ballon, losgelöst vom Körper, dem der scharfe Herbstwind zusetzt, losgelöst von allen schwerlastigen Gedanken. Vom Denken ganz allgemein. Im Gehen schnuppere ich an dem Ärmel meines Pullovers, der immer wieder Alex' Hemd gestreift hat. Alex hat einen besonderen Geruch; einen Duft, der schwer zu beschreiben ist. Dieser Duft ist mir schon bei unserem ersten Zusammentreffen aufgefallen. Ein bisschen Zitrus, ein bisschen Zuckerwatte und noch irgendetwas Holziges dazu. Sehr sinnlich. Sehr appetitanregend.

Dabei sollte ich nicht an fremden Männern schnuppern. Nicht einmal an sie denken.

Also denke ich an den eigenen. An das Hochzeitsfoto in meiner Brieftasche. Es ist ein schönes Bild, vor allem, weil ich gut getroffen bin. Aber es ist nicht unbedingt typisch für Uwe. Während unseres gesamten gemeinsamen Lebens habe ich ihn höchstens ein halbes Dutzend Mal in Anzug und Krawatte gesehen. Hinter seinem Lächeln sieht man ihm irgendwie das Unbehagen an. Deshalb klemmt noch ein anderes Foto hinter meinem Führerschein, das ihn in seiner Werkstatt zeigt: ölverschmierte Jeans, verschwitztes T-Shirt, lässig zurückgebundenes Haar. Sehr sexy.

Meine Mutter hat mich gewarnt vor diesem schweigsamen Wilden, für den ich damals den armen André verlassen habe. Wobei verlassen nicht ganz der passende Ausdruck ist. Es klingt zu sehr nach geordnetem Rückzug. In Wahrheit habe ich ihn abserviert und mich feige aus dem Staub gemacht, ohne Gelegenheit zur Aussprache. Tschüssikowski.

So war das. Nein, nicht einmal so. Ich habe mich einfach verleugnen lassen, bis er aufgab. André war Jurastudent und hatte schon das erste Staatsexamen in der Tasche, was meiner Mutter sehr imponierte. Aber im Vergleich zu Uwe wirkte er plötzlich wie ein tumber Milchbubi. Nicht auf meine Mutter, sondern auf mich. Uwe war mein Held. Damals hat er noch Haar gehabt, eine Menge Haar sogar, das ihm bis weit über die Schultern reichte. Dieses Haar war vielleicht der heimliche Grund, weshalb ich mich in ihn verliebte. Sorry, nicht heimlich, nicht vielleicht – er war es definitiv. In meiner jugendlichen Unbedarftheit verblasste alles andere zur Unkenntlichkeit gegen diese unerhörte, glänzende Haarflut, die er mal lässig zurückwarf, mal hinters Ohr streifte, mal mit gespreizten Fingern über den Oberkopf kämmte. Dieses Kämmen, Streifen, Werfen, es hat mich verrückt gemacht, im wahrsten Sinne des Wortes. Wobei er ja meist kein Wort gesagt hat, was es nur umso schlimmer machte. Sein Schweigen war wie Öl ins Feuer gießen. Ich brannte lichterloh.

Und heute? An Uwes Outfit hat sich nichts geändert. An der Frisur schon. Es hat sich ausgekämmt, schon lange. Das hat ihn sehr betrübt. Mir hat die allmähliche Glatzenbildung auch nicht gefallen, wenn ich ehrlich bin. Aber vermutlich hat Uwe genauso wenig Freude an meinen Cellulitedellen – zumindest nicht, seit er eine Brille trägt. Dazu würde er sich allerdings niemals äußern. Er gibt zwar gern den Haudegen, weiß in einigen sensiblen Punkten jedoch durchaus, was ein Gentleman ist.

Aber bitte! Was soll das Ganze jetzt wieder? Ich rede zu viel, und ich denke zu viel. Nur eben häufig nicht das Richtige und auch nicht zu Ende.

17.

Kerstin

Uwe mag ein schweigsamer Mann sein, aber er ist, von ein paar Schrullen abgesehen, die wir uns wohl alle mit den Jahren zulegen, auch besonnen und großmütig. Und großzügig ist er auch. Wenn Besuch da war, egal für wen von uns, hat er immer für ihn mit eingedeckt, ohne erst zu fragen. Auch Jules Freundinnen wurden nie weggeschickt, wenn wir gegessen haben. Es war immer selbstverständlich, dass sie sich ein Mädchen einladen durfte, wenn wir einen Ausflug oder ein langes Wochenende planten – oder sogar den Sommerurlaub.

Wenn ich einen Wunsch hatte, hat Uwe ihn mir erfüllt oder hat es zumindest versucht.

Keine Frage, ich hätte es schlechter treffen können. Uwe war mir ein guter Mann und ein guter Familienvater, und er ist es noch. Er ist verlässlich, und das ist sehr viel wert. Verlässlichkeit ist eine Eigenschaft, die Frauen – junge zumal – bei Männern gern unterschätzen, bis sie eine Familie gründen und sich alles ändert. Ich kenne die Geschichten zur Genüge, und ich kann mich glücklich schätzen, sie nie am eigenen Leib durchlebt haben zu müssen. Uwe ist zuverlässig und berechenbar, sogar in seinen Unberechenbarkeiten. Seine kleinen Fluchten mit dem Motorrad, sein Männerding mit Buzz: Verglichen mit den Sünden, die andere Männer begehen und schon begangen haben, sind es Harmlosigkeiten. Uwe hat nie von irgendwoher angerufen und mir mitgeteilt, er habe seinen Job gekündigt und würde sich jetzt auf Weltreise begeben oder es gäbe da eine andere

Frau, die ihn besser verstünde als ich – und ein gutes Stück jünger sei sie rein zufällig auch. Das alles ist mir erspart geblieben.

Unsere anfängliche Leidenschaft hat sich mit der Zeit zu einer tiefen, beständigen Freundschaft gewandelt.

Nein, ich habe Uwe nicht wirklich etwas vorzuwerfen. Und tue es dennoch.

Ich vermisse die Exklusivität in unserer Beziehung. Das Besondere. Das Leuchten. Uwes gleichmütige Freundlichkeit gilt jedem, da ist nichts, was er nur mir zukommen lässt. Genau wie seine Schweigsamkeit.

Und die kleinen Fluchten mit Buzz, sind sie wirklich alles, was er sich vom Leben wünscht?

An dieser Stelle muss ich mich fragen, wie denn meine Wünsche aussehen. Was erwarte ich noch vom Leben? Hätte ich früher darüber nachgedacht, stünde jetzt vielleicht nicht alles auf dem Spiel.

Welchen Traum also habe ich? Ist es die Weltreise? Eigentlich nicht. Ich fahre ganz gern an den Gardasee oder ans Mittelmeer, aber auch nur bei gutem Wetter, denn es ist ja bekannt, dass ausbleibender Sonnenschein gerade in südlichen Gefilden melancholisch macht. Exotische Länder – sofern sie denn von mir bereist werden sollten – bereiten mir Unbehagen. Zu große Hitze und klirrende Kälte stoßen mich ab. Alex' Reisegeschichten, die ich so genieße, wären längst nicht so unterhaltsam und amüsant, wenn ich sie selbst durchleben müsste, das ist mir durchaus bewusst.

Was also will ich? Etwas mehr Abwechslung? Ein neues Hobby? Sicher nicht. Hobbys haben etwas Albernes, Gezwungenes, finde ich. Warum sollte ich plötzlich Golf spielen? Oder Französisch lernen? Aber welche Wünsche habe ich dann? Eigentlich nur einen: Ich will mich lebendig fühlen. Wachgerüttelt. Wertgeschätzt in meinem Dasein. Will überhaupt noch etwas fühlen. Ich will begehren und eine begehrte Gesellschaft sein.

Die Hand an meiner Taille – da ist sie wieder. Es erscheint mir selbst albern, wie ich immer darauf hängen bleibe. Vielleicht ist es auch nur der Sex, der mir fehlt. Oder das, was man sich im fortgeschrittenen Lebensalter so darunter vorstellen möchte. Einen feurigen Liebhaber also? Wohl nur, wenn ich mir meine Hüftrollen wegdenke und die schlaff gewordene Haut unter den Armen. Es ist nicht der Akt an sich, es ist die Hand unterm Kinn, die ins Ohr gehauchte Nettigkeit, die Hand in meinem Kreuz, die Hand eines guten Tänzers. Ein guter Tänzer wäre schön. Noch kann ich tanzen. Noch ist mein Körper in der Lage dazu. Noch kann ich mich in den Hüften wiegen, und nach ein paar Drehungen geht mir nicht die Puste aus. Noch ist Zeit für mehr Körperlichkeit im Leben. Für mehr Fühlen statt Denken. Ich will wieder eins sein mit mir und meinem Leben.

18.

EVELYN

Diese hohen, hallenden Flure. Das kalte Licht der Leuchtstoffröhren, unter dem die Schwestern mit leise quietschenden Sohlen dahineilen. Wie halten sie diese Atmosphäre bloß aus? Diese gespannte Erwartung, die Nähe zum Tod?

Aber vermutlich bildet Evelyn sich das alles ein, und sie gehen einfach nur ihrer Arbeit nach, diszipliniert und konzentriert, wie es ihre vielfältigen Aufgaben erfordern.

Evelyn landet im falschen Flur, muss sich durchfragen, will am liebsten davonrennen, darf aber nicht. Sie ist erwachsen, ist Mutter und Ehefrau. Im Moment vor allem Ehefrau, und als solche hat sie jetzt zu handeln.

Eine der Schwestern führt sie schließlich zu dem Arzt, der Friedrich am Tag des Unfalls operiert hat. Besuchen durfte sie ihn bislang nicht.

»Ihr Mann hat Glück im Unglück gehabt«, sagt der Weißkittel hinter seinem großen Schreibtisch und beginnt, seine Brille zu putzen. »Bei Unfällen wie diesem bleibt häufig nur die Amputation.«

Sie hält den Atem an, verspürt einen plötzlichen Schwindel. »Sie mussten …«

»Nein, mussten wir nicht.« Der Arzt schüttelt den Kopf. Gott sei Dank! »Aber Ihr Mann hat massive Verletzungen: Trümmerbruch, Sehnenabriss, Quetschungen et cetera pp. Er wird lange liegen müssen.«

Sie ballt die Fäuste, stemmt die Beine fest auf den Boden, atmet tief aus. Das Schwindelgefühl lässt nach. »Wie lange?«

»Schwer zu sagen. Acht Wochen mindestens, eher drei Monate.«

»Drei Monate?«, wiederholt sie entsetzt.

»Darauf würde ich mich einstellen.«

Drei Monate also. Worüber regt sie sich auf? Ein paar Augenblicke zuvor hat sie noch befürchtet, Friedrich würde nie wieder laufen können. Und davor hat sie ihn beinahe tot geglaubt.

Friedrich liegt in Zimmer fünfzehn, gemeinsam mit drei weiteren Männern. Im ersten Moment erkennt sie ihn fast nicht, so elend sieht er aus. Immerhin hat er das Bett am Fenster.

»Friedrich.« Sie tritt zu ihm, ergreift seine Hand, die schlaff auf der Bettdecke liegt. »Wie geht es dir?«

Er schaut zu ihr auf. Seine Haut ist aschfahl, dazu gelblich, die Augen liegen in tiefen Höhlen. »Du siehst, wie es mir geht.«

»Ja, und es tut mir so leid!« Sie streicht ihm über die Stirn. »Ich habe mir solche Sorgen gemacht, du glaubst nicht, wie sehr! Sie haben mir auch zuerst nichts sagen wollen, und da dachte ich –« Sie bricht abrupt ab. Dieser Redefluss ist nicht gut, sie muss sich bremsen, sich wieder beruhigen, denn nicht sie ist es, die hier die größte Last trägt, sondern er. Sie atmet tief durch, lächelt tapfer. »Du lebst, Friedrich! Das ist die Hauptsache. Der Arzt sagt –«

»Ich weiß, was der Arzt sagt.«

»Ja, natürlich.« Sie presst die Lippen zusammen, schlägt die Augen nieder.

Friedrich versucht, seine Liegeposition zu ändern, stemmt sich ansatzweise auf seine Unterarme, verzieht jedoch vor Schmerz das Gesicht und lässt sich wieder ins Kissen sinken. Sofort springt sie ihm bei, will ihm behilflich sein, doch er wehrt ab.

Dann Schweigen. Der linke Bettnachbar beginnt vernehmlich zu schnarchen, vom Flur her hallen Stimmen, die Tür geht auf. Ein weiterer Patient erhält Besuch. Ehefrau und Tochter vielleicht, denkt Evelyn, während sie sie unauffällig mustert. Die beiden Frauen grüßen freundlich, packen Kekse und Trauben aus, reden munter drauflos. Ihre lebhafte Unterhaltung lässt Friedrich und Evelyn gänzlich verstummen.

Nach einer Weile wird die Tür erneut geöffnet, und eine Schwester tritt ins Zimmer. »Meine Damen und Herren, die Besuchszeit ist um.«

Schon so bald? Evelyn weiß nicht, ob sie sich empören oder aufatmen soll.

19.

EVELYN

»Danke, dass Sie gekommen sind.« Evelyn starrt auf die glühende Spitze ihrer Zigarette, als wäre sie etwas, das man im Auge behalten müsste.

»Kein Problem«, erwidert Jonny Schulte gelassen.

»Ich habe neulich mit Herrn Zaley gesprochen«, sagt sie. »Möglicherweise hat er es erwähnt.« Sie streift die Asche von der Zigarette, bemüht sich um eine entspanntere Haltung. »Wie auch immer, jedenfalls wollte ich mich bei ihm bedanken.«

Jonny Schulte schaut sie an mit diesem offenen Blick, in dem weder Arg noch Trug zu lauern scheinen, sondern nur aufrichtiges Interesse an seinem Gegenüber. An ihr. Dieser Blick trifft sie, trifft sie bis ins Mark. Warum denn nur?

Blau ist eine kalte Farbe, sagt man, doch Jonnys Augen beweisen das Gegenteil. Sommerblau sind sie, blau wie der Himmel, blau wie ein lichter, klarer Sommertag. Es klingt kitschig, furchtbar kitschig, aber so sind sie nun einmal – wunderschön.

»Wofür wollten Sie sich bei Zaley bedanken?«, fragt er, während sich ihre Gedanken bereits einem ganz anderen Thema gewidmet haben, und erst seine Nachfrage macht ihr bewusst, dass sie sich nicht weiter erklärt hat.

»Er hat seine alten Kunden an uns verwiesen, und er hat …« Er hat ihr ihn, Jonny, zurückgeschickt. So sieht es aus. Aber das bringt sie nicht über die Lippen. Sie nimmt einen weiteren Zug von ihrer Zigarette, wechselt abrupt das Thema. »Wo waren Sie inzwischen?«

Er winkt ab. »Hab nur bei Bauern ausgeholfen. Nichts Festes. Da kam mir die Sache hier ganz recht.«

»Ja, es ist wirklich prima, dass Sie wieder für uns arbeiten wollen. Nach der Geschichte … nun ja, Sie wissen schon. Jedenfalls gibt es alle Hände voll zu tun.« Evelyn nickt Jonny Schulte zu, schaut dann zu Kai hinüber, der mit seinem hölzernen Spielzeuglaster durch den Sandhaufen pflügt.

»Dieses Tor«, sagt Jonny unvermittelt und deutet auf die Scheune. »Es ist zu klein und auch nicht hoch genug für die größeren Fahrzeuge.«

Das weiß Evelyn natürlich. Es hätte schon vor Jahren umgebaut werden sollen. »Für ein größeres Tor müsste das Dach erhöht werden«, erwidert sie und setzt in Gedanken hinzu, dass sie dafür zunächst den Hof kaufen müssten, wofür wiederum das Geld fehlt. Ein letzter Zug von ihrer Zigarette, dann drückt sie sie in einem leeren Marmeladenglas aus.

»Die Wiese da«, sie deutet lässig nach rechts, »das ist unsere. Friedrich hat sie gekauft. Ich wusste nichts davon, aber was hat unsereins schon zu sagen?« Sie stößt ein bitteres kleines Lachen aus. »Bauerwartungsland«, setzt sie hinzu. »In einigen Jahren rauchen hier die Schlote, dann steht da eine Fabrik neben der anderen. Lagerhallen, Gewerbebetriebe. Und mittendrin unser Autohaus. Genau dort.« Sie deutet auf den Apfelbaum. »Sehen Sie's nicht?« Ihr Blick wandert wieder zu Jonny Schulte, der seine Antwort sorgfältig abwägt.

»Alles ist möglich«, gibt er sich diplomatisch. »Im Moment sehe ich nur eine Wiese.«

»Ich auch.« Sie nickt zustimmend. »Und ich bin ganz froh drum. Man stelle sich vor: die qualmenden Schornsteine, die schlechte Luft. Das Sägengekreisch, der Lastwagenlärm.« Sie lächelt ironisch, und beide fallen in Schweigen.

»Wie lange wird sich die Sache wohl hinziehen?«, erkundigt sich Jonny schließlich.

Sie versteht sofort, wovon er spricht, seufzt leise auf. »Noch eine ganze Weile, fürchte ich. Der Arzt sagt, ungefähr drei Monate.«

»Drei Monate?« Jonny Schulte pfeift durch die Zähne.

»So sieht's aus.« Sie will sich gelassen geben, doch es gelingt ihr nicht mehr. Wozu das Geplänkel, wo alles in ihr brennt? Wo ihre Zukunft auf dem Spiel steht – nicht nur ihre, auch die der Kinder. »Können Sie so lange bleiben?« Die Frage klingt, wie sie sich fühlt, wenn sie in sich hineinhorcht: nah an der Verzweiflung.

»Ich kann Sie wohl nicht allein lassen«, antwortet Jonny Schulte schlicht.

»Das wäre …« Sie stockt, muss sich räuspern. »Es wäre ganz wunderbar.« Sie lächelt. Ihr Lächeln wird immer gelöster, die Qual fällt von ihr ab, sie scheint sie nach und nach auszustoßen mit jedem Atemzug, fühlt sich plötzlich hoffnungsvoll, wie befreit.

Auch er lächelt, aber ohne jede Qual. »Jeder erlebt Situationen im Leben, in denen er Hilfe braucht.«

Das sieht er ganz richtig, denkt Evelyn und nickt. Auch der alte Zaley hat es gesehen. Jeder sieht es. Nur Friedrich nicht.

»Dieses Mal geht es allerdings nur mit der Einwilligung Ihres Mannes«, ergänzt Jonny Schulte mit bedauernder Geste, und wieder nickt sie. Es wird nicht anders zu bewerkstelligen sein, leider. Ein Fiasko wie beim letzten Mal kann sie sich nicht nochmals erlauben.

MARTHA

Kinder dürfen nicht ins Krankenhaus weil sie Bazillen und fiese Krankheiten reinschleppen sagt Mama aber ich kann Papa doch Briefe schreiben sagt sie da freut er sich sicher.

***

20.

EVELYN

Evelyn rückt den Besucherstuhl neben das Krankenbett, hält Friedrich das mitgebrachte Erdbeerkörbchen hin. »Greif zu, sie sind schon gewaschen.«

»Nein danke.«

»Du solltest sie probieren. Sie sind wirklich gut.«

Er reagiert nicht darauf. Nun ja. Die Erdbeeren würden ihm die bittere Pille wohl auch nicht versüßen.

»Wir werden uns etwas überlegen müssen, Friedrich.« Sie gibt sich Mühe, so sanft wie möglich zu klingen. Wieder sagt Friedrich nichts, dreht nur den Kopf für einen Moment in Richtung seines linken Bettnachbarn. Oder eben nirgendwohin. Sie versteht den Wink. Unsere Angelegenheiten gehen Fremde nichts an, soll er besagen.

»Es tut mir leid, aber wir können es nicht aufschieben«, bleibt sie hartnäckig. »Zaley hat –«

»Der schon wieder!«

Nein, sie wird sich nicht aus dem Konzept bringen lassen. »Zaley hat noch einmal mit Jonny Schulte gesprochen«, fährt sie unbeirrt fort. »Schulte wäre bereit, für uns zu arbeiten, sofern du dein Einverständnis gibst. Soll heißen: Er braucht einen Arbeitsvertrag und so weiter. Die Dinge müssen geregelt sein. Das sagst du doch auch immer.«

Friedrich krallt seine Hände in die Bettdecke, hüllt sich in Schweigen. Hat er ihr überhaupt zugehört?

»Wir müssen vernünftig sein«, mahnt sie mit weicher Stimme und lässt ihm Zeit, das Gesagte zu verdauen. Er hat keine andere Wahl, als allem zuzustimmen, sofern er den Betrieb nicht den Bach runtergehen lassen will. Und das wird er nicht wollen. Aber es wäre unklug, ihn darauf hinzuweisen.

»Und wer regelt das Geschäftliche?«, fragt er schließlich kehlig, und sie weiß, dass sie gewonnen hat.

»Die Bestellungen mache ich«, antwortet sie munter. »Ich habe die alten Akten durchgesehen und mich ein bisschen eingearbeitet in die Materie. Die Rechnungen kann ich auch schreiben – mit deiner Hilfe. Ich habe mir überlegt – nun ja, ich dachte also, ich bringe dir den Papierkram mit, damit du auch ein bisschen was zu tun hast.« Sie lächelt ihm aufmunternd zu. Friedrich lächelt nicht. Doch was bleibt ihm übrig?

Als sie an diesem Nachmittag in den Bus zurück nach Merenbach steigt, ist alles entschieden. Friedrich wird die wichtigsten Unterlagen vom Krankenbett aus prüfen, und Jonny Schulte bekommt seinen Arbeitsvertrag. Eine große Last fällt ihr von den Schultern.

Als Jonny Schulte aus der Werkstatt tritt, sitzt Evelyn bereits draußen auf dem Treppenabsatz.

»Jetzt erst Feierabend?«

»Ich habe nur noch ein bisschen an dem Volkswagen geschraubt«, antwortet er mit einem kleinen Handschwenk. Alles nicht so wichtig, soll er besagen. Jonny brüstet sich nie mit irgendwelchen Heldentaten, die er ganz allein zu fortgeschrittener Stunde vollbringt, er klagt auch nie über das Arbeitspensum. Er bleibt bescheiden und zurückhaltend im Wort. Sein Verhalten ist es neuerdings weniger.

Mit ein paar geschmeidigen Schritten ist er bei ihr, hockt sich unaufgefordert neben sie, überbrückt diesen ersten Moment des Zueinanderfindens nicht einmal mit dem Hervorkramen von Zigaretten, mit der Bitte um Feuer oder damit, ihr welches anzubieten. Er ist einfach da.

Es ist diese Selbstverständlichkeit seines Tuns, die Evelyn so beeindruckt – und die ihr das Herz weitet.

»Hatten Sie einen guten Tag?«, erkundigt er sich.

»So gut wie jeder andere«, antwortet sie vage.

»Wissen Sie was? Ihnen fehlt ein bisschen Spaß im Leben«, behauptet Jonny Schulte und blickt ihr offen ins Gesicht. »Sie können sich nicht immer nur Sorgen machen. Sie müssen auch mal durchschnaufen.«

Seine Worte schmeicheln ihr – wer sorgt sich schon sonst um sie? Aber es gehört sich nicht, dass er so spricht mit ihr, einer verheirateten Frau.

»Im Moment gibt's hier wenig zu lachen«, erwidert sie humorlos. »Sie kennen doch unsere Situation.«

»Hm«, macht er nur und wiegt sachte den Kopf hin und her. Es tut ihr bereits leid, so schnippisch gewesen zu sein.

»Wie geht's Ihrem Mann?« Seine Frage klingt aufrichtig.

Evelyn greift zu ihren Zigaretten, zündet sich eine weitere an. »Ehrlich gesagt, ich habe keine Ahnung.«

Er nickt, und sie fallen in einvernehmliches Schweigen.

»Frau Wagner, Sie müssen fahren lernen«, sagt Jonny unvermittelt.

»Autofahren?« Evelyn erschrickt beinahe. »Wie kommen Sie plötzlich darauf?«

»Weil es Ihnen das Leben erleichtern würde«, antwortet Schulte schlicht. »Sie müssten nicht ewig auf den Bus warten, wenn Sie aus dem Haus wollen, und Sie bräuchten auch keinen Chauffeur. Sie hätten viel mehr Freiheit.«

Freiheit. Das Wort bitzelt ihr wie ein schwacher Stromschlag durch die Glieder.

»Tja, ich weiß nicht.« Woher weiß er …? Evelyn zupft an ihrem Rocksaum, zieht ihn über die angewinkelten Knie. Jetzt liegt der Stoff so glatt wie eine zweite Haut, ihre Oberschenkel zeichnen sich überdeutlich darunter ab. Sie beginnt erneut zu zupfen. »Ich weiß wirklich nicht, ob ich das könnte.«

»Klar können Sie!«, gibt Jonny sich überzeugt. »Und Sie haben doch einen Wagen.« Er deutet auf den Admiral.

»Der gehört meinem Mann«, entgegnet sie, als wäre das ein Gegenargument. Was es ja im Grunde auch ist. Sie kann nicht einfach so tun, als ob es ihrer wäre. Und doch … Wieder muss sie an ihre Schwester Ilse denken, an ihre stolze Miene, als sie zum ersten Mal am Steuer sitzend hier vorfuhr. Was denn Günther dazu sage, dass sie seinen Wagen benutze, hat Evelyn damals wissen wollen.

»In einer Ehe gibt es kein Mein und Dein«, war Ilses achselzuckende Antwort gewesen. Es sei genauso gut ihr Wagen wie seiner. Außerdem könne sie mit dem Auto Dinge erledigen, um die er sich sonst selbst kümmern müsse. Das sei doch sehr praktisch für ihn. Natürlich ist es auch praktisch für Ilse. Sie fährt zum Friseur und zur Schneiderin und ins Kaufhaus in der Stadt; sie kutschiert Mutti zum Arzt und zum Damenkränzchen – und sie bringt die Schwester ins weit entfernt gelegene Krankenhaus, in dem der Mann mit zerschmettertem Bein liegt.

Aber hier und jetzt geht es nicht um Ilse. Es geht um sie, Evelyn.

Freiheit. Das Wort summt ihr noch immer durch die Adern wie eine schwingende Saite. Einen Führerschein zu besitzen, würde ihr in der Tat so vieles erleichtern.

Friedrich denkt anders darüber. Er ist der Ansicht, dass Autofahren Personen vorbehalten bleiben soll, die etwas von der Technik verstehen, die ein ausgeprägtes räumliches Vorstellungsvermögen besitzen und auch in brenzligen Situationen die Nerven behalten. Das könne man von einer Frau nicht verlangen, so seien Frauen nun einmal nicht gemacht. Deshalb mag er es nicht, wenn sie mit Ilse in der Gegend herumkurvt. Es zeuge auch nicht gerade von Verantwortungsbewusstsein für seine Frau, dass Günther das zulasse, findet Friedrich.

Tatsächlich versteht Ilse nicht sonderlich viel von Technik, eigentlich gar nichts, und sie hat auch keinen Ehrgeiz, sich entsprechendes Wissen anzueignen. Trotzdem schafft sie es, einen Wagen zu steuern, sogar rückwärts.

»Den Motor starten und langsam die Kupplung kommen lassen.«

Evelyn dreht den Zündschlüssel, nimmt den Fuß von der Kupplung. Der Admiral macht einen Satz nach vorn.

»Langsam, sagte ich.« Jonny Schulte lächelt sanft.

Sie lächelt ebenfalls, wenn auch reichlich gezwungen, versucht es noch einmal. Der Wagen fährt an.

»Das Lenkrad festhalten und einfach geradeaus lenken.« Jonny lehnt sich entspannt in seinen Sitz zurück. Im Schritttempo rollen sie über den geteerten Feldweg in Richtung Wengersbacher Mühle. Weit und breit nur Kühe, Gras und Weizenfelder. Keine neugierigen Nachbarn oder Kunden, keine unliebsamen Zaungäste. Diese Gewissheit wirkt beruhigend auf Evelyn.

»Nun einmal bremsen.«

Sie tritt das Bremspedal durch, würgt den Motor ab. Der Wagen kommt abrupt zum Stehen.

»Sie müssen die Kupplung treten.«

»Sie sagten, die Bremse!«

»Beides.«

»Aber das haben Sie nicht gesagt!«

»Jetzt schon.« Wieder grinst Jonny. »Also, noch mal von vorn. Den Gang herausnehmen und so weiter.«

Sie konzentriert sich, vergegenwärtigt sich nochmals die Handlungsschritte, setzt sie in der richtigen Reihenfolge um.

»Sehr schön«, lobt er, als der Wagen sauber anrollt. »Und das Lenken nicht vergessen.«

Allmählich bekommt sie ein Gespür fürs Kuppeln, Bremsen, Gas geben.

»Ich sagte doch, dass Sie ein Naturtalent sind«, stellt Jonny mit zufriedenem Grinsen fest. Sie schaut zu ihm rüber, beide lächeln, lachen sogar, und dann schreit er: »Obacht!« Sie reißt das Lenkrad herum, kann gerade noch dem Graben ausweichen.

Schon am folgenden Tag fühlt sie sich sicherer, und zur dritten mittäglichen Übungsrunde nehmen sie die Kinder mit. Der Admiral rollt so sanft dahin, dass Kai sich wie eine Katze auf der Rückbank zusammenrollt und sofort einschläft. Martha hingegen, begeistert von der spontanen, ganz und gar ungewöhnlichen Unternehmung, plappert ununterbrochen und schlingt in einem Anflug von Zuneigung und Vertrauensseligkeit ihre Arme um Jonnys Hals.

Evelyn schaut kurz zu ihm rüber, schaltet einen Gang höher. Du meine Güte! So einfach ist das also? Durch ihre Adern pulst die pure Euphorie.

21.

KERSTIN

Mein Handy vibriert. Es ist Alex. Ein Schauer durchrieselt meinen Körper wie eine Mischung aus Weichspüler und Brausepulver. Herrlich.

»Hallo?«

»Hier auch ›Hallo‹«, erwidert Alex mit seiner sanften Stimme. »Störe ich?«

»Überhaupt nicht.«

»Ich wollte nur hören, wie es dir geht.«

»Gut geht's mir, danke.«

»Das ist schön. Das freut mich.«

»Ja, mich freut es auch.« Ich lache leise auf, und er lacht ebenfalls.

»Warum um den heißen Brei herumreden?«, fragt Alex. »Hättest du Zeit?«

»Ja, hätte ich.«

»In einer halben Stunde bei mir?«

Warum nicht?

Ich zittere. Klar, es ist kalt geworden, aber das erklärt nicht dieses Zittern, als ich vor seiner Tür stehe. Ich atme tief durch, drücke die Schultern nach unten. Kein Grund zu hyperventilieren. Hier geht es nicht um Krieg und Frieden, hier wird nicht über den Fortgang der Menschheit entschieden. Es ist nur ein Treffen, mehr nicht. Eines mit einem Mann, den ich kaum kenne, allerdings.

Ich betätige die Klingel, er den Türöffner. Im Treppenhaus hallt es sehr laut, als ich die Stufen in den ersten Stock hinaufsteige. Dieses Hausflurhallen bin ich nicht gewohnt nach fünfundzwanzig Jahren Einfamilienreihenendhaus.

So ganz kann ich mein Zittern noch immer nicht unterdrücken. Zu viel Kaffee vermutlich. Vielleicht ist es aber auch die mahnende Stimme, die mir ins Ohr raunt, dass ich hier weder etwas zu suchen noch verloren habe, Ahnenforschung hin oder her. Und überhaupt: Ahnenforschung. Das Ganze ist ja wohl eher ein Witz.

Was mir sofort auffällt, ist der Geruch. Die Wohnung duftet nach Alex, nach diesem Zitronen-Zuckerwatte-Zedern-Potpourri. Was ist das für ein Zauberduft, der Frauen nach der Menopause in längst durchschifft geglaubte Fahrwasser zurücklotst?

Alex nimmt mir die Jacke ab und hängt sie an der eleganten sowie beneidenswert leeren Garderobe auf. Hier wohnt ein Mensch mit Geschmack, schreit sie mir entgegen. Und zwar nur ein einziger.

Unweigerlich muss ich an den Bistro-Garderobenständer denken, den ich einmal für uns daheim angeschafft habe, weil mir die gewisse Lässigkeit, die diese Dinger ausstrahlen, so imponierte. Leider war das Experiment bald gescheitert. Die Flut von Jacken, Mänteln, Schals und Helmen hat den Ständer regelmäßig zum Umstürzen gebracht wie einen gefällten Baum, und einmal hat er sogar Kimchi, den kleinen Hund, den wir damals hatten, fast erschlagen. So musste ich zwangsläufig wieder auf das hässliche Schrankmodell ausweichen.

Alex führt mich ins Wohnzimmer, in dem es sehr aufgeräumt und maskulin zugeht: grüne Wände, dunkles Holz, dunkle Ledercouch, Riesenbildschirm. Und ein schwarzes Klavier. An den Wänden gerahmte Fotografien seiner Reiseerlebnisse. Alex, deutlich jünger, in Shorts und mit nacktem Oberkörper vor einer Art Einbaum, der Bug im

Schlamm, das Heck in brackigem Wasser dümpelnd. Und ist der dunkle Schemen im Hintergrund etwa ein Krokodil? Ein weiteres Bild: Alex rank und schlank, in Kakihosen und weißem Hemd vor einem lehmfarbenen Tempel – buddhistisch, vermutlich. Daneben Alex in einem Gewusel bunt gekleideter Menschen; obwohl er kein Riese ist, überragt er die meisten von ihnen fast um Haupteslänge; Alex in dicker Outdoorjacke, einen Husky streichelnd.

Mein Blick schweift wieder durch den Raum, hin zum Klavier nahe dem Fenster.

»Spielst du?«, erkundige ich mich.

»Ja, ein wenig.«

Ich habe mich entschieden: Das Klavier imponiert mir am meisten.

»Was darf ich dir anbieten? Einen Kaffee vielleicht?«

»Nein danke, ich hatte ein paar Tassen zu viel heute.« Ich hebe abwehrend die Hände, nehme sie gleich wieder runter. Dieses Zittern ist peinlich.

»Sag einfach, was du möchtest, und ich sage dir dann, ob ich es habe«, schlägt Alex pragmatisch vor und schenkt mir ein gewinnendes Lächeln.

Ja, was möchte ich? Wenn ich das wüsste.

Alex verschwindet kurz, kommt wieder, stellt zwei kleine Flaschen Apfelschorle auf den Tisch, legt zwei blau gemusterte Servietten im Miniaturformat hin, auf die er die Gläser platziert. »Du sagtest Apfelschorle, oder?« Er grinst.

»Ja, so sagte ich.« Ich grinse auch.

Er bietet mir den Sessel an, schenkt uns ein, setzt sich aufs Ledersofa. Wir trinken beide vom Saft, danach betupft er sich den Mund mit der kleinen Serviette. Ich beobachte ihn fasziniert. Dieses Betupfen nach jedem Schluck oder Bissen ist mir schon früher aufgefallen, im Café, in der Bar. Ich kenne sonst niemanden, der das macht.

Warum bin ich hier?, frage ich mich einmal mehr. Warum sitze ich hier mit einem fremden Mann, ohne dass meiner dabei wäre, geschweige denn, dass er etwas von diesem Treffen wüsste? Eine konspirative Verschwörung, angeblich zu Uwes Bestem. Blödsinn. Also, warum sitze ich hier?

Weil fremde Männer nichts in meinem Haus zu suchen haben.

Weil wir Uwe vor der Wahrheit schützen müssen.

Weil Hartmanns Spelunke heute Ruhetag hat.

»Mir gefällt die Couch«, sage ich, um irgendetwas zu sagen, und zufällig entspricht es auch der Wahrheit.

Prompt bietet Alex mir an, die Plätze zu tauschen. Ich lehne ab, trotzdem steht er auf, es gibt ein stummes Hin und Her, dann hocken wir beide auf dem Sofa, zu nah, versehentlich, dann wieder zu weit voneinander entfernt, was auch albern ist, weshalb wir wieder zusammenrücken.

»Wie bei Loriot«, sage ich noch, und im selben Moment tut sich die Sofaritze auf, und ich stürze kopfüber in ein Paralleluniversum. In diesem Lichtjahre entfernten Universum küssen wir uns, und ich weiß nicht einmal mehr genau, ob das noch ich bin. Aber wer sollte es sonst sein?

Herr im Himmel! Ich bin aus der Übung. Küssen ist wie Radfahren, sollte man meinen, man verlernt es nicht. Ungewohnt ist es trotzdem. Allmählich stellt sich auch eine gewisse Nackensteifigkeit ein, die ab einem gewissen Punkt nicht mehr tolerabel ist. Ich setze mich aufrecht, streiche mir über den Hals, stecke dann die Hände zwischen die Knie, schnaufe tief durch. Irgendetwas ist in meinem Kopf explodiert, ich kann keinen klaren Gedanken mehr fassen. Und dann höre ich mich sagen: »Was war das nun mit dem Kartoffelpamp damals?«

Alex macht große Augen, rückt gleichzeitig ein wenig ab von mir.

»Kartoffelpamp?«

»Ja. Kartoffelpamp und Apfelmus. Marthas Lieblingsessen. Gut gegen Kümmernisse der schlimmsten Sorte, sagtest du. Bezog sich das auf den Unfall?«

»Schon interessant, was euch Frauen so durch den Kopf geht.« Alex schüttelt schmunzelnd den Kopf. Mag er es seltsam finden oder nicht, ich bin froh darüber, meine Gedanken an irgendetwas heften zu können.

»Uwe hat nie von seiner Mutter erzählt«, sage ich. »Was war sie für eine, diese Evelyn?«

»Keine Ahnung.« Er zuckt die Achseln. »Ich habe sie nie kennengelernt.«

»Aber sie waren Schwestern. Deine Mutter muss doch über sie gesprochen haben.«

»Nein, hat sie nicht. Ich kann mich zumindest nicht erinnern.«

»Kaum zu glauben! Martha hat schließlich bei euch gewohnt. Sie wird sich doch unterhalten haben, ihre Mutter wird irgendwann Thema gewesen sein.«

»Erinnere dich an deinen Mann«, ruft Alex mir ins Gedächtnis, und sein Blick verhärtet sich eine Spur. »Er spricht ja auch nicht über sie.« Touché. »Und was Martha betrifft: Wir haben nicht viel geredet. Möglich, dass sie mit meiner Mutter darüber gesprochen hat, aber ich war nicht dabei.«

»Hast du eine Erklärung für dieses Schweigen?«

»Irgendeine Familienstreitigkeit, nehme ich an. Meine Mutter hatte manchmal eine scharfe Zunge. Möglich, dass es daran gelegen hat.«

»Und dein Vater?«

Alex seufzt auf. »Mein Vater war ein friedliebender Mensch. Er ist Auseinandersetzungen gern aus dem Weg gegangen. Wozu hat ein Mann einen Hobbykeller?« Er hebt den Blick, lächelt schwach. Oder eine Garage, setze ich in

Gedanken hinzu. »Mein Vater hatte eine Modelleisenbahn«, erzählt Alex weiter. »Die habe ich geliebt.«

»Hast du auch eine Eisenbahn im Keller?«, spöttele ich.

»Leider nein.« Wieder schüttelt er den Kopf, schaut mich dann sehr direkt an. »Sag mal, Kerstin, hatte das eben irgendeine Bedeutung für dich?«

»Es tut mir leid«, erwidere ich hastig, »es hätte nicht passieren dürfen.«

»Okay.« Er klingt sehr gefasst.

»Nur damit du's weißt: So ein Mädchen bin ich nicht«, rette ich mich in einen Scherz. »Das letzte Mal, dass ich mit einem fremden Jungen so eng auf der Couch gesessen habe, ist über dreißig Jahre her.«

»Verstehe.«

»Obwohl, also eigentlich …« Ich schaue ihn an, ein wenig reumütig vielleicht und traurig wohl auch. »… bin ich ein bisschen aus der Übung, vielleicht.«

Und weil das so ist, üben wir gleich noch einmal. Es klappt schon besser. Es gefällt mir, es gefällt mir sehr, aber es überfordert mich auch. Die Erfüllung geheimer Wünsche sollte wohldosiert erfolgen, zu viel des Guten verdirbt die Freude daran.

Plötzlich habe ich genug. Ich muss gehen. Alex bringt mich noch zur Tür.

»Sehe ich dich wieder?« Er schaut mir tief in die Augen.

»Weiß nicht.« Ich zucke die Schultern. »Denke schon.«

Alle Straßen führen zu der, auf der du dich gerade befindest, habe ich irgendwo gelesen. Okay, wenn man drüber nachdenkt, ist das nur logisch. Aber man kann sich ja mal verlaufen.

Zumindest finde ich mein Auto nicht, was daran liegt, dass es vor Alex' Haus keine Parkplätze gibt. Jedenfalls nicht für mich.

Auf dem Hinweg habe ich nur wenige Minuten von meinem Wagen bis zu seiner Wohnung gebraucht, doch nun weiß ich nicht mehr, aus welcher Richtung ich gekommen bin. Mein Orientierungssinn scheint mich verlassen zu haben, in jeder Hinsicht.

Hier in der Gegend kennt mich niemand, wir hätten in irgendein Café oder eine Bar gehen können, um uns zu besprechen, aber das stand gar nicht zur Debatte. Wir haben uns gleich für seine Bude entschieden, in schönstem Einvernehmen. Als überrumpelte Unschuld darf ich mich also nicht fühlen. Weiß Gott nicht.

Im Nachhinein sagt sich immer leicht, man hätte es schon vorher gewusst, aber was dieses Date betrifft, war es wohl tatsächlich so. Im Rückblick liegt alles so klar auf der Hand, dass man wirklich keine hellseherischen Fähigkeiten gebraucht hätte. Die Verwerfung. Das Herzstolpern. Hoppla.

Daher das geistige Fieber, das Zittern, das Ohrenglühen. Wahrscheinlich wäre ich sogar enttäuscht gewesen, wenn es anders gelaufen wäre. Nur hat mich dann der Mut verlassen. Oder die Vernunft hat mich eingeholt, wie man's nimmt.

Endlich. Dort drüben steht er, mein Wagen.

Motor starten, kuppeln, Gas geben – die sattsam vertrauten Routinen. Allmählich beruhige ich mich. Zugleich verspüre ich den Drang, Uwe alles zu erzählen. Ich muss die Karten auf den Tisch legen, ihm die Wahrheit gestehen und dann sehen, wie es weitergeht mit uns. Offenheit war uns immer wichtig.

Daheim angekommen, höre ich ihn in der Werkstatt hantieren, die mal unsere Garage war. Im ersten Moment fürchte ich, Buzz könnte auch da sein, ist er aber nicht. Uwe hockt allein vor seiner Maschine.

»Wir müssen reden«, platze ich heraus, ohne mich mit Begrüßungsfloskeln aufzuhalten.

Er wendet den Kopf und schaut zu mir hoch.

»Was ist los?«

»Ich muss dir was gestehen.«

»Lass mich raten«, brummt er und richtet sich langsam auf. »Hat es was mit dem Lateinlehrer zu tun?«

»Er unterrichtet kein Latein«, korrigiere ich Uwe und könnte mir im selben Moment die Zunge abbeißen. Als ob das jetzt eine Rolle spielen würde. »Aber es geht schon um ihn, um Alex Hild«, muss ich eingestehen. »Es ist was passiert.«

»Sag bloß, du bist schwanger.«

Vor Verblüffung klappt mir der Mund auf, dann muss ich lachen, obwohl mich die Bemerkung keineswegs amüsiert. Uwes trockenen Humor habe ich immer geliebt, aber das hier war kein Scherz, sondern purer Zynismus. Es war verletzend.

»Guter Witz, nur leider völlig am Thema vorbei«, entgegne ich frostig.

»Ach ja?« Uwe schaut mich an. »Glaubst du etwa, deine romantischen Tête-à-Têtes mit deinem Kaffeehauskavalier sprechen sich nicht rum?«

Er weiß es also. Jule hat ihren Mund nicht halten können. Schlagartig verlässt mich der Mut, doch ich muss das jetzt durchziehen. »Genau deshalb will ich mit dir reden«, sage ich. »Wir können die Dinge nur gemeinsam klären.«

Uwe erwidert nichts darauf. Er steht einfach da und wiegt den Schraubendreher in Händen, als müsste er sein Gewicht prüfen. Oder als könnte er es nicht abwarten, dass ich endlich die Biege mache, damit er weiterwerkeln, sich mit dem beschäftigen kann, was ihm im Moment wirklich wichtig ist. Zorn wallt in mir auf.

»Leg das verdammte Ding weg und rede mit mir!«, fahre ich ihn an.

Uwe hält einen Moment inne, tut dann aber, was ich sage.

»Was gibt's da noch zu reden?«, fragt er und nimmt die Brille ab. Seine Lider sehen rot und wund aus, als hätte er geweint. Aber das hat er nicht. Uwe weint nie. Indianer kennen keinen Schmerz. »Wenn du noch irgendetwas darum geben würdest, was ich will oder nicht will, hättest du ihn in den Wind geschrieben«, sagt er ruhig. »Du hättest ihn gar nicht erst in unser Haus gelassen, einfach weil du akzeptiert hättest, dass ich nichts mit ihm zu tun haben will.«

»Aber Martha, deine Schwester!«, werfe ich ein. »Sie ist –«

»Stopp, Lady!« Uwe hebt abwehrend die Hand. »Versuch jetzt nicht, dich rauszureden. Das ist billig.«

»Das tue ich doch gar nicht, ich –«

»Ich habe mit meiner Familie gebrochen, wie du sehr wohl weißt. Und ich bin beileibe nicht der Einzige, der das getan hat. Es gibt eine Menge Leute, denen geht's wie mir. Die haben ihrer Verwandtschaft den Rücken gekehrt, und zwar aus guten Gründen. Du brauchst mich nicht zu retten, indem du alte Geschichten aufwärmst, Kerstin. Weil sie es nicht wert sind. Weil darin keine verborgenen Erkenntnisse über mich schlummern. Und was immer du mir hier auftischen willst, es interessiert mich nicht, klar?« Er greift demonstrativ wieder zum Schraubendreher.

»Vielleicht ist das ja das Problem, dass dich nichts interessiert außer deinen Scheißmotorrädern«, gifte ich.

Er hält nochmals inne, blickt mich ernst an. »Was willst du eigentlich, Kerstin? Nicht ich sitze hier auf der Anklagebank, sondern du, schon vergessen?«

»Anklagebank?«

»Ganz genau.«

»Ja, glaubst du denn, das geschieht alles aus heiterem Himmel?« Meine Stimme schraubt sich in gefährliche Höhen. »Glaubst du, ich hätte keine Opfer gebracht? Für all das hier?« Ein Handschwenk durch die Garage, der meine ganze

Verachtung mit einschließt. »Wann immer dir danach ist, verkriechst du dich in deiner Höhle hier wie ein Grottenolm. Du tauchst einfach ab, und ich sitze da und darf zusehen, wie ich klarkomme.«

»O ja, du bist die Mutter Teresa der Nation«, spottet Uwe. »Glaub nicht, du hättest mich keine Nerven gekostet – und tust es noch. Ständig. Ich beschwere mich nur nicht dauernd darüber.«

Das stimmt. Uwe ist nicht der Typ Beschwerdeführer, und niemand kann ihm vorwerfen, dass er seinen Verantwortlichkeiten nicht nachgekommen ist. Ich konnte mich immer auf ihn verlassen. Aber mit schöner Verlässlichkeit hat er sich mir immer auch wieder entzogen, hat mich quasi aussortiert, wie einen Gegenstand, den man nach Gutdünken irgendwo abstellen und wieder hervorholen kann, wenn man ihn braucht.

»Wann immer dir danach war, hast du deine Sachen gepackt und mit Buzz dein Männerding durchgezogen«, sage ich noch. »Wenn du nicht –«

»Hör auf!«, donnert Uwe, und ich zucke vor Schreck zusammen. »Du hast mich angelogen, Kerstin. Du hast mir ins Gesicht gelogen! Hast gesagt, dieser Typ hätte sich nicht mehr gemeldet, und dabei triffst du dich mit ihm!«

»Ich weiß, es war ein Fehler, und es tut mir leid, aber –«

»Halt endlich die Klappe!«

Ich beiße mir auf die Unterlippe, knete die Hände, um das Zittern in den Griff zu bekommen. »Du benimmst dich wie ein Prolet«, fauche ich.

»Na und? Dann bin ich halt einer! Zumindest gebe ich mich nicht als Cousin von irgendwem aus, nur weil ich dessen Frau vögeln will!«

Mir stockt der Atem, gleichzeitig packt mich die Scham. Das Garagentor steht offen, und unser Haus liegt nur ein paar Schritte von den Nachbarn entfernt. Was sollen Frank und Gaby denken?

Uwe brüllt sonst nie. Aber jetzt tut er es. Und wird auch noch vulgär. Hals über Kopf flüchte ich mich ins Haus.

Nicht Uwe ist das Problem, muss ich mir eingestehen. Ich bin es. Und jetzt weiß es auch noch die ganze Straße. Wie kann ich nur? Eine Frau in meinem Alter!

Noch so eine Phrase. All diese kleinmachenden, demütigenden Gemeinplätze, die in meinem Hinterkopf kreisen, ohne dass ich mich wirklich gemeint fühle. Warum zum Kuckuck beschäftigen sie mich dann so?

Was sollen die Nachbarn denken: die ewige Sorge meiner Mutter. Was sollen sie denken, wenn du halb nackt aus dem Haus rennst, Kerstin? Was sollen sie denken, wenn du erst so spät in der Nacht heimkommst? Was sollen sie denken, wenn dich dieser Langhaarige auf dem Motorrad abholt? Damals habe ich meine Mutter abgrundtief verachtet dafür. Weil es ihr nicht um mich ging. Ihre Sorge galt nicht mir, sondern irgendwelchen Leuten. So dachte ich damals.

Heute bin ich nachsichtiger. Ich weiß, wie es sich anfühlt, von den eigenen Kindern mit Verachtung gestraft zu werden. Jule war früher Meisterin darin.

Ausgleichende Gerechtigkeit würde meine Mutter es nennen, wenn sie noch lebte. Darauf hat sie immer spekuliert: dass es auch mich einmal erwischen würde. Sie hat nicht mehr erlebt, wie sehr es mich erwischte. Wie einsam ich manchmal war trotz Mann und Kind. Oder gerade ihretwegen.

Ob sie ihre Freude daran gehabt hätte? Wohl kaum. Auf ihre Art hat sie es gut mit mir gemeint. Und nach einer gewissen Eingewöhnungsphase hat sie Uwe wie einen Sohn in ihrem Herzen aufgenommen. Auch das war die Wahrheit. Plötzlich fehlt sie mir, fehlt mir sehr. Noch immer. Das eigene Alter mildert die Verluste nicht, auch das weiß ich inzwischen.

Ausflüchte, alles Ausflüchte. Mein ganzes Leben besteht aus Ausflüchten, so kommt es mir vor. Selbst wenn meine Mutter noch lebte, könnte sie mir nicht helfen. Auch besteht kein Anlass, mich jetzt um die Nachbarn zu sorgen.

Und überhaupt.

Tief Luft holen. Einen Gang runterschalten. Ich habe die Sache mit Uwe nicht gut angefangen. Bald wird er unterwegs sein, dann bleibt mir keine Möglichkeit mehr, die Dinge geradezurücken, wie auch immer ich das anstellen will. Nach einigem Zögern betrete ich noch einmal die Werkstatt.

»Wann geht die Reise los?«, erkundige ich mich vorsichtig.

»Jetzt«, antwortet Uwe prompt und würdigt mich keines Blickes.

»Jetzt? Ihr wollt *jetzt* nach Italien?«

»Buzz hat nur eine Woche Urlaub gekriegt, also müssen wir uns sputen.«

»Hast du denn schon gepackt?«, frage ich, um Zeit zu schinden und wohl auch um ein Zeichen der Versöhnung zu senden. Ein verstecktes Hilfsangebot; eine Friedensbotschaft.

»Glaubst du, ich brauche deine Hilfe, um ein paar Unterbuxen in meine Gepäcktasche zu werfen?« Uwe schaut mich nun doch an, Zorn im Blick. »Hör zu, Kerstin, du kannst nicht alles haben im Leben, den Spaß, die Sicherheit, das reine Gewissen. Du kannst dich nicht mit deinem Lover vergnügen und danach ins gemachte Nest zurückflattern. Rasen gemäht, Wäsche aufgehängt, Spülmaschine ausgeräumt. Und anschließend verpisst sich der treue Gatte wieder in seine Garage, damit du deine Ruhe hast!«

»Ach, Uwe«, seufze ich und fühle mich plötzlich sehr hilflos.

»Leck mich am Arsch, ›ach Uwe‹!« Er schnaubt verächtlich, spuckt aus. Er spuckt tatsächlich auf den Garagenboden! Dann drängt er sich an mir vorbei, rempelt mich dabei an – es ist eng hier drin –, stapft nach draußen.

Ich stehe wie versteinert da, mit offenem Mund. So hat er noch nie mit mir gesprochen. Und so darf er auch nicht mit mir sprechen, das gestatte ich ihm nicht. Ich eile ihm hinterher, und im selben Moment fährt draußen ein Motorrad vor. Buzz.

»Jetzt geh wieder rein und mach keine Szene«, knurrt Uwe, als ich zu ihm trete. »Buzz verträgt das nicht.«

»Buzz verträgt das nicht«, wiederhole ich zynisch. »Es ist mir neu, dass dein Freund so empfindsam ist.«

Aber das stimmt nicht. Buzz würde aus allen Wolken fallen, bekäme er mit, was hier vorgeht. Uwe und ich sind für ihn wie das doppelte Lottchen, wir sind sein Anker, seine Familie.

Ich kann selbst kaum glauben, welche Art von Gespräch wir hier führen. Wobei man es wohl kaum ein Gespräch nennen darf. Eher ein Marionettentheater, bei dem der Teufel die Strippen zieht.

»Buzz weiß nichts, und ich habe auch nicht vor, es ihm zu erzählen«, sagt Uwe noch und präzisiert nicht, was genau Buzz nicht weiß, aber das ist auch nicht nötig.

Keine zehn Minuten später starten die Männer ihre Maschinen. Buzz winkt mir freundlich zum Abschied, und da er vorausfährt, kann er nicht sehen, dass mein Mann mir nicht auch winkt.

Ich lächle und winke zurück, lächle und winke, bis sie aus meinem Blickfeld entschwinden, und dann lächle ich nicht mehr.

So kalt abserviert wie heute hat mich Uwe noch nie, in all den Jahren nicht. Ich spüre Schmerz, Scham, Enttäuschung, alles auf einmal.

Es schmerzt mich, dass er mich so hat stehen lassen, und es schmerzt mich, dass es Uwe schmerzt. Ich habe ihm den Schmerz angesehen, Indianer hin oder her.

Warum tun wir uns das an? Warum tue ich ihm das an?

Ich will nicht, dass wir so auseinandergehen, und doch ist da eine große Erleichterung über die ausgerufene Feuerpause. Ich kann freier atmen und freier denken, wenn ich meinem Mann nicht ständig begegnen muss wie meinem personifizierten schlechten Gewissen.

Kein Poltern auf der Treppe mehr, keine zu laut geschlossenen Türen, kein demonstrativer Rückzug in die Garage.

Uwe ist weg, Jule ist weg – nun bin ich ganz allein im Haus, in *unserem* Haus, das mir auf einmal riesengroß vorkommt, obwohl es das nicht ist.

Ich wandere durch die Räume, setze mich auf Jules altes Kinderbett, starre auf die gegenüberliegende schwarze Wand, die sehr schlecht und streifig gestrichen ist – Pubertätsdepressionen in ihrer schlimmsten Phase. Plötzlich wundere ich mich darüber, dass wir sie nie übertüncht haben. Jule ist erwachsen, dazu längst ausgezogen.

So ist das mit den Kindern: Ohne dass wir es richtig wahrgenommen haben, sind sie plötzlich groß.

Mit unserer Ehe verhält es sich ähnlich, muss ich denken. Ohne es rechtzeitig bemerkt zu haben, stehen wir plötzlich drei Schritte vor dem Abgrund.

Wir haben wohl beide nicht genug darauf geachtet, wohin die Reise geht.

Ins Wohnzimmer zurückgekehrt, hocke ich mich aufs Sofa, denke nach. Nicht mal hundert Jahre früher hätte ich, der Statistik zufolge, all diese Probleme nicht mehr gehabt. Weil ich nämlich schon tot gewesen wäre. Dahingerafft vom Krieg, von einer Polio- oder Grippeepidemie, von Wundstarrkrampf oder all den anderen idiotischen Todesursachen, die heutzutage ausgemerzt sind. Aber ich lebe noch und schlage mich mit Problemen herum, die eher Jules Alter entsprechen, nur dass Jule diese Probleme nicht kennt, weil sie sich dazu entschlossen hat, eine Art Nonnenleben zu führen.

Das alles ist peinlich. Peinlich für mich. Denn ich bin es, die den ganzen Schlamassel angerichtet hat.

Ich starre auf mein Handy. Drei neue Nachrichten von Alex, alle von heute Abend. Ich drücke die Rufwahltaste.

»Alex?«, frage ich.

»Du hast meine Nummer gewählt, da werde ich es wohl sein«, antwortet er mit sanftem Spott, und beim Klang seiner Stimme fährt mir ein Schauer über den Rücken.

»Alex«, sage ich. »Ist dir bewusst, dass wir vor hundertfünfzig Jahren mit größtmöglicher Wahrscheinlichkeit schon tot gewesen wären?«

»Was?« Er unterdrückt ein Lachen.

»Stell dir vor, wir hätten damals gelebt«, versuche ich zu erklären. »Dann würde uns das alles gar nicht mehr passieren.«

»Puh!«, macht er. »Du hattest noch einen schweren Tag, nehme ich an.«

»Ja, hatte ich.« Ich seufze tief.

»Ich würde dich gern in den Arm nehmen.«

»Das wäre schön.« Nochmaliges Seufzen. »Es tut gut, mit dir zu reden«, sage ich, und Alex findet das auch.

Keine Frage, für meine Ehe mit Uwe wäre es zuträglicher, hätte ich beim Einschlafen abends nicht Alex' Bild vor Augen, würde ich beim Aufwachen nicht zuallererst an ihn denken müssen, ebenso wenig wie in den langweiligen Momenten auf der Arbeit – beim Download von Bilddateien, beim Gang zum Drucker. Es wäre gut, in mir nicht immer wieder das Gefühl heraufzufantasieren, wie er mir umsichtig die Hand an die Taille legt, um mich vor der wilden Kaffeehausmeute zu schützen. Wie seine Fingerkuppen so schmetterlingsleicht meinen Nacken berühren, als wäre er aus hauchzartem chinesischem Porzellan gebrannt. Wie er mir mit sanfter Bestimmtheit die Hand ins Kreuz legt. Wie er mich küsst.

Ich versuche, an all das nicht mehr zu denken, ich verbiete es mir geradezu. Aber wie das so ist mit Verboten: Sie steigern nur noch den Reiz. Ich bringe es nicht fertig, nicht an ihn zu denken. Es übersteigt meine Kräfte. Der Aufruhr im Herzen will sich nicht legen und auch der Schwindel nicht.

Aber darf ich für diesen trunkenen Taumel meine Ehe aufs Spiel setzen? Ist es das wert?

Läuft es am Ende auf den Vorwurf hinaus, Uwe wäre ein schlechter Liebhaber? Er wäre ungerecht und unhaltbar. Unsere Verbindung war immer eher dieses kumpelhafte »gemeinsam durch dick und dünn«, und das war durchaus so gewollt, auch von meiner Seite. Es ist gut, einander Freund zu sein. Leidenschaft, gut und schön. Aber das Leben ist nicht nur Leidenschaft. Freundschaft war uns wichtiger. Verlässlichkeit. Vertrauen. Dass die Leidenschaft über die Zeit eingeschlafen ist – was will man erwarten nach über dreißig Jahren? Nein, wenn ich ehrlich bin, lag die fehlende Körperlichkeit eher nicht an Uwe, sondern an mir.

Auch ein Uwe hat mir hin und wieder das Frühstück ans Bett gebracht, manchmal, wenn wir beide später losmussten, sogar an gewöhnlichen Wochentagen. An jenen gewöhnlichen Wochentagen womöglich, an denen sich Alex irgendwo abguckte, wie man sich vor fernen Gottheiten in den Staub warf.

22.

EVELYN

Besuchstag, mal wieder. Verwundert stellt Evelyn fest, dass in Friedrichs Krankenzimmer alle Betten leer sind. Nur seines nicht.

»Sturmfreie Bude! Jetzt können wir es so richtig krachen lassen.« Er ballt die Hände zu Fäusten, reckt die Arme in die Höhe, doch sein Ton straft die Munterkeit Lügen.

»Wo sind denn die anderen?«, erkundigt sie sich.

»Alle wieder mopsfidel! Nur dein Krüppel von Ehemann scheißt immer noch in die Bettpfanne.«

Evelyn seufzt auf. »Ach, Friedrich! Warum so bitter?«

»Ja, warum so bitter, wo es mir doch so gut geht hier?« Er lacht höhnisch auf. »Den ganzen Tag auf der faulen Haut liegen und keinen Finger krümmen, das wünscht man sich doch!«

Sie tritt zu ihm, gibt ihm einen flüchtigen Kuss auf die Stirn, drückt seine Hand. Das kann ja heiter werden.

Der Besucherstuhl steht nicht mehr da, wo er sonst immer steht. Sie holt ihn heran und setzt sich. Es ist sehr warm im Raum, geradezu heiß, und in der Luft hängt ein schwerer Geruch nach Desinfektionsmitteln und Brühwürfeln. Offenbar gab es Suppe zum Mittagessen.

Sie versucht, all das zu ignorieren, klebt sich ein aufmunterndes Lächeln ins Gesicht und hofft, dass es halten wird. »Gut schaust du aus«, sagt sie und tätschelt seine Hand. »Schon viel besser als letzte Woche. Wirst sehen, bald kannst du wieder Bäume ausreißen.«

»Ja, ja. Was habe ich Grund zu klagen, wo mich mein

Frauchen doch immer so fleißig besuchen kommt«, erwidert Friedrich in falschem Ton. »Mindestens einmal in der Woche. Wie sie sich's gerade einrichten kann. Wie's eben passt.«

»Ach, Friedrich!« Evelyn seufzt schon wieder. Wann hat sie es sich angewöhnt, dieses ewige Seufzen? Es klingt nach alter Frau. »Du weißt, wie schwer es ist, in die Stadt zu kommen. Die weite Strecke, und ich darf die Kinder nicht mitbringen. Wo soll ich denn hin mit ihnen?«

Friedrich murmelt etwas, das verdächtig nach ›eine Ausrede findet sich immer‹ klingt, doch als sie nachhakt, meint er nur, dass sich ihre Verwandtschaft ja auch mal nützlich machen könne. Kinderhüten würde Ilse besser zu Gesicht stehen, als in der Gegend herumzujuckeln und den Verkehr zu gefährden.

»Friedrich, ich wünsche mir diese Art von Unterhaltung nicht«, sagt sie entschieden. Seine missliche Lage hin oder her, aber alles muss sie sich nicht gefallen lassen.

»So, du wünschst sie dir nicht?« Wieder dieser falsche Ton. »Dann schlage eine andere vor.«

»Ich weiß nicht«, entgegnet sie, unsicher geworden. »Du könntest fragen, wie es den Kindern geht.«

»Wie geht's den Kindern?«, kommt es wie aus der Pistole geschossen zurück.

»Tja, Martha hatte Ärger in der Schule«, berichtet Evelyn, noch immer verunsichert. »Du kennst unsere Martha ja. Sie ist sehr impulsiv.« Sie lächelt, um das Gesagte nicht zu dramatisch klingen zu lassen.

In Wahrheit hat Martha eine Mitschülerin verprügelt, nachdem diese sich über sie lustig gemacht hatte. Zumindest hat Martha das behauptet, was das andere Mädchen erwartungsgemäß abstritt. Evelyn musste bei der Lehrerin vorsprechen und versichern, dass derlei nicht wieder vorkommen würde. Da Friedrich nicht weiter nachhakt, behält sie die Details allerdings für sich. Er würde sicher von schlechter Erziehung anfangen und davon, dass sie Martha zu viel durchgehen lasse.

Möglicherweise wäre der Vorwurf sogar berechtigt, und genau das ist der Grund dafür, warum ihr auch dieses Thema nicht leichtfällt.

Also sagt sie mit breitem Lächeln: »Man muss eben ein Auge auf Martha haben.«

»Was du ja sicher auch hast«, ergänzt Friedrich halb wohlwollend, halb ironisch. »Und wie macht sich Kai?«

Endlich, auf diese Frage hat sie gewartet, denn sie ist so leicht zu beantworten. »Kai ist eben Kai«, erwidert sie mit stolzem Lächeln. »Ein lieber, guter Junge.«

»Ein lieber, guter Junge«, bekräftigt Friedrich, scheinbar milder gestimmt, um im selben Ton und Atemzug hinzuzufügen: »Und – was macht unser lieber, guter Herr Schulte?«

Evelyn erschrickt innerlich. Sie fühlt sich ertappt.

»Was macht er? Erzähl schon!«, drängt Friedrich.

Er macht deine Arbeit, würde sie am liebsten antworten, kann es sich aber gerade noch verkneifen, seufzt stattdessen wieder: »Ach, Friedrich!«

»Nun hör schon auf mit deinem ewigen ›Ach, Friedrich!‹«, fährt Friedrich sie an, worauf sie ein wenig vom Bett abrückt.

Sie presst die Lippen zusammen, mustert ihn mit schmalen Augen, fragt dann: »Warum bist du so aggressiv?«

»Bin ich das?«

»Ja, bist du.«

»Na, sieh einer an!« Er legt seine Handflächen zusammen und stützt sein Kinn darauf ab. Eine scheinbar nachdenkliche Pose, doch sofort verfinstert sich seine Miene wieder. »Manchmal stellst du dich blöder, als du bist, Evelyn!«, sagt er mit hartem Blick. »Wie ist denn meine Lage, hä?« Er klopft sich auf das eingegipste Bein. »Ich kann nichts tun, rein gar nichts, und muss dem Kerl auch noch klaglos das Feld räumen.«

»Aber niemand verlangt von dir, das Feld zu räumen!«, widerspricht sie bestürzt. »Jonny Schulte arbeitet für uns, mehr nicht.«

»Von wegen!« Friedrich schnaubt verächtlich. »Ich habe doch erlebt, wie er sich bei uns eingeschlichen hat.«

»Eingeschlichen? Aber das ist ja nicht wahr!« Noch während sie es sagt, schießt ihr ihre erste Begegnung mit Jonny in den Sinn. Der schöne Frühsommertag, an dem er auf seinem Fahrrad auf den Hof gerollt kam – ausgerechnet zu einem Zeitpunkt, zu dem Friedrich nicht da war. Der übergeht ihren Einwand, reckt nur provokant das Kinn vor.

»Und – kochst du ihm auch das Mittagessen? Sitzt er jetzt auf meinem Platz?«

»Schulte isst nicht mit uns«, antwortet sie mit erzwungener Ruhe. »Ich würde auch nie –«

»Schon gut.« Friedrich winkt mürrisch ab.

Nichts ist gut. Evelyn hält es nicht mehr aus auf ihrem Stuhl. Sie tritt ans Fenster, öffnet es weit, atmet tief durch. Unter ihr liegt die Zufahrt zur Notaufnahme. Ein Krankenwagen steht davor, aber es scheint niemand drin zu sein. Noch ein paar ruhige Atemzüge, dann hat sie sich wieder im Griff.

Natürlich ärgert sie sich über Friedrichs Unterstellungen. Sie ärgert sich darüber, dass er ihr keine Gelegenheit gibt, die Aufträge durchzusprechen, wie es vernünftig wäre und auch abgemacht war. Aber das Schlimmste ist, dass sie ihm nicht einmal böse sein kann, denn sie muss eingestehen, dass in seinen Vorwürfen ein Körnchen Wahrheit steckt. Ihr armer Mann ist weder dumm noch der ungehobelte Klotz, für den er sich gerade ausgibt. Er weiß, dass er seinen ureigenen Aufgabenbereich jemand anderem überlassen muss, zumindest vorübergehend, um das Wohl seiner Familie aufrechtzuerhalten. Wem würde das gefallen? Er spürt, dass ihr die Krankenbesuche eine Last sind, denn das sind sie. Wie muss er sich da fühlen? Und doch wittert sie hinter seinen Klagen eine Chance. Hat er sich nicht eben erst über ihre seltenen Besuche beschwert? Irgendwann muss er es ja ohnehin erfahren, einen günstigeren Zeitpunkt wird es nicht geben.

Sie schließt das Fenster, tritt zu ihrem Mann ans Bett und legt ihm beschwichtigend eine Hand auf die Schulter.

»Wenn ich mich spute, kann ich bald öfter kommen«, sagt sie mit hoffnungsvollem Lächeln. »Ich mache nämlich den Führerschein.« Jetzt ist es raus. Endlich.

»Soso, den Führerschein.« Friedrich wirkt seltsam wenig überrascht. Vielleicht waren ihre Sorgen unbegründet, wagt Evelyn zu hoffen. Vielleicht hat er seine Meinung geändert. »Er scheint ja das große Geld ins Haus zu bringen, der Herr Schulte.«

»Ich habe gespart«, erklärt sie schnell. »Vom Haushaltsgeld.«

»Ich hoffe, die Kinder mussten's nicht ausbaden.« Friedrich dreht den Kopf zur Seite, und sie kommentiert die Bemerkung nicht weiter. Schließlich schaut er wieder zu ihr hin. »Was glaubst du, wie ich darüber denke?« Sein Blick bohrt sich in ihren, seine Mundwinkel zucken.

»Friedrich, bitte! Dir ist es nicht recht, dass ich dich so selten besuchen komme, und das verstehe ich ja. Aber wir haben nun einmal einen Wagen. Warum sollte ich ihn nicht nutzen?«

Er scheint lange über ihre Worte nachzudenken, nickt dann zustimmend. »Und, wie läuft's mit der Fahrerei?«, erkundigt er sich schließlich.

»Gut. Sehr gut!« Sie lacht erleichtert auf. »Die theoretische Prüfung habe ich sofort bestanden.« Und schmeichelnd schiebt sie nach: »Ich kann von Glück sagen, dass du mir schon vorher so viel beigebracht hast.«

»Ich soll dir die Verkehrsregeln beigebracht haben?« Friedrich zieht die Brauen hoch.

»Zumindest indirekt«, räumt sie lächelnd ein. »Du bist ja ein vorbildlicher Fahrer.«

Wieder dieses Mundwinkelzucken.

»Du weißt, wie gefährlich das Autofahren ist, Evelyn. Denk an deinen Vetter Karl.«

»Aber Karl war betrunken und ist viel zu schnell gefahren«, widerspricht sie schnell. »Deshalb ist er vor den Baum gerast.«

»Das schaffen andere auch ohne Alkohol.« Friedrich stemmt sich ein wenig hoch, will eine andere Liegeposition einnehmen, was ihm aber offensichtlich Schmerzen bereitet. »Dieses verdammte Bein!«

Sofort ist sie bei ihm, um ihm behilflich zu sein. »Es wird schon«, tröstet sie.

»Es wird schon«, wiederholt er, ihren Tonfall ironisch imitierend. »Das sagst du so leichthin! Dein Mann wird sich schon wieder berappeln, weil das seine verdammte Pflicht ist. Davon gehst du einfach aus und meldest dich nebenbei zur Führerscheinprüfung an. Als ob uns das nichts kosten würde, als ob nichts auf dem Spiel stünde! Nein, du gönnst dir mal eben den Führerschein, um es ein bisschen bequemer zu haben. Und das auch noch von meinem Geld.«

»Von unserem Geld«, korrigiert sie ihn.

»*Unser* Geld? Wer verdient es denn nun? Du oder ich?«, fragt Friedrich schnippisch, doch dann scheint er sich zu besinnen. »Aber ich will nicht kleinlich sein, Evchen. Sollst ihn haben, deinen Führerschein, wenn dein Herz daran hängt. Von mir aus. Wir haben ja sonst keine Sorgen.«

»Friedrich, ich –«

»Nichts da! Du sollst ihn haben, und Schluss. Aber diese Sache gefällt mir nicht, das werde ich wohl sagen dürfen. Die Art, wie du mich hier vor vollendete Tatsachen stellst, gefällt mir ganz und gar nicht.«

»Du hast recht, Friedrich. Dich nicht einzubeziehen, war ein Fehler, und er wird nicht wieder vorkommen.«

Friedrich hört schon nicht mehr zu. »Wann habe ich dir je eine Bitte abgeschlagen?«, fragt er sie mit eindringlichem Blick.

»Ich weiß, es war falsch«, wiederholt sie noch einmal.

»Das habe ich nicht gefragt, Evelyn. Ich wollte wissen, wann ich dir etwas abgeschlagen habe, um das du mich gebeten hast?«

»Ich kann mich nicht erinnern«, antwortet sie kleinlaut.

»Eben! Der neue Kühlschrank, die Heizsonne, ein eigenes Zimmer für Martha, der Sandkasten für Kai – die Dame wünscht sich etwas, und der gute Mann macht und tut. Ich habe mich weiß Gott ins Zeug gelegt, nur meint das Schicksal es nicht gerade gut mit mir. Kann ich etwas dafür? Nein, das kann ich nicht. Aber gebe ich etwa auf? Nein, auch das tue ich nicht. Allein aus Verantwortungsbewusstsein euch gegenüber. Ich denke immer zuerst an die Familie. Immer. Doch man muss nun einmal Prioritäten setzen – es geht eben nicht alles auf einmal. Nur will meine Frau das nicht einsehen. Sie will einen Millionär – oder einen Schönling, der tut, als herrsche tagaus, tagein eitel Sonnenschein. Der keine Ahnung hat von der Last, Verantwortung zu tragen. Oder vielleicht hat er doch eine Ahnung – und geht ihr tunlichst aus dem Weg.«

»Friedrich, wenn du jetzt wieder auf Jonny anspielst …«

»Jonny … Sind wir also schon beim Du?«

Du duzt ihn doch auch, will Evelyn einwerfen, unterlässt es aber tunlichst.

»Es reicht nicht, dass wir einen guten, soliden Wagen haben«, setzt Friedrich seine Litanei fort. »Jetzt will die Dame ihn auch noch fahren. Und wenn's schiefgeht? Wenn sie im Graben landet? Dann wird's der Ehemann schon richten. Oder gleich einen neuen kaufen.«

Nun kann auch Evelyn ihren Unmut nicht länger zurückhalten. »Ist das deine Sorge? Dass dein Wagen zu Schaden kommt?«

Friedrich kneift die Augen zusammen, beißt sich auf die Zungenspitze, schaut sie kalt an. »Vielleicht würde ich gar nicht wollen, dass du mich öfter besuchen kommst, wenn ich weiß, dass du dafür unseren Wagen nimmst. Schon mal daran gedacht, Evelyn? Nein, natürlich nicht. Weil du nämlich immer nur an dich denkst.« Er hält inne, fügt nach kurzem Schweigen in deutlich milderem Ton hinzu: »Ich sorge mich, dass dir etwas passiert, Evelyn. Du kennst meine Bedenken, und vergiss nicht: Ich könnte es dir einfach verbieten. Aber so bin ich nicht. Ich akzeptiere die Wünsche meiner Frau.«

Sie nickt, schlägt die Augen nieder. »Danke, Friedrich.« Die Antwort ist mehr gehaucht als gesprochen.

Ende der Besuchszeit.

23.

KERSTIN

Es gibt keine Geheimnisse für den, der genau hinschaut. Noch so ein Spruch, den ich mal irgendwo aufgeschnappt habe. Weder Uwe noch ich haben wohl immer so genau hingeschaut in all den Jahren. Und, Hand aufs Herz: Man würde ja verrückt, wenn man es ständig täte. Rückblickend wäre es durchaus angebracht gewesen, sich im einen oder anderen Fall nicht blind und taub zu stellen, für mich wie für ihn. Aber es ist nicht mehr zu ändern.

Was bleibt übrig? Und wer bin ich eigentlich, so ganz für mich allein genommen? Mein wahres Selbst – schlummert es noch irgendwo? Hat es all die Jahre irgendwo geschlummert, still und selbstvergessen, im Dornröschenschlaf? Hat Alex mich wachgeküsst?

Der rettende Prinz. Und plötzlich Prinzessin – mit bald sechzig Jahren. Der Gedanke bringt mich zum Lachen. Mein Gefühl sagt mir, dass Alex sich ganz gern als rettender Prinz geriert. Uwe ist keiner. Er wollte aber auch nie einer sein.

Wer genau hinschaut, für den gibt es keine Geheimnisse.

Vielleicht lag tatsächlich alles auf der Hand, ich hätte nur genau hinschauen müssen. Nehmen wir unsere Hochzeitsreise: eine Woche Zelturlaub in Holland.

Wir haben halbe Tage mit kniffeln in einer Kneipe verbracht, weil es pausenlos regnete. Diese Bescheidenheit war, vom Wetter abgesehen, Programm. Es war unsere freie Entscheidung, nicht einmal in erster Linie aus Geldmangel heraus oder weil wir keine Vorstellung davon gehabt hätten, wie es anders hätte laufen können. Wir wollten es so. Die Ungebundenheit. Die wenigen Verantwortlichkeiten.

Der Unterschied zwischen Uwe und mir bestand darin, dass diese Bescheidenheit bei mir eine aus meinem Studentenleben hinübergerettete Attitüde war, bei Uwe hingegen Kern seines Wesens. Ihm macht es bis heute nichts aus, in einem Pop-up-Zelt auf irgendeinem Acker zu nächtigen. Für mich grenzt das an Tortur. Seit Jule auf der Welt ist, mag ich weder Urlaube im Zelt noch im Campingbus, auch wenn die Zeiten, in denen sie mit uns reiste, inzwischen passé sind. Zu zweit eingesperrt auf drei Quadratmetern und ohne Toilette? Ein No-Go.

Vielleicht ist meine Kritik völlig fehlgeleitet. Vielleicht habe ich nie anderes von Uwe erwarten dürfen als einen Zelturlaub in Holland.

MARTHA

Papa soll sich keine Sorgen machen
hab ich ihm geschrieben
bald kann Mama ja Autofahren
dann muss er das nicht machen mit seinem schlimmen Bein
wieso Mama bald Autofahren kann schreibt Papa
weil er weiß nicht dass Jonny es ihr beibringt
Papa hat ja keine Ahnung mehr vom Leben
aber jetzt weiß er es.

***

24.

EVELYN

Lass dir nichts einreden«, sagt Ilse und setzt den Blinker, um einen Laster zu überholen. »Du machst deinen Führerschein, und gut is'.«

»Friedrich hat sicher noch Schmerzen. Wir alle wären unleidlich, wenn wir sie hätten«, rudert Evelyn zurück. Nach ihrer Beschwerdeklage über ihren Mann fühlt sie sich plötzlich verpflichtet, ihn ein Stück weit in Schutz zu nehmen.

»So sind sie, die Männer.« Ilse ist des Themas offenbar überdrüssig. Sie setzt sich aufrechter, tritt das Gaspedal durch, der Wagen beschleunigt.

Evelyn muss weiterhin an Friedrich denken. Was ist geschehen zwischen ihnen? Ist aus ihr wirklich das verwöhnte Gör geworden, als das er sie darstellt?

Sie weiß, sie ist ihm zu Dank verpflichtet. Aber sie fühlt ihn nicht. Kein Stück. Sie fühlt sich alleingelassen. Enttäuscht. Verletzt. Dabei ist er doch derjenige, der überaus schmerzhafte Verletzungen zu beklagen hat. Wie viel schwerer wiegt sein Schicksal als ihres! Es muss doch etwas dran sein an dem, was er sagt: Sie ist selbstsüchtig. Sie taugt einfach nicht viel, nicht als Mensch, nicht als Mutter. Das sieht man schon allein an Martha, der sie oft nicht gewachsen ist. Einem kaum zehnjährigen Mädchen!

Und ihre Rolle als Ehefrau? Auch die bekleidet sie nur wenig besser. Sie beide gemeinsam gegen den Rest der Welt, das war mal ihr Leitspruch. Es war dieser gewisse Zorn, der sie einst verbunden hat. Sie wollten es anders und besser machen als die Alten, die ja nun wahrlich verbohrt genug waren. Sie wollten sich ihnen nicht ausliefern, sondern ihren Fängen entkommen.

Doch wohin? Wo ankommen? Für Friedrich gibt es anscheinend keinen friedlichen Ort auf der Welt. Längst stellt er sich nicht mehr nur gegen seinen bornierten Vater, sondern auch gegen missliebige Kunden, gegen überhebliche, Kredite verwehrende Bankangestellte, gegen unkooperative Kooperationspartner – insbesondere ausländische –, gegen ignorante Politiker und untätige Bauämter und nicht zuletzt gegen seine Frau, gegen sie, Evelyn.

Aber wie sieht es mit ihr aus? Wie hat sich ihre Sicht der Dinge verändert? Und hat sie das überhaupt?

O ja, das hat sie, muss sie sich eingestehen. Evelyn sieht in der Welt da draußen nicht mehr den Feind, gegen den sie sich wappnen muss, sondern ihre Rettung. Rettung vor der eigenen Begrenztheit und wohl auch vor der Einsamkeit, die sie zuletzt immer stärker empfunden hat. Rettung sogar auch vor ihrem Mann, vor Friedrich? Aber nein, nun übertreibt sie. Es ist nicht recht von ihr, so hart mit ihm ins Gericht zu gehen. Auf Friedrich war immer Verlass. Was er tun konnte, hat er getan, und niemand ist ohne Fehler. Dazu ist er ein hervorragender Mechaniker, immer mehr Kunden wissen das zu schätzen, vor allem jetzt, wo Zaley aufgehört hat. Und wo Jonny da ist, fährt es ihr durch den Sinn, doch sie schiebt den Gedanken schnell zur Seite. Das alles macht ihr Angst.

»Hast du, oder hast du nicht?«, platzt Ilse in ihre trüben Gedanken hinein.

»Wie bitte?«

»Also wirklich, Evelyn! Wenigstens zuhören könntest du. Ich fragte, ob du Friedrich Mutters Grüße ausgerichtet hast?«

Nein, hat sie nicht. Evelyn macht ein schuldbewusstes Gesicht, fasst sich an die Wangen.

»Friedrich bedankt sich und bestellt die allerherzlichsten

Grüße zurück. So ist es doch, oder?« Ilse zwinkert ihr zu, und sie müssen beide lachen. »Allerdings könntest du schon ein bisschen gesprächiger sein, während ich dich in der Gegend herumkutschiere«, findet Ilse.

»Entschuldige, ich war mit meinen Gedanken woanders.«

»Hab's bemerkt. Von was träumst du am helllichten Tag?«

»Von einer Tasse Kaffee und zwei Zigaretten.« Die perfekte Antwort, um nicht die volle Wahrheit zu sagen und trotzdem nicht lügen zu müssen.

Sie haben den Höhenzug erklommen, steuern nun über die schnurgerade Hochebene. Der Himmel hat sich zugezogen und hängt bleiern über ihren Köpfen, es hat zu nieseln begonnen. Ilse schaltet den Scheibenwischer ein, und Evelyn wischt mit der Hand über die beschlagene Seitenscheibe, um bessere Sicht zu haben.

»Nicht doch, das gibt Schmierflecken! Da, nimm ein Tuch aus dem Handschuhfach.«

Evelyn folgt bereitwillig Ilses Anweisung, wischt die Feuchtigkeit weg. Sie fühlt sich ihrer Schwester plötzlich sehr nahe. Meist ist dies keineswegs der Fall, doch in diesem Moment spürt sie, wie stark und belastbar das geschwisterliche Band zwischen ihnen ist. Es ist schön, mit diesem Menschen unterwegs zu sein, in Bewegung und zugleich geborgen im geschützten Inneren des Wagens.

»Danke, Ilse«, spricht sie ihren Gedanken laut aus.

»Wofür jetzt noch gleich?« Ilse wirft ihr einen verwunderten Blick zu.

»Dafür, dass du mir deine Zeit schenkst.«

»Oha!« Ilse lacht auf. »Wart's ab, irgendwann wirst du's wiedergutmachen müssen.«

Damit hat Evelyn kein Problem. Sie malt sich aus, wie sie die Schwester im eigenen Wagen herumkutschiert, beide elegant gekleidet, mit Sonnenbrillen und verwegenen Hüten wie Grace Kelly. Vielleicht sind sie unterwegs zu einem schicken Ausflugslokal. Oder zu einem Stadtbummel. Herrlich wäre das.

»Spiel noch einmal für mich Habanero«, trällert Ilse los, einen bekannten Schlager von Caterina Valente anstimmend, und Evelyn fällt sofort ein. Wer sagt, dass sie keinen Spaß hat im Leben?

25.

KERSTIN

Herbstferien. Nicht nur Uwe durfte seinen verdienten Lehrerurlaub antreten, sondern auch Alex. Und ich bin nun ebenfalls frei, vogelfrei sozusagen.

Ich habe mich für drei Tage krankgemeldet, irgendetwas stimmt nicht mit meinem Bauch; Herz und Hirn sind auch betroffen, eine fiebrige Flauheit, ein verdrehter Kopf. Und entschieden zu wenig Schlaf.

Es sind drei herrliche Tage. Alex bekocht uns und spielt Klavier. Ein Mann, der Klavier spielt, ganz allein für mich: Himmel, du kannst warten!

Wir trinken schon zu Mittag Wein, was das köstliche Nickerchen am Nachmittag begünstigt. Alex lässt mir ein Bad ein und massiert mir die Schultern. Er spielt mir alte Jazzstücke vor – zwar nicht ganz mein Fall, aber seine Begeisterung ist ansteckend. Wir gehen ins Programmkino und ins Museum. So schaffe ich es noch in die Ferdinand-Hodler-Ausstellung, die ich unbedingt sehen wollte, aber sicherlich verpasst hätte. Und wieder Essen und Wein und Klavierspiel und Küsse.

Nur mit dem Sex läuft es nicht so rund, davon hatte ich mir mehr versprochen. Oder anderes. Oder gar nichts. Ich fremdele irgendwie mit dieser Sache, so als hätte ich sie nicht richtig begriffen. Mir fehlt die Vertrautheit.

Wir haben Zeit, sagt Alex. Ich weiß nicht.

Das ist auch so ein Unterschied: Während es bei uns morgens ein großer Becher Kaffee tut, geht bei Alex nichts über das Frühstück. Frische Brötchen, Orangensaft, Aufschnitt, gekochte Eier, das ganze Programm.

Am Sonntagmorgen macht er sich auf den Weg zum nahen Bäcker, und ich decke gerade den Tisch ein, als es klingelt. Er wird seinen Schlüssel vergessen haben, denke ich und drücke den Türöffner. Fast im selben Moment höre ich, wie in der Küche das Wasser für die Eier überkocht, stürze zurück. Der Gedanke, dass es womöglich gar nicht Alex ist, kommt mir leider zu spät. Schon dringen Schritte von der Treppe herauf, klackernde Schritte mit hellem Echo. Es sind die Schritte einer Frau.

Sie hat wundervolle Locken, eine spitze Nase und einen leichten Silberblick. Und sie ist sicher zehn Jahre jünger als ich. Es ärgert mich selbst, dass ich all dies sofort registriere, dass ich sie taxiere wie eine Rivalin.

Ihrem Gesichtsausdruck nach scheint ihr mein Anblick ebenso wenig zu gefallen wie umgekehrt.

»Hallo. Ist Alex da?«, fragt sie knapp.

»Äh, nein.«

»Wer sind Sie denn?«

Das nenne ich direkt. Der Lockenkopf versucht nicht einmal, seinen Argwohn zu verstecken.

»Ich bin Kerstin Wagner, die Frau von Alex' Cousin«, gebe ich die brave Biederfrau und gefalle mir dabei selbst nicht.

»Aha.« Ihr Blick streift meine nackten Füße, die in Alex' Pantoffeln stecken.

»Soll ich ihm etwas ausrichten?«, biete ich an.

»Nein danke. Ich komme später wieder.« Sie ist schon auf dem Sprung.

»Wie ist denn Ihr Name?«, erkundige ich mich noch schnell, ehe sie mir entkommen kann, und sie nimmt sich die Zeit, gründlich zu durchdenken, ob sie ihn mir preisgeben soll.

»Melissa«, sagt sie schließlich. Kein Nachname. Nur Melissa, als wäre das ein Codewort. Dann wippt ihre rötliche Lockenpracht die Treppe hinab, klackern ihre Pumps dazu elegant auf den Stufen. Den betörenden Hauch Parfüm, den sie zurücklässt, nehme ich noch deutlich wahr, nachdem ich die Tür bereits wieder geschlossen habe.

Melissa.

Ich kümmere mich um die Frühstückseier, höre den Schlüssel im Schloss gehen. Wenig später sitzen Alex und ich gemeinsam am Tisch.

»Du hattest Besuch«, sage ich.

»So?« Er hebt verwundert die Brauen.

»Ja. Eine Melissa.«

»Melissa«, wiederholt er gedehnt. Ich kann mir nicht helfen, aber sein Schmunzeln hat etwas Aufgesetztes.

»Ja, Melissa«, sage ich und schaue ihn an dabei. »Möchtest du mir verraten, wer sie ist?«

»Sie ist nur eine alte Freundin.« Er lacht.

»Okay.«

»Hat sie sonst noch etwas gesagt?«

»Nur dass sie noch einmal wiederkommen will.«

»Okay, danke. Ich werde sie später anrufen.«

»Tu das«, sage ich und beschließe, die Sache auf sich beruhen zu lassen. Es wird ja wohl noch jemand an seiner Tür klingeln dürfen.

Kurz darauf ruft mich meine Kollegin Carla an. Sie erkundigt sich nach meinem Befinden, und ich krächze ein bisschen herum. Das Team würde mir weiteren Absentismus übel nehmen, das sei mir schon klar, oder? Es stünden verschiedene Deadlines an, allen voran die Akustikerkampagne, die vorrangig mein Projekt sei. Es wäre nicht nötig gewesen, das extra zu betonen, aber Carla ist eben Carla. Ich solle zusehen, dass ich wieder auf die Füße käme, damit ich meinen Arsch wieder ins Büro tragen könne, sagt sie.

Ich muss Carla dankbar sein für die rechtzeitige Erdung, denn abends bin ich mit Jule verabredet.

Ende der Ferien.

Der Abschied von Alex fällt mir nicht leicht, aber irgendwie bin ich auch froh, wieder ganz bei mir zu sein. Und wieder im eigenen Bett schlafen zu dürfen.

Das Thema Familienforschung haben wir begreiflicherweise erst einmal hintangestellt. Keiner von uns beiden legt momentan Wert darauf, über Uwe zu reden, sei es auch nur über seine verwandtschaftlichen Beziehungen – und schon gar nicht über die zwischen ihm und Alex.

26.

EVELYN

Schon die siebte Lernstunde. Jetzt geht es Schlag auf Schlag. Herr Wimmer ist so nett, Evelyn im Anschluss an ihre Fahrt von seinem nächsten Schüler nach Hause kutschieren zu lassen, einem schüchternen jungen Mann mit unreiner Haut und riesigem Adamsapfel.

Der Chauffeurdienst erspart Evelyn eine halbe Stunde Warten auf den Bus und einen Fußmarsch durch die schwüle Hitze, die seit dem späten Vormittag wie ein feuchtes Küchentuch über dem Land liegt.

Gut gelaunt verabschiedet sie sich von Wimmer und dem jungen Fahrschüler und schlendert die Einfahrt hinauf, voller Vorfreude auf die köstliche Stunde, die ihr das Leben soeben geschenkt hat. Ilse wird die Kinder erst gegen sechs Uhr zurückbringen, Mutti wollte mit den Enkeln zum Eisessen in die Stadt.

Evelyn hört Jonny Schulte in der Werkstatt hantieren und beschließt spontan, ihm einen Besuch abzustatten.

»Hallo, Herr Schulte!«

Sein Kopf steckt unter der Motorhaube eines grünen Opels, jetzt richtet er sich auf, hebt die Hand zum Gruß.

»Hallo, Frau Wagner. Wie war die Fahrstunde?«

»Man sollte meinen, ich hätte nie etwas anderes gemacht«, antwortet sie mit stolzem Grinsen. Es ist keine Übertreibung. Fahrlehrer Wimmer hat es wirklich so gesagt.

»Gut, sehr gut.« Jonny nickt zufrieden. »Aber entschuldigen Sie bitte, ich muss mich ein bisschen sputen. Der Wagen wird gleich abgeholt.«

»Ja, natürlich.« Sie will sich keinesfalls aufdrängen, nicht einmal den Anschein erwecken, als ob, und zieht sich eilig zurück.

Was nun? Es wäre zu schade, die kostbare Zeit mit Pusseleien im Haus zu verschwenden, also kleidet sie sich um, hängt sich ihre große Korbtasche über die Schulter und macht sich auf den Weg hinunter zum Bach, hin zu ihrem Privatstrand. Es ist die Stelle, die zugleich das Ende des Grundstücks markiert. Nichts Besonderes, aber für sie ist dieses Fleckchen Erde ein kleines Paradies. In den Sommermonaten entschädigt es sie ein wenig für das marode Haus und seine isolierte Lage, für all die Unbilden, die sie in Kauf nehmen muss, seit sie hierhergezogen sind.

Als Martha noch klein war, haben Friedrich und sie im Bach ein niedriges Wehr aus Flusssteinen errichtet, das die natürliche Senke davor noch vertiefte. Obwohl nur für einen Sommer gedacht, hält es das Wasser bis zum heutigen Tag wie in einem kleinen Becken zurück. Vielleicht liegt es am Kiesgrund, vielleicht auch an der undurchdringlichen Lehmschicht darunter. Hier hat Martha das Schwimmen erlernt. Drei, vier Züge, mehr sind nicht drin, aber die waren ausreichend. Seither schwimmt Martha wie ein Fisch.

Evelyn zieht ihr Kleid über den Kopf, streift ihre Sandalen ab und steigt in den Bach. Eine Weile lässt sie ihre Knöchel vom strömenden Wasser umspülen, dann gleitet sie ganz hinein. Mit drei Schwimmstößen ist sie bei dem quaderförmigen Felsbrocken auf der gegenüberliegenden Seite, dreht sich auf den Rücken.

In geübter Manier sucht sie sich die bequemste Position, liegt nun, halb vom Wasser getragen, halb auf ihre Ellbogen gestützt, als handele es sich um den Beckenrand eines Swimmingpools, in entspannter Haltung da und beobachtet fasziniert, wie sich das Wasser um sie teilt, um gleich darauf in einer einzigen, wie glatt polierten Welle über sie hinwegzufließen.

Nach einer Weile schließt sie die Augen, genießt den massierenden Druck des Wassers, die köstliche Frische. Herrlich.

»Störe ich?«

Erschrocken fährt sie hoch, hebt die Hand schützend vor ihre Augen, blinzelt gegen das schräg einfallende Sonnenlicht an. An der Uferböschung, unmittelbar neben ihrer Korbtasche, steht Jonny, eine kompakte Gestalt in einem Diorama lichtgesprenkelten Grüns.

»Entschuldigen Sie vielmals, ich wollte Sie nicht erschrecken.«

»Das haben Sie nicht«, ruft sie ihm zu. Eine faustdicke Lüge. Aber es ist eine Art wohliger Schrecken, der sie durchfährt, ein prickelnder Schauer. Sie zupft an den Trägern ihres Badeanzugs, fragt sich, ob es schicklicher wäre, aus dem Wasser zu steigen. Doch was dann? Weitere Überlegungen erübrigen sich, denn schon streift Jonny sich sein Arbeitshemd über den Kopf, schlüpft aus der Hose, springt, nunmehr nur noch in Unterhosen, die wenigen Schritte zum Bach hinunter. Mit einem Platscher lässt er sich ins Wasser fallen, taucht gänzlich unter, schnellt wieder hoch und wirft seinen Kopf in den Nacken, dass die Tropfen nur so fliegen. »Ah, das tut gut!« Mit drei Schwimmzügen ist er bei ihr. Als er sie anschaut, glänzen seine Augen wie Marthas Glasmurmeln. Vor Verwirrung kann sie keinen klaren Gedanken fassen, lässt spontan ihre Handflächen aufs Wasser klatschen, dass es nur so spritzt.

»Na warte!« Er tut es ihr nach, sie klatscht nochmals, und bald liefern sie sich eine wilde Schlacht. Sie toben und balgen, kreischen und lachen; Evelyn ist wieder jung, ist wieder Kind, und zugleich ist sie Frau.

Die Toberei endet erst, als sie sich den Zeh an einem Stein stößt. Der Schmerz ist zu heftig, um ihn zu ignorieren, zugleich bringt er sie wieder zur Vernunft. Sie verhält sich unmöglich. Diese Planscherei muss sofort ein Ende haben.

»Mir ist kalt«, sagt sie beinahe barsch, schwimmt ohne ein weiteres Wort zum Ufer, versucht, halbwegs würdevoll die Böschung hinaufzugelangen. Als sie nach ihrem Badetuch greifen will, ist Jonny plötzlich neben ihr. Er kommt ihr zuvor und schnappt ihr das Tuch vor der Nase weg. Verblüfft lässt sie zu, dass er sie darin einhüllt, sorgsam ihre Schultern bedeckt, dass er sie nun beide umhüllt, Körper an Körper, Lippen auf Lippen.

Der Kuss macht sie schwindelig, berauscht sie vollkommen. Als sie sich ein wenig von ihm löst, um ihren Badeanzug abzustreifen, ist sie nicht mehr sie selbst. Sie ist eine Andere, Schönere, Selbstbewusstere. Eine, die weiß, was sie will. Sie ist plötzlich die, die sie immer sein wollte.

Während des hitzigen kleinen Handgemenges, das folgt, inmitten des Zurrens und Zerrens, huscht ihr Blick flüchtig über die Uferböschung, bleibt sofort an jenem roten Klecks heften, der aus der Kulisse changierender Grün- und Brauntöne hervorsticht. Der Klecks ist ein Kinderkleidchen. Marthas Kleid. Reglos steht sie da, keine zehn Schritte entfernt, auf dem schmalen Pfad heruntergetrampelter Brennnesseln, auf dem Vorsicht geboten ist, da rachsüchtige Exemplare noch immer nackten Füßen und Waden auflauern.

Auch Evelyn erstarrt für einen Moment. Dann löst sie sich von Jonny und eilt ihrer Tochter entgegen.

»Martha, Schätzchen!« Im Laufen zerrt sie an ihrem Badeanzug, rückt die Träger an Ort und Stelle. »Hast du mich überrascht!«

Martha steht noch immer stumm da.

»Jonny und ich waren schwimmen, und dann war mir

plötzlich kalt. So kalt, dass ich mit den Zähnen geklappert habe. Da hat er mich für einen Moment warm gehalten«, beeilt Evelyn sich zu sagen, und die Worte überschlagen sich fast. »Ich darf ja nicht auch noch krank werden, nicht wahr?« Sie lacht fahrig auf, versucht krampfhaft, wieder Herrin ihrer selbst zu werden. »Ich hatte euch später erwartet, sonst wäre ich heimgekommen. Warum seid ihr denn schon zurück?«

»Keine Ahnung.« Martha zuckt übertrieben mit den Schultern wie jemand, der diese Geste noch üben muss.

»Na ja, macht nichts. Schön, dass ihr wieder da seid. Hat es dir gefallen bei Tante Ilse?«

Wieder antwortet ihre Tochter nicht.

»Warte einen Moment.« Evelyn kehrt um, schnellen Schrittes ist sie wieder bei ihren Sachen, schlüpft in ihr Kleid, greift nach ihrer Korbtasche und eilt zu ihrer Tochter zurück. Jonny Schulte lässt sie einfach stehen, als wäre er ein unsichtbarer Geist.

»Komm, wir gehen heim.« Sie ergreift Marthas Hand.

»Und was ist mit Jonny?«, erkundigt sich diese nun doch.

»Der will noch ein Weilchen baden.« Ohne sich noch einmal umzuschauen, marschiert sie mit Martha über die Wiese, drückt nebenbei das Wasser aus ihren nassen Haarspitzen, schlingt es zu einem festen Knoten, kehrt zurück zu Haus und Hof.

»Da seid ihr ja schon!«, begrüßt Ilse sie mit säuerlicher Ironie.

Ihr seid zu früh, würde Evelyn am liebsten entgegnen, verkneift sich die Bemerkung aber. »Entschuldige bitte, ich hatte nicht damit gerechnet, dass ihr ...« Sie lässt den Satz in der Luft hängen.

»Die Kinder waren so unleidlich heute. Da dachte ich: Sollen sie doch ihrer Mutter auf die Nerven gehen.« Ilse setzt ein grimmiges Lächeln auf. »Muss wohl an der Hitze liegen.«

»Was war denn los mit Kai?«, erkundigt sich Evelyn besorgt. Ihr Jüngster ist selten unleidlich, und wenn, wird er meist krank.

»Doch nicht Kai!«, wehrt Ilse mit forscher Geste ab. »Dein Sohn ist ein Schätzchen.« Wie aufs Stichwort klammert sich Kai an Evelyns Rock. »Ich meinte diesen Wildfang da.« Sie deutet mit spitzem Finger auf Martha. »Will immer das letzte Wort haben, die junge Dame.«

»Was hast du getan?«, fragt Evelyn, doch statt zu antworten, zieht Martha nur trotzig einen Flunsch.

»Mutti hat sie gebeten, eine Schüssel Kartoffeln aus dem Keller zu holen«, antwortet Ilse an ihrer Stelle. »Und was sagt deine Tochter dazu?« Evelyn hat keine Ahnung. »Sie sagt, sie wäre doch nicht Muttis Dienstmädchen! Stell sich das einer vor!« In Ilses Empörung mischt sich eine Spur Amüsiertheit.

Evelyn seufzt auf. »Also wirklich, Martha! Was hast du dir denn dabei wieder gedacht? So spricht man doch nicht mit Erwachsenen! Schon gar nicht mit deiner Oma.« Sie weiß, dass sie keine Reaktion ihrer Tochter zu erwarten hat, will sie aber nicht noch mehr ausschimpfen, will sich zugleich selbst aus dieser Situation retten, davor retten, dass Martha den Vorfall am Bach erwähnt.

»Kommst du von der Fahrstunde?«, erkundigt sich Ilse prompt, den Blick dabei vorwurfsvoll auf Evelyns Badetasche geheftet.

»Ich war ein Viertelstündchen früher fertig, da habe ich die Gelegenheit genutzt, mir im Bach die Füße zu kühlen.« Evelyn schaut an sich herab und streicht ihr Kleid glatt in dem verzweifelten Bemühen, einen gesitteten Eindruck zu erwecken.

»Anscheinend bist du gleich ganz reingefallen. Du tropfst ja noch«, entgegnet Ilse trocken. »Und verbrannt hast du dich auch. Bist ganz rot im Gesicht.«

»Oh, bin ich das? Ich habe wohl nicht aufgepasst.« Evelyn tätschelt ihre glühenden Wangen. Soll Ilse ruhig denken, dass sie zu viel Sonne abbekommen hat. Wenn Martha nur jetzt nichts sagt!

»Komm erst mal rein, Ilse.« Sie sperrt eilig die Tür auf. »Du hast sicher Durst.«

»Hab ich nicht«, widerspricht Ilse grimmig. »Ich bin ein Kamel, das weißt du doch. Kamele kommen tagelang mit nur einem Schluck Wasser aus. Oder einem Schlückchen Eierlikör.« Sie stößt einen schrillen Lacher aus.

Evelyn lacht pflichtschuldig mit. »Nun – Kai hier ist kein Kamel.« Sie streicht ihrem Sohn übers verschwitzte Haar. »Er muss etwas trinken. Und ich auch. Ich komme um vor Durst.« Sie schlüpft durch die Tür, genießt für einen Augenblick den kühlen Hauch, der sie umfängt. »Du kannst dir nicht vorstellen, wie heiß es in dem Fahrschulwagen war«, erzählt sie Ilse, während sie voran in die Küche marschiert. »Ich durfte nur die kleinen Seitenfenster kippen. Du weißt schon, diese winzigen Flügel.«

»Deshalb wollte ich keinen Volkswagen«, erklärt die Schwester umgehend. Sie hat den Köder gefressen. »Diese Volkswagen sind mir doch zu unkomfortabel. Keine bequemen Sitze und dann der Motor im Kofferraum. Wo soll denn da das Gepäck hin? Apropos Wagen.« Ilse geht zum Fenster, zieht die Gardine zurück und späht in den Hof. »Wo steckt er denn, dein Herr Schulte? Noch immer fleißig?«

»Vermutlich. Ich habe keine Ahnung.« Evelyn mimt die Gleichgültige. Jonnys Fahrrad lehnt dummerweise noch immer neben dem Tor. »Nun setz dich schon her, Ilse! Einen Kaffee wirst du ja wohl trinken wollen.«

Aber Ilse ist keineswegs bereit, ihren Posten aufzugeben.

»Es gibt da ein Problem mit meinem Opel«, berichtet sie mit abgewandtem Blick. »Die Rückleuchte brennt nicht,

nicht zuverlässig jedenfalls. Es wäre gut, wenn dein Herr Jonny sich das mal anschauen könnte.« Und mit eigenartiger Betonung schiebt sie nach: »Jetzt, wo Friedrich nicht da ist.«

»Er ist nicht *mein* Herr Jonny«, stellt Evelyn klar. »Aber das macht er sicher gern. Ich werde ihn fragen.«

»Fragen kann ich schon noch selbst.« Prompt löst sich Ilse vom Fenster und stöckelt geradewegs aus der Küche. Ahnt sie womöglich etwas?

Evelyns Herz galoppiert wie ein bockspringendes Füllen. Noch immer prickeln Jonnys Küsse auf ihrer Haut, und ihr Bauch kribbelt, als hätte sie drei Tütchen Brause aufgeschleckt, doch zugleich wächst ihre Angst. Wenn Ilse sieht, wie Jonny vom Bachlauf her zum Hof zurückkehrt, mit nassem Haar und diesem leuchtenden Glasmurmelblick womöglich – spätestens dann wird sie den Braten riechen. Schnell gießt Evelyn Wasser in ein Glas und reicht es Kai mit so zielstrebiger Bewegung, dass es überschwappt. Der Junge lacht über ihr Missgeschick, trinkt dann in langen, glucksenden Zügen. Sie streicht ihm nochmals flüchtig über den Kopf, schiebt ihn dann sanft zur Seite und verlässt eiligen Schrittes die Küche.

Im Hof ist niemand, doch aus der Werkstatt dringen Stimmen. Sie tritt auf das offene Tor zu, erhascht einen Blick auf Jonny, der dicht neben einem Pfeiler steht und sich mit einem Handtuch das Haar trocken rubbelt. Er muss durch die rückwärtige Scheunentür hereingekommen sein, was wiederum bedeutet, dass er auf mögliche Schwierigkeiten gefasst war. Und dass er sie schützen will.

Oder will er nur seinen eigenen Hals retten?

»Haben Sie eine kleine Abkühlung im Bach genommen?«, erkundigt sich Ilse im lockeren Plauderton, doch Evelyn glaubt die List herauszuhören. Immerhin kennt sie ihre Schwester.

»Am Bach? Nein.« Jonny reibt sich mit knappen, kreisenden Bewegungen die Arme trocken. »Hinter der Scheune steht meine Badewanne.« Er grinst.

»Eine Badewanne? Das klingt einladend.« Ilse lacht kokett.

»Na ja, eigentlich ist es nur eine alte Viehtränke«, räumt Jonny ein. »Aber sehr praktisch, um sich zwischendurch mal den Dreck runterzuwaschen.«

Ilse lässt einen Moment verstreichen, dann trägt sie ihr Anliegen vor. Die Bremsleuchte. Mal an, mal aus. Wie solle man da wissen, ob sie gerade funktioniere oder nicht?

»Ich schau's mir an«, bietet Jonny bereitwillig an. »Gehen wir nach draußen.« Er wendet sich um, und in diesem Moment trifft sein Blick auf den Evelyns, doch er tut, als bemerke er sie nicht, bis er fast unmittelbar vor ihr steht. »Ach, Frau Wagner! Auch wieder im Lande?« Er mimt den Überraschten, zwinkert ihr heimlich zu, wendet sich dann wieder an Ilse.

»Steigen Sie bitte in Ihren Wagen, starten den Motor und treten die Bremse.«

Während Jonny Ilses Wagen prüft, schweift sein Blick immer wieder heimlich zu Evelyn, und alle Zärtlichkeit und Zuneigung liegen darin.

»Ich kann keinen Fehler feststellen«, wendet er sich schließlich an Ilse. »Ein Wackler vermutlich. Ich werde das Birnchen vorsichtshalber austauschen, dann haben Sie Ruhe.«

»Sehr nett von Ihnen, aber Sie haben sicher schon Feierabend. Wenn ich ein andermal –«

»Ach was!« Jonny winkt ab. »Das erledige ich gleich. Gehen Sie beide nur wieder ins Haus, dort ist es sicher kühler.« Und mit dieser Bemerkung hat er sich Ilse vom Hals geschafft.

Wenig später rollt er mit seinem Drahtesel am Küchenfenster vor, hebt den Daumen zum Zeichen, dass die Sache erledigt ist, und lässt zum Abschied die Fahrradklingel schrillen.

»Tüchtig ist er ja«, muss Ilse einräumen. »Und ein hübsches Kerlchen dazu.« Sie kichert.

»Sehr witzig, Ilse.«

»Nun tu mal nicht so! Es wird dir ja nicht entgangen sein.« Ilse grinst noch immer. »Mit schönen Männern ist das allerdings so eine Sache«, schränkt sie dann ein. »Sie machen dir schöne Augen, und prompt fällst du drauf rein. Rums! Wie mit Schmierseife gebohnert.« Sie spreizt die Arme von sich und streckt ein Bein vor, deutet einen schmerzhaften Ausrutscher an. »Für einen schönen Mann kannst du dir nichts kaufen. Schönheit allein bringt nichts ein«, doziert Ilse ungefragt weiter. »Außerdem hast du ihn nie ganz für dich. Immer sind da noch andere Weibsbilder, die dich ausstechen wollen.«

»Sehr interessant«, bemerkt Evelyn lakonisch. »Redest du von deinen Erfahrungen mit Günther?«

Die Spitze sitzt, denn es ist offensichtlich, dass ihr Schwager nicht gemeint sein kann. Günther ist ein herzensguter Kerl und Ilse treu ergeben, aber keine Frau würde sich auf der Straße nach ihm umdrehen.

»Du solltest meine Worte ernst nehmen, Schwesterchen«, rät Ilse, schiebt mit bedeutungsschwerer Miene nach: »Schließlich hast du keine große Erfahrung mit Männern.«

»Was du nicht sagst!« Evelyn stößt ein verächtliches kleines Schnauben aus. »Aber vielen Dank, dass du dein anscheinend teuer bezahltes Wissen mit mir teilst. Mir wird wieder einmal klar, wie froh und dankbar ich sein kann, mit Friedrich so gut versorgt zu sein.« Sie schaut Ilse ins Gesicht, setzt ein falsches Lächeln auf, das sofort wieder in sich zusammenfällt. Jonny Schulte gehört ihr. Ilse hat kein Recht, sich einzumischen. »Können wir jetzt über etwas anderes reden?«

Endlich macht sich die Schwester auf den Heimweg. Evelyn rauscht der Kopf, der Magen schlägt Purzelbäume. Was, bitte schön, war das heute? Was ist mit ihr geschehen?

Sie bereitet das Abendbrot für Martha und Kai, lässt die Kinder danach noch eine Weile spielen, setzt sie anschließend in die Wanne. Beim Zubettgehen liest sie ihnen wie üblich eine Geschichte vor – Kai noch wenig begreifend, dafür eifrig lauschend, Martha nur mit halbem Ohr und bereits in ihrer eigenen Lektüre blätternd. Müde vom Tag schläft Kai schließlich ein, und Evelyn löscht das Licht. Martha schläft nicht. Sie besitzt eine Kurbeltaschenlampe, mit der sie heimlich unter der Bettdecke weiterliest, und Evelyn lässt sie gewähren. Ihre Tochter ist kein Kleinkind mehr, sie braucht weniger Schlaf als Kai.

Leise verlässt sie das Haus und tritt hinaus in die lichte Sommernacht, mit pochendem Herzen und voll gespannter Erwartung. Jonny wird wiederkommen, er hat es ihr zugeflüstert in jenem kostbaren, unbeobachteten Moment, in dem Ilse mit ihrem Wagen beschäftigt war.

Evelyn bleibt stehen und genießt das letzte Farbenspiel des Himmels im Westen, das diamantene Funkeln des Abendsterns, die vom Boden aufsteigende Frische. Sie geht ein paar Schritte die Zufahrt hinunter, bemerkt jetzt das schwache Lichtsignal einer Fahrradleuchte, das sich rasch nähert.

Jonny ist da, ist bei ihr.

MARTHA

Jonny und Mama waren schwimmen unten am Bach
Jonny sagt er geht auch mit mir schwimmen
dann will er mich döppen
damit ich mal richtig sauber werde hinter den Ohren
das wird bestimmt lustig.

***

27.

KERSTIN

Triffst du dich noch mit diesem Typen?«, erkundigt sich Jule und pult an ihrem Fingernagel.

»Sag mal, Jule, habe ich dir irgendwann vorgeschrieben, mit wem du dich triffst und mit wem nicht?«, frage ich zurück.

»Klar, hast du.«

»Pah! Von wegen!«

»Und wie war das mit Timo?«

»Timo? Der Tätowierte mit den Schlangen?«

»Hast du jetzt auch was gegen Tattoos?«

»Nee, ich hab was gegen Dealer.«

»Woher willst du wissen, dass er gedealt hat?«

»Stell mir nicht so törichte Fragen, Jule! Dafür bist du zu alt.«

»Ha, das sagt die Richtige! Beim Thema Alter solltest gerade du dich mal besser zurückhalten, *Mum*.«

»Wieso das nun wieder?«

Jule starrt mich feindselig an und zischt: »Du sollst dich nicht mit diesem Typen treffen! *Definitely not!*«

»Ich treffe mich mit niemandem. Jedenfalls nicht mehr. Es hat sich erledigt«, behaupte ich und kreuze zwei Finger hinter meinem Rücken. Auf den heutigen Tag bezogen, ist es im Übrigen nicht einmal gelogen.

»*Really?*« Jule beäugt mich noch immer misstrauisch.

»*Yessss!*« Ich grinse breit, um meine Scham zu überspielen.

»Es wäre gut, wenn's stimmt«, betont Jule nochmals. »Du

bringst Papa um, wenn du so weitermachst. In seinem Alter braucht er das nicht mehr.«

Dieses herablassende ›in seinem Alter‹ kränkt mich, es klingt nach Methusalem. Es kränkt mich für Uwe.

»Deinen Vater bringt so schnell nichts um, der kann so einiges verkraften.« Es mag zwar eine merkwürdige Art sein, ihn zu verteidigen, aber genau das tue ich im Moment.

»Nein, jetzt ehrlich: Können wir nicht mal ernsthaft reden?«

»Das versuche ich doch gerade.«

»Das versuchst du nicht! Du redest nur immer so ein *weirdes* Zeug, um abzulenken.«

»Abzulenken? Wovon?«

»Liebst du ihn?«, fragt Jule unvermittelt.

»Wie?«

»Liebst du diesen Axel?«

»Alex«, korrigiere ich prompt, worauf sie nur die Augen verdreht. Dieser verflixte Hang, es immer und ständig besser zu wissen! Dabei dürfte wohl gleichgültig sein, ob er nun Alex, Axel oder Armin heißt.

»Nein, ich liebe ihn nicht«, antworte ich dann in gebotenem Ernst.

»Liebst du Uwe?« Jule bohrt ihren Blick in meinen, es ist ein harter, unnachgiebiger Blick, doch ich sehe die Angst dahinter. Ich sage nichts darauf. »Also nicht.«

»Das habe ich nicht gesagt.«

»Du hast gar nichts gesagt.«

»Weil die Antwort nicht so einfach ist. Aber ja, natürlich liebe ich deinen Vater.«

»Uwe.«

»Ja, deinen Vater.«

»Für dich ist er dein Mann!«, insistiert sie, und ich will ihr die Spitzfindigkeit lassen.

»Ja, Uwe. Meinen Mann. Aber man kann in einer Beziehung sein, man kann jemanden lieben und trotzdem jemand anderen anziehend finden.«

»Nein, kann man nicht!«, blafft Jule und zieht ihr angewidertes Knautschgesicht. Die Spießigkeit der Jugend. Ich wundere mich immer wieder.

Aber vielleicht ist es gar keine Spießigkeit, vielleicht ist es Idealismus. Der Glaube an die einzig wahre, unbedingte, unteilbare Liebe. Vielleicht brauchen wir diese Illusion, um ins Leben zu starten. Auch ich war nicht anders. Ich habe die Hochzeitsnacht in einem undichten Zelt verbracht, alles aus unbedingter, unteilbarer Liebe.

Jule und ich schweigen lange.

»Erinnerst du dich an unseren Urlaub in Griechenland damals?«, fragt sie schließlich, nachdenklich am durchstochenen Ohrläppchen zupfend.

Selbstverständlich erinnere ich mich; es waren goldene Zeiten. »Griechenland, na klar. Du warst klein und süß und hast noch gemacht, was deine Eltern dir gesagt haben.«

»Wir sind irgendwo durchs Hinterland getourt, und du warst so begeistert vom einfachen Leben der Leute.«

Es stimmt, ich war hin und weg. Dieses Unmittelbare, diese erdverhaftete und zugleich himmlische Leichtigkeit des Seins. So habe ich es damals empfunden.

»Erinnerst du dich an die vielen Frauen, die auf den Bänken vor ihren Häusern hockten?«, fragt Jule. »Damals kamen sie mir uralt vor, ich war ja noch ein Kind. Sie müssen so in deinem Alter gewesen sein.«

»Oha! Danke schön.«

»Ich kann nichts dafür, dass du alt bist, *Mum*.« Auch das ist richtig. »Jedenfalls saßen sie da und haben Kartoffeln geschält«, fährt Jule fort. »Grauer Knoten, schwarzer Kittel.«

»Warum sollte ich schwarz tragen? Uwe ist ja noch nicht tot«, spöttele ich.

»Ach, *Mum*, das ist mal wieder so was von daneben.« Sie verdreht erneut die Augen.

»Ich finde auch daneben, was du mir da erzählst«, entfährt es mir. »Warum sollte ich mich vors Haus hocken und Kartoffeln schälen? Seit wann magst du gern Kartoffeln?«

»Ich meinte ja nur. Es geht ums Alter, um Angemessenheit oder so.«

»Du fändest es angemessen, wenn ich in einem Kittel vor unserem Haus hockte wie eine vertrocknete Pflaume?!« Jetzt werde ich wütend, richtig wütend. »Du redest Stuss, Jule! Den reinsten Blödsinn! Husch, husch, zurück ins Körbchen! Oder lieber gleich in die Gruft?« Entrüstet schüttele ich den Kopf. »Darf ich nicht mehr leben? Darf ich mich nicht mehr amüsieren? Ist das etwa euer Privileg?« Ich habe mich in Rage geredet. Der Konservatismus meiner Tochter macht mich krank.

In meinem Unmut springe ich auf und beginne, mit lautem Scheppern die Spülmaschine auszuräumen.

Plötzlich lacht Jule auf. »Fahr mal wieder einen Gang runter, *Mum!* War doch alles nicht so gemeint.«

»Doch, war es!«

»Nun komm schon, Mutter. Mach hier nicht einen auf Rumpelstilzchen!« In Jules Augen blitzt plötzlich der Schalk. Das ist auch so eine Eigenschaft von ihr: Sie kann vom einen auf den anderen Moment ihren Gefühlszustand wechseln wie ein Chamäleon die Farbe. Früher haben wir uns Sorgen gemacht deswegen. Jetzt nicht mehr.

»Isst du mit mir?«, wechsle ich abrupt das Thema.

»Nee, muss gleich wieder los. Bin noch verabredet.«

»Nie hast du Zeit, mit mir zu essen. Dabei habe ich extra …« Extra, was? Eine Fertigpizza aufgetaut? Dieses Mutti-Gejammere quillt ungefiltert aus mir heraus wie ein überlaufender Gulli. Vielleicht sollte ich mir doch bald einen Kittel nähen und vor dem Haus Gemüse schnippeln.

Ich strecke meine Hand aus, zerknülle den Einkaufszettel, den ich vor drei Tagen auf dem Tisch liegen gelassen habe, ziele damit auf den Altpapierkorb. Treffer. Hochgereckte Faust.

Kaum ist Jule weg, packt mich die Wehmut. Es ist anstrengend mit ihr, aber ohne sie auch.

Wo sind sie hin, das Lachen und die Liebe? Beides war einmal täglich verfügbar wie Milch oder Brot. Und jetzt? Sind die Vorräte ausgeschöpft und aufgezehrt, ein für alle Mal?

Ich beginne wieder durchs Haus zu tigern, gehe in jedes Zimmer. In jedem Winkel, jedem Möbel steckt unser gemeinsames Leben. Unser Leben als Familie, unser Leben als Paar.

Ich betrachte die Familienfotos an den Wänden. Bin ich noch diese Frau mit dem wonnigen Kind im Arm, die so hoffnungsvoll in die Kamera lacht? Ich bin es und bin es auch wieder nicht. Die Zeit steht zwischen uns.

Ich hole die Wäsche aus dem Trockner, trage den Wäschekorb ins Schlafzimmer, *unser* Schlafzimmer. Gedankenverloren setze ich mich auf Uwes Betthälfte, die der Tür näher ist, streiche über die handgenähte Steppdecke aus Portugal. Ein Geschenk zum Vierzigsten, das ich mir gewünscht hatte. Oder war es der Fünfzigste?

Meine Güte! Nun rechnen wir schon nicht mehr in Jahren, sondern in Jahrzehnten. Ich fahre mit gespreizten Fingern über den kühlen Stoff, wieder und wieder, als gelte es, die Jahre wegzustreifen. Leider gelingt es mir nicht, also stehe ich wieder auf, räume die Wäsche fort, gieße die Monstera im Wohnzimmer, schmiere mir in der Küche eine Stulle.

Vier Tage ist Uwe jetzt fort und hat sich noch immer nicht gemeldet. Es war mal eisernes Gesetz, dass er anruft, wenn er mit dem Motorrad unterwegs ist, aber unsere Gesetze sind anscheinend außer Kraft. Auch auf die Kurznachricht, die ich ihm geschickt habe, hat Uwe nicht reagiert. Jule mochte ich eben auch nicht fragen, ob sie etwas von ihm gehört hat, weil dann umso offensichtlicher geworden wäre, wie es um uns steht.

Ich bin drauf und dran, Buzz eine SMS zu schreiben, unterlasse es aber dann. Keine Nachrichten sind gute Nachrichten, heißt es doch. Wenn etwas passiert wäre, wüsste ich es.

Endlich klingelt das Telefon. Aber es ist nicht Uwe.

»Hi, Mum. Ich bin es noch mal.«

»Jule! Wo brennt's?«

»Das war blöd eben mit den alten Frauen und den Kartoffeln und so. Sorry.«

»Hab's schon vergessen«, antworte ich. »So ist das in meinem Alter.« Wir müssen beide lachen.

Meine Sorge um Uwe kann ich allerdings nicht abschütteln. Man kennt die italienischen Autobahnen.

Um mich abzulenken, lese ich einen Artikel über den Bio-Anbau von Gemüse, sortiere Strümpfe, lasse mich dabei vom TV berieseln. Als ich gerade ins Bett gehen will, ruft Uwe doch noch an.

»Wo seid ihr?«, frage ich.

»In der Nähe von Siena.«

»Toskana, wie schön! Und, wie ist das Wetter?«

»Ziemlich gut. Heute hat es mal geregnet, aber gerade sind's noch fast zwanzig Grad. Ich sitze hier im T-Shirt.«

»Klingt super. Und der Campingplatz? Oder seid ihr nicht auf einem Campingplatz?«

»Doch, sind wir. Ist in Ordnung. Wir können die Sterne sehen. Den Großen Wagen, Kassiopeia …«

»Toll.«

»Ja.«

»Und morgen?«

»Morgen geht's weiter. Vielleicht bis nach Orvieto, mal sehen.«

»Mhm.«

Schweigen.

»Danke, dass du anrufst, Uwe. Ich hatte mir schon Sorgen gemacht.«

Wieder Schweigen.

»Alles klar, Kerstin«, sagt Uwe plötzlich sehr laut und bestimmt. »Schöne Grüße auch von Buzz. Wir sehen uns nächste Woche.« Ende des Gesprächs.

Plötzlich fehlt er mir. Er fehlt mir sehr. Sogar die Ölränder unter seinen Fingernägeln fehlen mir. Sonst nicht. Aber jetzt gerade, in diesem Moment.

28.

EVELYN

Wie gut sich das Leben anfühlt! Die angespannte Wachsamkeit vergangener Tage ist von ihr abgefallen wie ein schwerer, unbequemer Mantel, und erst nachdem sie ihn ablegen durfte, bemerkte sie, wie erdrückend er war.

Ihr ist, als wäre etwas in ihr erwacht und tauche nun aus großer Tiefe empor wie das perlende Blubbern von Luftblasen. Heiterkeit. Zuversicht. Freude am Dasein.

Verliebtheit.

Diese leuchtenden Tage. Ein jeder hat seinen eigenen Glanz, jede Stunde hält ihre eigenen Freuden bereit.

Evelyn liebt die morgendliche Stille im Haus, kurz nach dem Erwachen. Sie liebt es, im durch die dunklen Vorhänge sickernden Morgenlicht ihre schlafenden Kinder zu betrachten. Sie streicht über Marthas seidiges Haar, drückt ihre Nase in Kais verschwitzte Nackenfalte, saugt seinen Kleinkinderduft ein und fährt mit federleichten Fingerspitzen über seine rosigen Wangen.

Der Wiesenblumenstrauß auf dem Küchentisch ist von erlesener Schönheit, das allmählich anschwellende Pfeifen des Wasserkessels klingt wie Musik.

Frohgemut bereitet sie das Frühstück für die Kinder, geht dann ins Bad, wäscht sich, schaut in den Spiegel. Schaut wirklich in den Spiegel, konzentriert und aufmerksam, als gelte es, das Gesicht einer Fremden zu erforschen. Sie streicht sich über die Stirn, ertastet ihre Wangenknochen, streift mit den Fingerkuppen über ihre Brauen, selbstvergessen und zugleich ganz auf sich selbst konzentriert.

Ein Hauch Lippenstift steht der Frau im Spiegel ausgezeichnet.

Sie liebt die Mittagsstunde, in der sie sich zu Jonny in die Werkstatt gesellt. Die gestohlenen Küsse, die innigen Umarmungen, dann der wehmütige Abschied, obwohl sie nur ein paar Meter voneinander getrennt sein werden. Sie liebt die späten Nachmittage, wenn Jonny sich nach getaner Arbeit für eine Weile zu ihr und den Kindern gesellt. Dann fasst er Kai an Armen und Beinen und wirbelt ihn wie ein Flugzeug im Kreis herum, dann nimmt er Martha auf die Schultern und galoppiert mit ihr über den Hof, angefeuert von ihren wilden Hüa-hüa-Rufen.

Sie liebt die neu aufblühende Innigkeit zwischen den Kindern und ihr. Ihr ist, als würde aus allen Ritzen und Ecken Liebe hervorquellen und sie wie eine weiche Decke umhüllen.

Am liebsten aber sind ihr die späten Sommerabende. Wenn der Tag erlischt, beginnt ihre Stunde. Dann wird aus Evelyn, der kleinen Evelyn aus der Kantstraße, die Königin der Nacht.

Ein paar Tage lang radelt Jonny nach getaner Arbeit nach Hause und kehrt erst in der Dunkelheit zurück, nachdem sich die Sonne endgültig verabschiedet hat. Nachdem die Kinder im Bett sind. Wenn das Alltagsleben ruht.

Sie genießen diese heimlichen Treffen, aber die Hin- und Herradelei wird ihnen doch lästig, raubt sie ihnen doch einen guten Teil jener kostbaren Zeit, die sie ganz für sich haben, und eines Abends bleibt Jonny einfach da. Ihn ins Haus zu holen, kommt Evelyn allerdings nicht in den Sinn, schon gar nicht ins unbehauste Schlafzimmer.

Stattdessen richten sie sich in der Werkstatt ein Lager her. Jonny spannt ein Seil zwischen zwei Pfosten, hängt ein Laken als Sichtschutz darüber. Sie holen eine alte Matratze vom

Speicher, plündern die Aussteuerkiste. Ein paar Kissen und Decken, ein paar Kerzen. Ihr Liebesnest.

In der Scheune hängt der Geruch von Motoröl, von Schmierstoffen und Bremsenabrieb, doch Evelyn stört sich nicht daran, denn Jonny riecht wunderbar, und seine Haut schimmert golden im flackernden Kerzenlicht.

Sie isst kaum, schläft kaum. Wer braucht schon Nahrung und Schlaf, wenn die Liebe so satt und wach macht?

»Du bist wunderschön«, haucht ihr Jonny ins Ohr, Nacht für Nacht, und so fühlt sie sich auch, Nacht für Nacht: schön wie nie.

29.

EVELYN

Ohne Schlaf kann der Mensch nicht sein, eine Binsenweisheit. Gültig für alle. Sie hätte Jonny heimschicken müssen, statt die Nacht zum Tag zu machen, sie hätte sich ausruhen müssen. Es war ja abzusehen, dass sie nervös sein würde, und das ist sie nun auch. Nervös ist gar kein Ausdruck. Sie ist nicht mehr sie selbst, kann sich nicht einmal erinnern, wie sie hergekommen ist. Steht da mit weichen Knien und dem bohrenden Gefühl, alles Erlernte vergessen zu haben.

Fahren lernen? Mit Wimmer klappt's immer!, verspricht das Schild im Fenster der Fahrschule vollmundig. Von wegen!

Da kommt er auch schon durch die Tür, der rotbackige, nachsichtige, leicht lispelnde Fahrlehrer Wimmer. Das Lispeln nimmt seinen Anweisungen wortwörtlich die Schärfe. Die Art, wie er »Gas geben!« und »Jetzt die Bremse treten« sagt, hat bei Evelyn gleich Vertrauen erweckt. Heute spürt sie nichts davon. Wimmer wirkt irgendwie geistesabwesend, geradezu gleichgültig, wie er da steht, in sein Butterbrot beißt und die Bissen gierig hinunterschlingt.

Wann hat sie zuletzt gegessen? Sie hätte etwas essen müssen! Auch das wäre nötig gewesen. Sie zittert ja schon vor Schwäche.

Neben Wimmer steht plötzlich ein zweiter Mann, grauer Staubmantel, grauer Hut, graues Gesicht: der Fahrprüfer. Er saugt gierig an seiner Zigarette, schleudert sie dann aufs Pflaster und zermalmt sie mit der Schuhspitze.

»Wir können.«

Evelyn steigt in den bereitstehenden Wagen. Warum hat sie sich nur für dieses Kleid entschieden? Es rutscht ihr über die Knie, legt ihre Oberschenkel frei. Sie zerrt daran, aber sobald sie es loslässt, rutscht der Stoff wieder hoch. Warum zum Kuckuck trägt sie keine Hosen? Ihr pocht das Herz bis zum Hals, und ihre Hände sind schweißnass, als sie das Lenkrad umfasst.

Motor starten, Gang einlegen, Blinker setzen. In den Rückspiegel schauen, Gas geben, zügig anfahren und zugleich die Geschwindigkeitsbegrenzung im Blick behalten. Uff!

»Bei der nächsten Gelegenheit links abbiegen«, raunt der namenlose Fahrprüfer vom Rücksitz.

Sie steuert die Kreuzung an, Blinker raus, dann bremsen, sie will nach links einbiegen, bemerkt im letzten Moment den heranbrausenden Motorradfahrer. Mit ihrem beherzten Tritt auf die Bremse würgt sie zugleich den Motor ab. Der Wagen kommt wie ein bockiger Esel zum Stehen.

»'tschuldigung, war ein Versehen.« Sie will neu starten, tritt aufs Gas. Der Motor heult auf, die Kupplung schleift kratzend, dazu Herrn Wimmers skeptischer Seitenblick.

Endlich zündet der Motor. Kuppeln, Gas geben, abbiegen. Höchst verwundert registriert sie, dass sie sich nun auf der Allee zwischen Torbenau und Vissen befinden. Ausgerechnet der Strecke, auf der ihr Vetter Karl tödlich verunglückt ist! Jetzt heißt es Nerven behalten. Die ohnehin stattlichen Linden sind noch größer geworden und nehmen die schmale Straße in die Zange; ein Tunnel inmitten des dichten Blattgrüns. Nur weg hier! Evelyn tritt das Gaspedal durch. Herr Wimmer räuspert sich vernehmlich, aber sie kann nicht anders, ihr Fuß scheint am Gaspedal festzukleben. Sie fährt zu schnell, viel zu schnell. Entschlossen tritt sie auf die Bremse, aber es tut sich nichts. Sie tritt fester, noch fester, keine Reaktion. Die Bremsen müssen defekt sein. Bremsscheiben, Bremsbacken, alles hin, vermutlich. Aber wer sollte ihr das glauben?

»Ich darf doch sehr bitten!«, bellt der Fahrprüfer. »Was ist nur los mit Ihnen? Haben Sie etwa getrunken?«

Aber nein! Nur einen Kurzen, zur Beruhigung. Höchstens zwei.

»Frauen sollten weder trinken noch fahren«, meldet sich plötzlich Friedrich von der Rückbank zu Wort. Sie kann seinen Atem im Nacken spüren. Der Wagen rumpelt durch ein Schlagloch, schießt auf eine scharfe Kurve zu. Sie muss jetzt endlich bremsen, muss lenken und bremsen, aber es will ihr nicht gelingen. Schon wird der Wagen aus der Kurve getragen, schleudert unaufhaltsam einem Baumstamm entgegen. Ein gellender Aufschrei – und Evelyn erwacht schweißgebadet. Das kann ja heiter werden.

30.

KERSTIN

Zweimal schon habe ich Alex angerufen, aber er ist nicht rangegangen. Vielleicht hat er genug von mir. Nun, wenn dem so sein sollte, kann ich's nicht ändern.

Irgendwann am Nachmittag erreiche ich ihn doch, und er entschuldigt sich mehrfach. Vor dem Tennis hat er sein Handy in den Spind eingeschlossen und später meine Nachricht übersehen, sorry. Heute und morgen hat er leider auch keine Zeit. Ich frage nicht, warum.

Tags darauf meldet er sich wieder und lädt mich für den Abend zu sich ein. »Ich muss sehr früh raus«, sage ich. Die Akustikerkampagne setzt mir zu. Die Arbeit, vor der ich letzte Woche davongerannt bin, sitzt mir jetzt im Nacken.

»Nur auf ein Glas Wein«, sagt Alex.

Aber ich muss noch fahren.

Ich sage: »Ja, nur auf ein Glas.«

»Kann ich helfen?«, frage ich ihn, um zumindest ansatzweise zu demonstrieren, dass ich nicht nur beim Trinken eine Hilfe bin.

»Nein, setz dich nur.« Er deutet mit dem Kinn in Richtung Sofa, poliert nochmals die ohnehin schon blitzblanken Gläser, die er soeben aus dem Schrank genommen hat.

»Wo ist der Öffner?«, bleibe ich hartnäckig.

»Dort drüben, in der linken Schublade.« Er deutet auf das elegante Nussholz-Sideboard. Ich gehe hin, öffne die Schublade – und finde mich Auge in Auge mit Melissa wieder. Sie lächelt mich an, stolz und glücklich, und ihr wunderbares Haar quillt unter der hellen Strickpudelmütze hervor. Auch Alex trägt Mütze und grinst. Im Hintergrund viel Weiß, viel Schnee. Zwei Turteltäubchen im Winterwunderland.

»Das andere Links!«, ruft Alex in meinem Rücken, offenbar nichts ahnend. Ich reagiere nicht darauf. »Kerstin? Die andere Schublade.«

»Sieh einer an«, sage ich. Dann Schweigen. Offenbar weiß er jetzt, wovon ich spreche.

»Ist sie also doch deine Freundin?«

Alex antwortet nicht.

»Ist sie es nun, oder ist sie es nicht?« Ich wende mich ihm zu, schaue ihn an.

»Na ja. Als meine Freundin würde ich sie nicht bezeichnen.«

»Okay. Und wie darf ich diese niedliche Szene dann interpretieren?« Ich gebe mich forsch, um zu überspielen, dass ich ohne Grund und vollkommen ungeschützt in einer fremden Wohnung stehe.

»Das Bild war ein Geschenk, ich konnte es ja nicht wegwerfen.«

»Und jetzt kramst du es raus, wenn sie dich besuchen kommt?«

»Richtig.«

»Oder ist es andersherum, und du räumst es nur weg, wenn ich komme?«

»Also bitte, Kerstin! Wir wollen doch jetzt nicht ungemütlich werden.« Diese biedere Ausdrucksweise reizt mich. Diese joviale Art.

»Bitte rede nicht so mit mir. Ich bin nicht beschränkt.«

»Ich war höflich.«

»Ha!«, mache ich und grummele mit Bärenstimme: »Wir wollen doch jetzt nicht ungemütlich werden.«

Alex schaut mich prüfend an. »Was wirfst du mir vor, Kerstin? Dass ich auch ein Leben gehabt habe?«

»Nein, ich kann nur Lügen nicht ausstehen«, sagt die Lügnerin, denn ich bin ja selbst eine, und in diesem Moment gefällt mir das ganze Spiel nicht mehr.

»Aber ich habe nicht gelogen«, beharrt er.

»Was du nicht sagst!«

»Nun bleib mal auf dem Teppich! Du hast einen Mann zu Hause sitzen. Einen, der dir auch noch etwas bedeutet, vermutlich viel mehr als ich. Also komm mir nicht mit dieser Eifersuchtsnummer.«

»Eine Nummer nennst du das? Ich will keine Nummer sein, Alex. Dafür bin ich zu alt, und ich hab's auch nicht nötig.«

»Lass uns nicht streiten, Kerstin! Dazu ist die Zeit zu kostbar.« Er hebt versöhnlich die Hände. »Wenn du mir also bitte den Öffner reichen würdest?«

»Ich fahre jetzt besser.«

»Nicht doch!« Zwei Schritte, dann ist Alex bei mir, berührt meinen Arm. Da ist er wieder, dieser schmelzende Blick. »Was sollen denn diese Albernheiten?«

Hätte er den Mund gehalten, wäre ich vermutlich leicht rumzukriegen gewesen, aber dieser herablassende Tadel stößt mich ab. Er steht ihm nicht zu. Ich schnappe mir meine Handtasche und bin auch schon draußen.

Auf der Heimfahrt schwirrt mir der Kopf. Was soll ich von diesem Foto in der Schublade halten? Geht es mich überhaupt etwas an? Und ob es das tut, denke ich bitter. Mit Melissa unternimmt der Herr also keine Reisen ins kongolesische Herz der Finsternis oder in den sudanesischen Sumpf. Mit einer wie Melissa geht es an die Riviera oder zum Skifahren nach Ischgl, Kaprun oder Sölden.

Eifersucht, pah! In meinem Alter steht man über den Dingen – oder auch nicht. Wie würdest du die Sache einschätzen, Uwe? Tatsächlich frage ich mich das für einen Moment, einfach weil ich es gewohnt bin, alle schwierigen Fragen im Leben mit ihm zu erörtern. Weil er mein Freund ist, mein engster Vertrauter.

Das alles war er vielleicht mal, muss ich mich korrigieren. Jetzt ist er es nicht mehr. Und das hier ist wahrlich kein Thema, über das wir uns austauschen könnten. Je oller, je doller. Furchtbar.

Plötzlich habe ich alles satt.

»Ist doch alles Murks.« Carla schüttelt den Kopf.

»Was genau meinst du jetzt?«

»Sag mal, hast du mir nicht zugehört? Diese elende Schwitzerei. Ätzend. Ich hocke beim Arzt, und mir bricht der Schweiß aus. Aber so was von! Ich hätte mir das Hemd vom Leib reißen können.«

»Wegen dem Arzt?«

»Haha, sehr lustig.«

»Aber deshalb warst du doch beim Arzt, oder?«

»Bullshit! Ich geh doch nicht zum Arzt, weil ich schwitze! Hinterher denkt der noch, ich bin ernsthaft krank. Verdacht auf Herzinfarkt, oder was weiß ich.« Carla rümpft die Nase. »Alles Murks«, wiederholt sie und fährt ihren Rechner runter.

»Andere Geschichte«, beeile ich mich zu sagen, bevor sie endgültig weg ist. »Ich brauche mal eine Meinung, also hör zu: Eine Freundin von mir hat einen neuen Freund. Sie ist das erste Mal in seinem Büro, vielleicht war sie auch schon mal da, das weiß ich nicht so genau – jedenfalls findet sie in der Schublade seines Arbeitstischs ein Foto von seiner Verflossenen, und –«

»Was hat die denn an seinem Arbeitstisch zu suchen?«, unterbricht mich Carla.

»Keine Ahnung. Jedenfalls sagt er, das Foto sei ein Geschenk gewesen, und deshalb hätte er es behalten.«

»Ja, und?«

»Findest du das nicht merkwürdig?«

»Wieso?« Carla starrt mich verständnislos an.

»Es war ein Nacktbild«, dichte ich hinzu, um der Geschichte ein schärferes Profil zu geben.

»Bullshit!« Carla rammt ihren Bürostuhl unter den Arbeitstisch. »Welcher Honk ist denn so bescheuert, Nacktbilder am Arbeitsplatz liegen zu lassen? Was, wenn bei dem so verfressene Sacknasen rumlaufen wie hier? Und nach 'nem Schokoriegel wühlen? Oder den Locher klauen wollen, und dann finden die so was!« Sie schüttelt entrüstet den Kopf, schaut mich dann an. »Was hatten wir jetzt gleich ausgemacht wegen der Pokerrunde? Das nächste Mal bei euch oder bei mir?«

31.

EVELYN

Vor Wimmers Fahrschule parkt Friedrichs Wagen. Ihr *gemeinsamer* Wagen. Daneben steht Jonny, lässig gegen die Fahrertür gelehnt. Sie winkt ihm durch die Schaufensterscheibe zu, hebt den Daumen, lacht. Er lacht auch.

Nach kurzer Verabschiedung von Wimmer tritt sie nach draußen, geht auf Jonny zu.

»Herzlichen Glückwunsch, Frau Wagner. Jetzt dürfen Sie uns beide kutschieren.« Jonny überreicht ihr den Schlüssel, umrundet das Fahrzeug, nimmt auf dem Beifahrersitz Platz. Am liebsten würde sie ihm um den Hals fallen, ihn küssen, aber das geht nicht, mitten im Ort.

»Fahr schon los!«, fordert er sie lächelnd auf, und sie startet den Motor, steuert in Richtung Heimat. Doch zu seiner Verwunderung lässt sie Haus und Hof hinter sich, biegt schließlich in einen Waldweg ein.

»Wohin des Wegs?«, erkundigt er sich amüsiert, und sie antwortet mit einem Augenzwinkern. Schließlich gelangen sie zu einer Wendeschleife für die Fuhrwerke der Waldarbeiter, dort hält sie an. Ein kurzes, feierliches Innehalten, dann verkündet sie strahlend: »Ich hab's geschafft, Jonny!«

Er küsst sie auf den Mund. Sie verschwendet keine Zeit und beginnt sofort, an ihrer Bluse zu nesteln. Sie möchte Jonny verschlingen, mit Haut und Haar, will ihn haben, ihn in sich spüren.

Er fasst sie bei den Schultern, küsst ihren Hals, küsst ihr Schlüsselbein, ihre Brust. Sein Haar kitzelt an ihrer Nase. Sie zerrt an seinem Hemd, hilft ihm, es über den Kopf zu streifen, genießt seinen Anblick, den ganz eigenen Duft seiner Haut, den frischen Schweiß auf Brust und Bauch, genießt ihr flammendes Begehren.

Sie will ihn, will ihn haben. Alles andere ist ihr egal.

32.

EVELYN

Evelyn will keine Vergleiche ziehen. Es erscheint ihr unfair, wie die Sache mit den Äpfeln und den Birnen. Sie möchte Friedrich nicht verletzen, schon gar nicht demütigen. Sie ist mit ihm verheiratet, und sie liebt ihn. Ja, auf ihre Weise liebt sie ihn. Oder hat ihn geliebt. Sie sind eine Familie. In ihrem bisherigen Leben standen andere Prioritäten im Vordergrund. ›Prioritäten‹, auch so ein Lieblingswort von Friedrich.

Sie hat sich eingeredet, ihre Sexualität mit ihm zu genießen, aber was sie dabei empfunden hat, war allenfalls eine ferne Ahnung jenes Wirbelsturms, der jetzt in ihr tobt. Evelyn hat diese Leidenschaft nicht gekannt, die plötzliche Eigenmächtigkeit ihres Körpers. Alle Moral, jeder Wille hat sich dem Begehren untergeordnet, das nun mit kompromissloser Entschlossenheit ihr Leben dirigiert.

MARTHA

Tante Ilse war beim Frisör jetzt hat sie eine Turmfrisur
vielleicht will sie Bienen drin züchten sagt Mama
und schon wieder ein neues Kleid
nur Busn und Po wie eine Furchtbarkeitsgöttin.

***

33.

EVELYN

Es ist bereits die dritte Fahrt zum Krankenhaus, die Evelyn allein absolviert. Selbst Friedrich musste einräumen, dass es praktischer ist, wenn sie mit dem Wagen fährt, anstatt mit Bus und Bahn anzureisen.

Er hat ihr sogar zur bestandenen Prüfung gratuliert, wenn auch verhalten. »Von meiner Frau hätte ich nichts anderes erwartet«, hieß es. Auch sie hätte von Friedrich nichts anderes erwartet.

Ihr heutiger Besuch endet zeitiger als sonst, denn es steht noch eine Röntgenuntersuchung an, die eigentlich bereits am Morgen durchgeführt werden sollte. Aber es gab Verzögerungen, teilt eine Schwester Evelyn mit und komplimentiert sie hinaus.

So tritt sie eine Stunde früher als geplant die Heimfahrt an. Friedrich geht es allmählich besser, das entlastet sie, und sie freut sich auf die gewonnene Stunde. Eine Stunde mehr für Jonny, wenn's gut läuft. Und auch für Martha und Kai.

Als sie in den Hof einrollt, parkt dort wie gewohnt Ilses Wagen. Wieder einmal hat sie die Kinder gehütet, damit Evelyn in Ruhe ihren Krankenbesuch machen kann. Sie hat ihrer Schwester unrecht getan. Ilse ist immer da, wenn sie gebraucht wird, trotz aller Zwistigkeiten.

Aus der Werkstatt dringt das scharfe, alles übertönende Kreischen eines Trennschleifers. Jonny bei der Arbeit. Von Ilse und den Kindern nichts zu sehen. Sie werden im Haus sein, denkt Evelyn, doch in diesem Moment setzt der Lärm aus, und Evelyn glaubt, eine weibliche Stimme zu vernehmen. Ilses Stimme. Sie scheint aus der Werkstatt zu kommen.

Was tut sie denn da? Von plötzlicher Unruhe ergriffen, tritt Evelyn auf das offene Tor zu. Ilse hat ihr den Rücken zugewandt und steht sehr nah bei Jonny. Er hat seine Schutzbrille auf die Stirn geschoben, der Abdruck rund um seine Augenpartie ist noch deutlich sichtbar.

»… die Innenbeleuchtung«, hört sie Ilse sagen. »Es ist doch ein Jammer mit dieser Elektrik! Mein Mann will deswegen nicht extra in die Werkstatt. Wozu braucht man Licht am Spiegel?« Sie lacht kokett auf. »Eine Frau ist da natürlich anderer Meinung. Wenn Sie sich die Sache also einmal anschauen könnten? Das wäre ganz reizend von Ihnen. Soll ich den Wagen hereinfahren?« Ilses säuselnder Tonfall wirkt albern, dazu total deplatziert.

»Nicht nötig.« Jonny klingt gelassen wie immer.

»Das mache ich gern«, bekräftigt Ilse. »Hier drinnen ist es weniger hell, da sieht man das Problem besser.«

»Nur keine Umstände. Ich komme schon klar.«

»Er ist bequem, mein Wagen. Die Polster sind sehr gemütlich.«

Evelyn reißt die Augen auf. Wie war das? Sie muss sich verhört haben.

»Das glaube ich gern«, hört sie Jonny sagen. Jonny mit seinem Glasmurmelblick, der alles zum Schmelzen bringt wie Eis in der Sonne. »Es ist wirklich ein schöner Wagen«, stimmt er Ilse zu. »Lassen Sie mich das hier nur schnell zu Ende bringen, dann schaue ich mir die Sache an.«

»Wunderbar«, haucht Ilse und streift sich mit beiden Händen über die Hüften. Sie trägt wieder ihr neues Kleid – sicher nicht für Sandkastenspiele mit Kai. »Ich könnte Ihnen behilflich sein.« Sie wagt sich noch näher an Jonny heran, reckt ihren Busen vor. Evelyn fährt ein scharfer Stich in die Magengrube. Was zu viel ist, ist zu viel.

Sie macht auf dem Absatz kehrt, eilt wutentbrannt zu ihrem Wagen zurück, drückt auf die Hupe. Einmal, zweimal, dreimal, mit ansteigender Dauer.

»Hallo, da bin ich wieder!« Sie schreit die Botschaft geradezu heraus. Prompt erscheint Ilse auf der Bildfläche.

»Nanu, schon zurück?«

»Mit dem eigenen Wagen geht's eben schneller«, entgegnet Evelyn kalt. »Was tust du in der Werkstatt?«

»Ach!« Ilse winkt ab. »Ich habe Jonny nur gefragt, ob er mal nach meiner Innenbeleuchtung schauen kann.«

»Jonny.«

»Ja, Jonny.« Seit wann ist Ilse mit ihm per Du? »Langsam glaube ich doch, der Wagen war ein Fehlkauf«, setzt sie hinzu.

»Was du nicht sagst. Und die Kinder?«

»Sie sind im Haus. Martha wollte malen, und was Martha will, will Kai auch. Du kennst das ja.« Ilse setzt ein breites Lächeln auf.

»Danke fürs Aufpassen.« Evelyn schlägt forsch die Wagentür zu. »Bleibst du zum Abendbrot?«

»Nein, das würde Günther nicht gefallen. Ich sehe zu, dass ich nach Hause komme, jetzt, wo du wieder da bist.« Tatsächlich verabschiedet sich Ilse nur noch kurz von den Kindern und ist weg. Keine Rede mehr von der angeblich nicht funktionierenden Innenbeleuchtung.

»Tut dir was weh, Mama?« Martha schaut von ihrem Zeichenblatt auf.

»Nein, mein Herz. Weshalb fragst du?«

»Du hast so ein komisches Geräusch gemacht.«

»Ich bin nur ein wenig müde.«

»Bist du traurig wegen Papa?«

»Ein bisschen.«

»Aber du hast ja Jonny«, entgegnet Martha und senkt wieder den Blick. Evelyn horcht auf.

»Hör mal, Schätzchen. Jonny ist sicher ein guter Freund, und ich bin froh, dass er da ist, aber …« Sie überlegt, wie sie den Satz zu Ende bringen soll, doch Martha scheint schon gar nicht mehr hinzuhören. Konzentriert widmet sie sich wieder ihrer Zeichnung. Auch Kai malt Schleifen aufs Papier, drei Buntstifte auf einmal in der kleinen Faust.

Evelyn schaut ihren Kindern beim Malen zu, während ihre Gedanken zurück zu ihrer Schwester wandern. Sie kann es noch immer nicht glauben. Ilse ist kein Kind von Traurigkeit, und sie hat nie einen Hehl daraus gemacht, dass Jonny ihr gefällt. Aber nie hätte Evelyn gedacht, dass sie so weit gehen würde.

Du hast keine Erfahrung mit Männern … Ilses Behauptung. Möglicherweise ist ihre Schwester ihr in dieser Hinsicht tatsächlich weit voraus. Ilse ist nicht unattraktiv, sie wird genügend Gelegenheiten gehabt haben – auf Karnevalssitzungen, Geburtstagspartys, Hochzeitsfeiern, wo auch immer. Ihr Mann Günther ist bekannt dafür, augenblicklich einzuschlafen, wenn er einen gewissen Alkoholpegel überschritten hat, völlig unabhängig davon, wo er sich gerade befindet. Ilse dagegen kommt nach einigen Likörchen erst so richtig in Stimmung. Alles Weitere möchte sich Evelyn lieber nicht ausmalen.

Apropos Malen. »Zeigt doch mal her, eure Bilder.«

Kai kritzelt traumselig weiter, ohne auf ihre Aufforderung zu reagieren, doch Martha schiebt ihr bereitwillig ihre Zeichnung hin. Sie zeigt fünf Personen, drei große und zwei kleine. Die beiden kleinen befinden sich in der Mitte, flankiert von einer Frau und einem Mann. Neben der Frau steht noch eine Person, augenscheinlich ein weiterer Mann.

»Wer ist das?«, erkundigt sich Evelyn und beugt sich interessiert vor.

»Das sind wir.«

»Unsere Familie?«

»Ja. Das sind ich und Kai.« Martha deutet mit ihrem Zeigefinger auf das Bild. »Das ist Papa, das bist du, und das ist Jonny.«

Evelyn muss schlucken. »Sehr schön«, lobt sie. »Allerdings gehört Jonny nicht zu unserer Familie. Er arbeitet nur für uns.«

Martha schaut kurz auf, kraust die Nase, greift wieder zu ihrem Stift.

»Darf ich das Bild haben?«, fragt Evelyn.

»Warum?«

»Weil ich es schön finde?« Es ist verstörend. Evelyn muss auf jeden Fall verhindern, dass Friedrich es zu Gesicht bekommt. An kompromittierende Kinderzeichnungen hat sie bislang nicht gedacht. Sie muss stärker auf der Hut sein.

»Es ist noch nicht fertig«, antwortet Martha maulig. »Es fehlen noch der Himmel und die Wolken und die Sonne. Wenn du willst, kannst du es später haben.«

»Na gut, dann mal du nur weiter.« Evelyns Gedanken wandern wieder zu ihrer Schwester zurück. Ilse ist schon immer in die Vollen gegangen, wenn's für sie drauf ankam.

Das Allerwichtigste war ihr nach ihrer Eheschließung, möglichst schnell zu Haus und Grund zu kommen. Der Weg dorthin ließ sich jedoch nur über die Eltern beschreiten, also haben sie und Günther gemeinsam mit Mutti und Vater gebaut. Niemals würde Evelyn so nah bei ihrer Mutter leben wollen, die Differenzen sind einfach zu groß. Auch Ilses Verhältnis zu Mutti war früher oft angespannt, und doch war sie anderer Ansicht als Evelyn. Um die Eltern komme man nun einmal nicht herum, die gehörten zum Leben wie Essen und

Trinken. Gerade die räumliche Nähe erlaube es ihr allerdings, die Bedingungen des Zusammenlebens zu diktieren: getrennte Haustüren, getrennte Küchen, keine unerwünschten Einmischungen und diverse weitere Regelungen, die alle auf Ilses Mist gewachsen sind. Denn sie und Günther seien nun mal die Zukunft, da hätten sich die Alten zu fügen. Außerdem sei Mutti so schlimm nun auch wieder nicht, behauptete Ilse allen leidvollen Erfahrungen zum Trotz, und wenn erst die Enkel da wären, könne sie bei der Kinderbetreuung sehr von Nutzen sein.

Die Kinder blieben dann leider aus, stattdessen ist Ilse nun der Mutter von Nutzen, was sie jedoch seltsamerweise klaglos hinnimmt. Die Kinderlosigkeit hingegen setzt ihr immer noch zu. Ilse schämt sich für ihre Unfruchtbarkeit. Jede Frau schämt sich dafür.

Erst vor einigen Wochen hat Evelyn einen Artikel in der *Constanze* darüber gelesen. Darin stand, dass es auch am Mann liegen könne, wenn der Nachwuchs ausbleibe. Wer hätte das gedacht?

Ganz sicher hat auch Ilse diese Artikel studiert, bevor sie die Zeitschrift an ihre Schwester weitergab. Und sie wird ihre Schlüsse gezogen haben. Mit entsprechendem Einsatz ließe sich das Problem möglicherweise lösen. Mit der Bereitschaft, auch über Grenzen zu gehen. Ein netter, hübscher Kerl wie Jonny, dazu auch noch leicht zu haben, käme ihr da gerade recht.

Die plötzliche Hilfsbereitschaft, das Kinderhüten im fremden Haus – möglicherweise steckt etwas ganz anderes als Geschwisterliebe dahinter. Vielleicht sucht Ilse nicht nur das prickelnde Abenteuer, das Spiel mit dem Feuer, sondern Jonny soll ihr auch noch zum ersehnten Kind verhelfen.

Das darf nicht passieren. Niemals. Evelyn rauft sich das Haar, steht abrupt auf. Draußen kreischt wieder der Trennschleifer. Kai Kai hat die Windeln voll. Martha will ein Zuckerbrot. Der Spuk ist vorbei, sie muss die Sache aus dem Kopf bekommen.

Sie wechselt die Windeln, macht den Kindern einen Happen zu essen, spült das Geschirr, dann geht sie mit ihrem Sohn nach draußen und sieht ihm dabei zu, wie er seine Holzwägelchen durch den Sand schiebt. Als Jonny zu ihnen tritt, tut sie so, als bemerkte sie ihn nicht.

»Alles in Ordnung bei dir?« Er blickt ihr forschend ins Gesicht.

»Ja doch, bin nur ein bisschen kaputt. Und wie steht's mit dir?«

»Ich denke, ich kriege den VW morgen fertig.«

»Und das Innenleben meiner Schwester?«

»Innenleben?« Er runzelt die Stirn. »Ich verstehe nicht.«

»Innenlicht, wollte ich sagen.«

»Meinst du die Innenbeleuchtung? Was ist damit?«

Sie stößt ein ironisches Schnauben aus. »Noch ein Schauspieler! Vielleicht sollten wir ein Theater gründen.«

Jonny zieht eine Grimasse, als fühlte er sich ertappt. »Du hast es mitbekommen, oder? Die Sache mit deiner Schwester eben, in der Werkstatt? Mein Gott, war mir das unangenehm!« Er schaut kurz zu Boden, blickt wieder auf. »Ich hatte wirklich Angst, dass sie unser kleines Liebeslager entdeckt.« Evelyn sagt nichts darauf. »Du schiebst aber jetzt nicht mir die Schuld in die Schuhe, oder?« Jonny tritt noch näher an sie heran. »Evelyn, ich konnte nichts dafür. Hätte ich gewusst, dass du schon zurück bist, hätte ich um Hilfe gerufen.« Sein Lächeln nimmt einen gequälten Ausdruck an, als sie nicht auf den Scherz eingeht.

»Findest du sie attraktiv?« Sie versucht, gleichgültig zu klingen.

»Gott! Nein!« Jonny hebt abwehrend die Hände. »Das

heißt, sie ist ganz hübsch – immerhin seid ihr Schwestern. Aber nein, sie ist nicht mein Typ. Im Gegensatz zu dir.« Er streckt seine Hand aus, lässt seine Finger durch ihr Haar gleiten. Ihre Kopfhaut beginnt zu kribbeln. »Vergiss die Sache!« Er tritt noch näher, will sie an sich ziehen, doch sie weicht ihm aus.

»Nicht hier, vor dem Kind.« Sie kann die Geschichte nicht einfach abtun. Die bequeme Rücksitzbank – mein Gott!

»Ich habe keine Ahnung, was deine Schwester dir erzählt hat – und immerhin ist sie deine Schwester, ich weiß –, also kann ich dich nur bitten, mir zu glauben. Es ist nichts vorgefallen zwischen uns, und das wird es auch nicht. Darauf hast du mein Wort.«

»Nun gut.« Evelyn nickt verhalten. Endlich löst sich etwas in ihr. Die Erstarrung weicht, sie kann wieder atmen.

Auch Jonny schnauft erleichtert durch, schüttelt wieder den Kopf. »Ihr seid schon eine komplizierte Familie.«

Und ob, denkt Evelyn. Normal sind wir alle nicht.

MARTHA

Ich soll nicht so viel über Jonny schreiben
sagt Mama weil Papa dann traurig wird
und das ist nicht gut für sein Bein und seine Gewesung
Papa will auch lieber arbeiten als faul rumliegen
sagt Mama ich soll ihm lieber ein Blumenbild malen
das kann er sich aufhängen in seinem Krankenhaus.

***

34.

EVELYN

Für den Sonntag kündigt sich Friedrichs Familie zum Krankenbesuch an, weshalb Evelyn den ihren um einen Tag vorverlegt hat. Zu viele Leute auf zu engem Raum, hat sie sich herausgeredet. In Wahrheit verspürt sie nicht die geringste Lust, mit Friedrichs Sippschaft zusammenzutreffen. So liegt der freie Tag vor ihr wie ein unverhofftes Geschenk. Sie fährt mit den Kindern zum Scharfenberg hinauf, wo sie auf Jonny treffen. Nein, so ein Zufall!

»Darf ich euch ein Stück begleiten?«, fragt er, und Martha nickt begeistert. Sie wandern gemeinsam los, picknicken auf halber Strecke und ziehen weiter zum Aussichtsturm. Gemeinsam kraxeln sie die zweiundsiebzig Stufen hoch. Als Kai auf seinen kurzen Beinchen die Puste ausgeht, schwingt Jonny ihn auf seine Schultern.

»Guckt mal!«, ruft Martha prompt. »Jetzt guck doch mal, Mama!« Sie springt mit geschlossenen Beinen eine Stufe hoch und rückwärts wieder hinunter.

»Pass auf, Martha, du wirst dir wehtun.«

»Nein, sieh doch!«

»Ich schaue ja hin.«

»Und jetzt? Siehst du das auch?« Martha hüpft einbeinig weiter.

»Bitte, halt dich fest, Martha! Es ist gefährlich, was du da machst.«

»Wieso?«, fragt Martha, ohne die Hüpferei einzustellen.

»Schluss jetzt!«, schimpft Evelyn, doch Martha denkt nicht daran zu gehorchen. In diesem Moment macht Jonny kehrt, hebt Kai wieder von seinen Schultern und setzt ihn auf Evelyns.

»Was haben wir da? Einen Sack Flöhe! Den werde ich mal gründlich ausschütteln, wenn ich oben bin.« Er ergreift Martha, klemmt sie sich unter den Arm und nimmt erneut die Stufen.

»Nicht doch, Onkel Jonny! Lass mich runter!«, schreit Martha wild zappelnd und zugleich von Lachen geschüttelt. Oben angekommen, setzt er sie wieder ab, und sie ergreift sofort seine Hand. Auch Evelyn erreicht schnaufend die Plattform, und gemeinsam bestaunen sie die Aussicht.

An klaren Tagen reicht die Sicht über die Flussebene bis hin zur Kölner Bucht und über die fernen Bergketten der Eifel. Heute verliert sich die Landschaft im Sommerdunst und ist daher weniger spektakulär, doch das tut ihrer heiteren Stimmung keinen Abbruch. Wenn es nur immer so sein könnte!

Dennoch war der Ausflug ein Wagnis, ein zu großes vielleicht.

»Hör mal, Martha«, sagt sie, als sie wieder zu Hause sind. »Wir sagen Papa besser nichts davon, dass wir Jonny getroffen haben.«

»Warum nicht?«

»Er könnte denken, es war Absicht.«

»Na und?«

»Er wäre sicher traurig, weil er nicht mitkommen konnte. Und das wollen wir doch nicht, oder?«

35.

KERSTIN

Uwe ist wieder da. Ohne Ankündigung, ohne Vorwarnung. Er kommt einfach zur Tür rein.

»Hallo.«

»Hallo! Wie war der Urlaub?«

»Prima.«

»Das freut mich.«

»Hm.«

»Seid ihr gerade erst angekommen?«, erkundige ich mich mit Blick auf die Uhr. Es ist schon nach elf und längst dunkel.

»Wir waren noch einen Happen essen.«

»Okay, sonst könnte ich dir –«

»Schluss, Kerstin!«, unterbricht Uwe mich brüsk. »Ich will hier keine muntere Plauderei, und ich diskutiere nicht mehr.«

Aber dann tun wir es doch, härter denn je. Uwe hält mir vor, meine Nase in Dinge gesteckt zu haben, die mich nichts angingen, und er wirft mir noch weit schlimmere Dinge vor, die ich nicht einmal abstreiten kann. Dann hält er plötzlich inne, hörbar schnaufend, als hätte er eine große Anstrengung hinter sich, und es folgt jener schicksalsträchtige Moment, in dem er die Weichen für unsere Zukunft stellt.

»Du hast drei Tage, Kerstin, dann verlange ich eine Entscheidung von dir. Geh oder bleib, aber entscheide dich, mit allen Konsequenzen.« Er hebt mahnend den Finger. »Drei Tage.« Dann dreht er sich um und ist draußen.

Kein Herumlavieren, keine Halbwahrheiten, keine Ausflüchte mehr. Level erreicht. Spielraum ausgeschöpft.

Ich sehe ein: Auch keine Entscheidung zu treffen ist eine. Nämlich die, sie anderen zu überlassen. Anderen Menschen, dem Zufall, den Umständen. Nur eben ist das, was dabei herauskommt, nicht immer unbedingt das Beste. Und es ist keine Lösung.

Wohin jetzt mit mir? In ein Hotel? Der Gedanke kommt mir absurd vor. Wir haben bald Mitternacht, und ich muss morgen früh raus. Was soll ich um diese Zeit in einem Hotel? Wer weiß, ob man mich überhaupt noch irgendwo einlässt, wir leben hier nicht in der Großstadt.

Zu einer Freundin? Angie würde mich sicher aufnehmen, natürlich würde sie das, aber es erscheint mir unangemessen, sie jetzt aus dem Bett zu werfen. Außerdem steht mir nicht der Sinn nach umständlichen Erklärungen, nach wie vor widerstrebt es mir, unser Ehedrama vor Angie – und insbesondere vor Eric – auszubreiten. Eric ist eine Klatschbase ersten Ranges. Wenn er von der Geschichte Wind bekommt, ist sie sofort rund. Ich will nicht, dass Uwe vor seinen Kumpels wie ein gehörnter Ochse dasteht. Das kann ich ihm nicht antun.

Wo also hin? Das ist doch mein Zuhause hier! Ich schnappe mir mein Kopfkissen und ziehe in Jules Zimmer. Jule ist nicht mehr da, aber in ihrem Zimmer herrscht trotzdem noch dieses Vertraute, als wäre sie nur mal kurz wohin gegangen. Ich brauche diese Vertrautheit jetzt.

Dies ist unser Haus, das Zimmer unserer Tochter, und unten ist Uwe. Ich höre den Fernseher laufen, höre ihn hin und her gehen, höre, wie er die Kühlschranktür öffnet. Solange er da ist, solange diese Vertrautheit da ist, ist noch nicht alles verloren, sage ich mir. Oder haben wir einander längst verloren? Ist Alex die Lösung? Auch daran dürfte es berechtigte Zweifel geben. Es ist spät, ich bin müde, und ich weiß nicht mehr, was ich denken soll.

Ich lege mich in Jules Bett, schaue ein letztes Mal auf mein Handy. Eine neue Nachricht von Alex.

Nein, heute nicht mehr.

Gehen oder bleiben. Was mir bleibt, sind drei Tage.

36.

EVELYN

»Wie geht es deinem Mann?«, erkundigt sich Jonny und nimmt die Tasse Kaffee entgegen, die Evelyn ihm reicht. Sie ist gerade aus dem Krankenhaus zurückgekehrt, hat Kai bei ihrer Mutter eingesammelt und muss gleich Martha von der Turnstunde abholen, doch auf die kurze Pause mit Jonny will sie nicht verzichten.

»Besser. Er darf schon wieder aufstehen.«

»Das hört sich gut an.«

»Ja.« Ihre Stimme klingt tonlos.

»Was ist mit dir?« Jonny blickt sie forschend an, und sie schaut zu Boden.

»Du wirst gehen«, sagt sie. »Du wirst gehen, und dann bricht hier alles zusammen.«

»Nichts bricht zusammen«, entgegnet er bestimmt. »Du hast die Fäden ganz gut in der Hand, und ich werde dich nicht im Stich lassen.«

Sie beißt sich auf die Lippen, starrt ins Leere, hebt dann den Kopf. »Meinst du's ernst?«

»Klar meine ich es ernst.«

»Aber du wolltest irgendwann weg, runter in den Süden.«

»Tja, das ist ja das Schöne, wenn man keine festen Pläne hat. Man kann jederzeit auf die Erfordernisse vor Ort reagieren.« Er zwinkert ihr zu, grinst dabei.

Die Erfordernisse vor Ort, wie sachlich das klingt. Dabei ist sie Jonny so dankbar. Vor lauter Dankbarkeit schießen ihr die Tränen in die Augen, und sie hebt schnell die Hände vors Gesicht, damit er es nicht bemerkt.

Sie hätte ihn nicht herkommen lassen dürfen, diesen lieben, guten Mann. Sie hätte sich in ihr Schicksal fügen müssen, selbst wenn es den finanziellen Ruin bedeutet hätte – und womöglich nicht einmal das. Vielleicht hat sie sich die drohende Pleite auch nur eingeredet, sie als Argument vorgeschoben. In den Monaten vor Friedrichs Unfall ist es besser gelaufen als die Jahre zuvor, es sah danach aus, als würden sich die Dinge entwickeln. Auch wenn er erst einmal weiterhin keine Autos verkaufen, sondern sie nur reparieren würde. Es war Geld da, ein bisschen zumindest. Zwei, drei Monate hätten sie durchhalten können.

Aber nein. Sie hat gut daran getan, Jonny einzustellen, um das zarte Pflänzchen Hoffnung nicht im Keim zu ersticken. Friedrich wird noch eine ganze Weile Hilfe benötigen. Es wird dauern, bis er wieder so zupacken kann wie früher, und sie darf nicht riskieren, dass er sich nochmals verletzt.

Evelyn hat richtig gehandelt, daran muss sie glauben. Verstohlen wischt sie sich die Tränen weg.

»Du bist eine harte Nuss«, sagt Jonny unvermittelt, wieder seinen gewohnt lockeren Ton anschlagend.

»Wie meinst du das?«

»Habe ich dir nicht gerade meine Treue geschworen? Eigentlich müsstest du dich mir jetzt an den Hals werfen. Du müsstest dich an mich kuscheln und mir ab und zu ins Hemd schluchzen.«

»Du trägst kein Hemd.«

»Und du schluchzt nicht.«

»Nein, tu ich nicht.«

»Aber fast.«

»Unsinn, kein bisschen!« Sie strafft die Schultern, setzt sich aufrechter.

»Es wird schon alles gut, wirst sehen. Und zum Schluss reiten wir gemeinsam in den Sonnenuntergang.« Jonny fasst sie um die Hüfte, will sie an sich ziehen, doch sie lässt es nicht zu.

»Von wegen Sonnenuntergang! Wir haben gerade erst Mittag!«, entgegnet sie mit gespielter Strenge. »Das hättest du wohl gern: jetzt schon Feierabend.«

Sie muss gehen, muss Martha abholen.

37.

EVELYN

Die tief stehende Sonne lässt das hohe Wiesengras aufleuchten, als wäre es aus Gold gesponnen, sogar die hässliche Scheune strahlt in ungewohntem Glanz. Evelyn streckt die Arme von sich, spreizt die Finger, bestaunt den Goldflimmer auf ihrer Haut, lässt die Arme wieder sinken.

Im Geäst des Apfelbaums gurrt ein Ringeltaubenpärchen. Eine Krähe rauscht heran und lässt sich in ihrer unmittelbaren Nähe auf einem Ast nieder. Woher wissen die Tauben, dass sie Tauben sind? Sie haben sich ja selbst nie im Spiegel gesehen. Woher wissen sie, dass sie zueinandergehören? Dass Krähe und Taube hingegen nie ein Paar sein können?

Evelyn dreht den Kopf, mustert jetzt Jonny, der dicht neben ihr sitzt. Gemeinsam hocken sie auf den Stufen vor dem Haus, die noch immer einen letzten Rest Tageswärme abstrahlen, trinken Wein direkt aus der Flasche.

»Was ist das mit uns?«, fragt sie weich.

Jonny wendet sich ihr zu, schaut ihr in die Augen. »Liebe, würde ich sagen?«

»Liebe?«

»Was sonst?« Aus seinem Munde klingt es wie eine Selbstverständlichkeit. Liebe. So fühlt es sich an.

»Aber woher weiß ich, dass es richtig ist, was ich fühle?« Die Frage klingt dringlicher als beabsichtigt. Einmal mehr geistern Evelyn Ilses Worte durch den Kopf. *Du hast keine Erfahrung mit Männern. Er tut dir schön*, flüstert ihre Mutter ihr zu. *Schöntun*. Das war auch so ein Lieblingswort von ihr, mit dem sie jede Nettigkeit abtat. Je schmeichelnder, je honigsüßer die Worte, desto weniger ist dem Gegenüber zu trauen. Evelyn muss auf sich aufpassen. Wenn Jonnys Worte ihr nur nicht sofort zwischen die Beine fahren würden!

Süße Sehnsucht. Verbotenes Land. Ein Land, das ihre Mutter niemals betreten haben kann. Zum Kuckuck! Weder Muttis noch Ilses Meinung ist das Maß aller Dinge, und überhaupt: Warum kreisen ihre Gedanken schon wieder um ihre Schwester? Ausflüchte, es sind Ausflüchte. Mal wieder läuft sie vor sich selbst davon.

»Ach, Jonny!« Sie seufzt tief.

»Du glaubst, deine Gefühle belügen dich?« Er schaut sie mitfühlend an.

»Bei Friedrich habe ich auch gedacht, dass ich nie einen anderen lieben würde, nie einen anderen lieben *könnte.*« Sie klingt jetzt beinahe trotzig.

»Wie alt warst du damals?«

»Damals?« Sie stößt einen kleinen, spöttischen Lacher aus. »Das klingt, als wäre ich hundert.«

»Bist du's etwa nicht?« Jonny zwinkert ihr zu.

Sie versteht die scherzhafte Anspielung, immerhin ist sie zwei Jahre älter als er, und doch gefällt ihr nicht, dass er ihre Verunsicherung so leichtnimmt. Sieht er denn nicht, was für sie auf dem Spiel steht?

»Wie alt warst du?«, wiederholt er seine Frage.

»Ich weiß es nicht mehr. So um die neunzehn.« Sie war achtzehn, als sie einander kennengelernt haben, keinen Tag älter. Aber sie kann sich denken, wie Jonny das auslegen würde, und die Problematik auf ihre Jugend abzuwälzen, erscheint ihr doch zu billig. Sie ist eine Ehe eingegangen, was spielt es da für eine Rolle, in welchem Alter? *Bis dass der Tod uns scheidet,* hat sie Friedrich versprochen. Ein Versprechen bleibt ein Versprechen, es darf nicht leichtfertig gebrochen werden. Schwüre verjähren nicht.

»Neunzehn«, wiederholt er nachdenklich. »Wie viele andere Männer kanntest du damals – oder hast du vorher gekannt?«

»Wie viele ich kannte?« Wieder lacht sie auf.

»Also etwas näher«, präzisiert er. »Du verstehst schon.«

»Wie viele Frauen kanntest du denn so mit neunzehn Jahren?«, gibt sie ironisch zurück. »Also etwas näher, du verstehst schon.«

»Okay, Botschaft angekommen!« Er hebt entschuldigend die Hände. »Ich habe nichts gesagt.«

Evelyn nimmt noch einen Schluck Wein, zündet sich eine Zigarette an. »Meine Mutter – sie hat mich damals ganz Ähnliches gefragt wie du«, erzählt sie dann.

»Sie hat dich nach deinen Männergeschichten gefragt?«

»Eher das Gegenteil.« Nun muss sie doch wieder lachen. »Sie war der Ansicht, dass andere Mütter auch schöne Söhne haben. Ich hätte sie nur noch nicht kennengelernt.«

»Na also, was habe ich dir gesagt!« Jonny klopft sich feixend auf die Schenkel. »Mütterliche Weisheit.« Er nickt zufrieden.

»Allerdings hat sie ganz sicher nicht dich gemeint.« Evelyns Replik ist wenig charmant, aber in diesem Moment will sie gemein sein, will Jonny treffen in seiner Selbstgefälligkeit.

Ist es das wirklich – Selbstgefälligkeit? Oder ist er sich seiner Gefühle einfach nur sicher? Hat er ihr nicht eben erst seine Liebe gestanden? Sie fühlt sich plötzlich sehr verwirrt.

»Mir tut es sehr leid, dass du solche Zweifel hegst.« Jonny greift nach ihrer Hand und drückt sie. Dabei wäre es an ihr, sich für ihre harschen Worte zu entschuldigen. »Für dich steht viel auf dem Spiel, sehr viel mehr als für mich. Ich habe kein Zuhause, keine Familie, keine Kinder. Außer dir habe ich nichts zu verlieren – und deshalb bist du alles für mich.« Er schaut sie eindringlich an. Die Augen sind die Fenster zur Seele, sagt man. In diesem Moment kann sie direkt in die seine blicken.

MARTHA

Jonny setzt Papa Hörner auf sagt Elke Dittchen
sie hat's von ihrem großen Bruder der wo ein Auto hat
wie soll Jonny meinem Papa Hörner aufsetzen
wo der gar nicht da ist
so eine bescheuerte Lüge
und dein Bruder ist auch bescheuert
sage ich und dann schubsen wir uns
jetzt muss ich wieder nachsitzen
und Zeugs aufschreiben wo kein' interessiert.

***

38.

EVELYN

Evelyn hat bereits den Tisch eingedeckt, sie möchte Friedrich einen gebührenden Empfang bereiten. Immerhin war er fast drei Monate fort. Eigentlich hätte er noch eine Woche in der Klinik bleiben sollen, hat sich dann aber vorzeitig selbst entlassen. Die Ärzte hielten es für vertretbar, vielleicht waren sie seiner überdrüssig, oder das Bett wurde für andere Patienten gebraucht.

Friedrichs baldige Rückkehr war zwar absehbar, kommt nun aber doch überraschend plötzlich. Evelyn blieb kaum Zeit, sich darauf einzustellen, entsprechend unvorbereitet ist sie. Aber das soll Friedrich keinesfalls spüren. Er ist ihr Mann und der Vater ihrer Kinder, er soll sich willkommen geheißen fühlen.

Nachdem der Frühstücksabwasch erledigt ist und der von Martha gepflückte Wiesenblumenstrauß seinen Weg in die Vase gefunden hat, nachdem Kais Buntstifte und seine schmutzigen Söckchen vom Boden aufgelesen sind und sie ihm mit einem feuchten Waschlappen übers marmeladenverschmierte Gesicht gefahren ist, kämmt Evelyn sich noch einmal das Haar und bricht dann gemeinsam mit den Kindern auf, um ihren Mann aus der Klinik abzuholen.

»Setz dich, Friedrich.« Sie will ihm mit den Krücken helfen, doch er gibt ihr mit einem unwirschen Handschwenk zu verstehen, dass er allein zurechtkommt.

»Schön, wieder hier zu sein«, bekennt er dann aber immerhin, und das freut sie.

»Ja, es ist schön.« Sie will sich Mühe geben, sie will es unbedingt. »Lass uns noch einmal von vorn anfangen.« Sie legt ihre Hand auf seine.

»Von vorn? Warum denn von vorn?« Die Gründe wollen sich ihm offensichtlich nicht erschließen, und so rudert sie eilig zurück.

»Vor dem Unfall, meinte ich.« Tatsächlich aber könnte der vorgeschlagene Neustart nicht nur auf ihre Paarbeziehung gemünzt sein, sondern auch das Geschäftliche einschließen. Friedrichs Kenntnisstand ist allenfalls der von vor drei Monaten, denn entgegen ihren Absprachen hat er sich während seines Klinikaufenthalts nicht für geschäftliche Vorgänge interessiert. Wenn sie gewisse Dinge zur Sprache brachte – ein Ersatzteilproblem, einen neuen Kunden –, blieb er so stumm und gleichgültig, dass sie das Thema bald aufgab. Er erkundigte sich nicht mehr nach der Werkstatt, fragte überhaupt nichts. Auch über Jonny war in letzter Zeit kein Wort mehr gefallen.

»Nun, Martha. Was macht die Schule?«, wendet sich Friedrich an seine Tochter, die seltsam still am Tisch sitzt, wie sie auch während der Heimfahrt vom Krankenhaus ungewohnt ruhig war.

Martha antwortet ihrem Vater nicht sofort, sondern schaut erst zu Evelyn hin, die ihr mit mahnendem Blick suggeriert, nur jetzt nicht von ihren Schulhofprügeleien anzufangen.

»Gut«, sagt sie dann und zieht dabei die Schultern fast bis zu den Ohren hoch, lässt sie wieder sinken.

»Es freut mich, dass du so fleißig bist«, verkündet Friedrich lächelnd. »Nun komm einmal her zu mir, mein Mädchen.« Er streckt seine Hand nach ihr aus, und wieder zögert Martha, worauf er seine Bitte wiederholt. Schließlich stellt sie sich vor ihn hin, und er streicht ihr sanft übers dunkle Haar. Sie mustert ihn mit ihrem unverstellten, eindringlichen Martha-Blick, hebt schließlich ebenfalls ihre Hand und streicht ihm nun ihrerseits über den Kopf, betastet vorsichtig seine Stirn. Eine rührende, wenn auch recht ungewöhnliche Geste, die Evelyn nicht ganz zu deuten weiß. Marthas Hand wandert abwärts in Richtung Hals, und nun klemmt sie ein Stück Haut zwischen Daumen und Zeigefinger.

»Au!« Friedrich weicht erschrocken zurück. »Sie hat mich gekniffen.«

Martha schaut schuldbewusst drein.

»Martha, was soll denn das?«, fragt Evelyn hilflos. »Nimm deinen Bruder und geht spielen!« Sie steht auf, hebt Kai von seinem Stühlchen, ermahnt die Tochter, nur ja auf ihn aufzupassen, schiebt beide aus der Küche. Friedrichs Rückkehr darf nicht mit Streitigkeiten beginnen. Jetzt schlagen sie ein neues Kapitel auf. Jetzt wird alles anders, so hofft sie zumindest.

»Falls du nicht zu erschöpft bist, könnten wir nach dem Kaffee die anstehenden Termine durchgehen«, schlägt sie vor. Sie deutet auf das Auftragsbuch, das bereits auf dem Küchenbüfett bereitliegt. Das Buch war immer sein Heiligtum, und sie hofft, dass es jetzt, da er in die häusliche Umgebung zurückgekehrt ist, seine Magie wieder entfaltet und Friedrichs Lebensgeister neu entfacht.

»Du hast über alles Buch geführt?«, erkundigt er sich.

»Aber ja.« Sie nickt eifrig.

»Gut. Dann kann ich mich später selbst einarbeiten.«

»Natürlich.« Sie schlägt die Augen nieder, sagt nichts weiter, und er spürt offenbar, dass er sie verletzt hat.

»Ich seh's mir nachher an«, lenkt er ein und drückt ihre Hand. »Du hast das wunderbar gemacht. Ich wüsste nicht, wie es ohne dich hätte weitergehen sollen.«

Das unerwartete Lob macht sie verlegen.

»Gemeinsam schaffen wir das schon«, spricht sie ihm zu

und fühlt sich zugleich wie eine Heuchlerin. Sie ist auch eine und ist es wieder nicht. Selbstverständlich schaffen sie es nur gemeinsam. Wozu hat sie sich sonst alle Mühe gegeben, seinen Betrieb am Leben zu erhalten? Doch die andere Seite in ihr hat gerade groben Verrat begangen, denn in ihrem Herzen fühlt sie diese Gemeinsamkeit nicht mehr.

»Ich sehe mir erst mal die Werkstatt an«, verkündet Friedrich und greift nach seinen Krücken. Mühsam kommt er auf die Füße, und sie eilt zur Tür, um sie für ihn zu öffnen, doch wieder wehrt er ab.

»Es geht schon, danke. Ich komme zurecht.«

Sie blickt ihm nach, sieht ihn davonhumpeln und nimmt sich vor, hier im Haus seine Rückkehr abzuwarten, mit ruhiger Zuversicht der Dinge harrend, die da kommen. Doch es geht nicht. Sie schafft es einfach nicht. Schon eilt sie ihm nach, nach draußen, hin zur Werkstatt.

»Sieh einer an! Der Herr Wagner ist zurück«, hört sie Jonny ausrufen. »Schön, Sie wiederzusehen. Wie geht's?«

»Es muss ja, danke der Nachfrage«, grummelt Friedrich. »Aber es ist gut, wieder zu Hause zu sein.«

»Das glaube ich gern.«

Jetzt kann Evelyn sie sehen.

»Und, wie steht's mit der Arbeit?«, erkundigt sich Friedrich.

»Alles bestens, aber ich könnte Unterstützung brauchen.« Jonny legt sein charmantestes Lächeln auf, und Friedrich stutzt einen Moment, dann dreht er sich abrupt um.

»Evelyn, du brauchst mir nicht nachzulaufen!«, weist er sie zurecht. »Ich komme allein klar.«

MARTHA

Papa ist wieder da und wieder gesund sagt Mama
aber er braucht jetzt Stöcke zum Laufen
Hörner hat er keine
also ist Elke doch eine elende Lügnerin
nur hat er so komische Falten am Hals
ich glaube er war auch mal größer
aber das liegt wohl an den Stöcken
die schrumpfen ihn ein.

***

39.

EVELYN

Heimlich haben Jonny und Evelyn die Matratze zurück auf den Speicher geschafft, haben Laken und Kissenbezüge wieder in die Aussteuerkiste verbannt, wo sie nun jenen himmlischen Zeiten entgegenschlummern, in denen alle Tage von Tafelsilber und Sonntagsgeschirr gegessen und in schneeweißen Klöppelspitzen geschlafen wird.

Von himmlischen Zuständen ist das kalte, unbehauste Schlafzimmer weit entfernt, wie auch das Ehebett mit dem wuchtigen Haupt, das Evelyn nun wieder mit Friedrich teilt, umstellt von Schränken und nochmals Schränken, Schränken in allen Größen, wie in einer Lagerhalle. Sie stammen fast alle von Schönefeld, ihrem Vermieter, wie auch das gerahmte Bild über ihren Köpfen: ein segnender Jesus mit weit ausgebreiteten Armen und Glorienschein ums Haupt, umgeben von einer Herde Lämmchen, deren Leiber im dämmrigen Halbdunkel der hereinbrechenden Nacht silbrig weiß leuchten. Evelyn fühlt sich selbst wie ein Lamm. Eines, das bald zur Schlachtbank geführt wird.

Sie steht nochmals auf, öffnet das Fenster. Die milde Frische der Spätsommernacht trägt bereits den kalten Hauch des Herbstes mit sich.

Leise fröstelnd kehrt sie in ihr Bett zurück, indes, es hilft nicht, sie findet noch immer keinen Schlaf neben Friedrich. Seine Atemgeräusche erinnern an ein fremdes, wildes Tier, das, wenn es sich bewegt, dumpfe Kehllaute von sich gibt, wie ein Knurren. Keine Frage, sein Bein macht ihm noch zu schaffen.

Sie muss es aushalten. Sich wieder eingewöhnen, irgendwie. Es wird schon alles werden. Sie werden zu ihrem alten Leben zurückfinden. So wird es sein.

»Wie wäre es, wenn wir ein paar von den Schränken herausräumen?«, schlägt sie Friedrich am nächsten Morgen vor.

»Wozu das?«, erkundigt er sich nicht unfreundlich. »Sie stören ja niemanden.«

»Doch, mich stören sie.« Evelyn schaut ihn über den Rand ihrer Tasse hinweg an. Wie soll die Liebe gedeihen zwischen Kleiderschränken, Wäschekörben und Bügelbrett, würde sie ihn am liebsten fragen, aber er würde es nicht verstehen. Wie auch? Sie hat Jonny das Versprechen abgerungen zu bleiben und sucht gleichzeitig einen Weg, zu ihrem Mann zurückzufinden. Wie sollte beides gelingen?

»Wo sollten wir sie auch hinstellen«, sagt Friedrich. »In die gute Stube vielleicht?«

Sie braucht einen Augenblick, um zu begreifen, dass er noch bei den Schränken ist. »Oder etwa in die Werkstatt?« Geradezu absurd, dieser Gedanke.

»Ich weiß nicht«, antwortet sie kraftlos.

»Eben, du weißt nie.«

Sie seufzt leise auf. Der Tag hat kaum begonnen, und sie fühlt sich bereits erschöpft.

40.

EVELYN

Der Sommer weicht dem Herbst, die Tage werden kürzer, und die Dunkelheit ist aus einem festeren Stoff gewebt.

Friedrich steht jeden Morgen als Erster auf, humpelt ins Bad, humpelt auf Krücken die Treppe hinunter, humpelt in die Werkstatt. Jonny erscheint weiterhin pünktlich zur Arbeit, wie er es Evelyn versprochen hat, doch sie bekommen einander kaum noch zu Gesicht.

Früher ist Friedrich öfter weggefahren, um sich einen Wagen anzusehen, um Werkzeug oder Ersatzteile zu besorgen, Verbrauchsmaterial einzukaufen, doch seine Immobilität bindet ihn noch immer ans Haus. Wenn etwas gebraucht wird, schickt er Jonny los, sehr zu Evelyns heimlichem Bedauern.

Das Leben zieht seine immer gleichen Bahnen, als läge eine harte Glasur darüber, die jede Abweichung verhindert. Dennoch spürt Evelyn eine Veränderung, sie spürt die haarfeinen Risse, die sich netzartig ausweiten.

Allmählich wird Friedrich mobiler; erst braucht er nur noch eine Krücke, dann gar keine mehr. An einem trockenen Sonntagvormittag sieht sie ihn auf der Wiese nebenan mit langen Schritten die Meter abschreiten. Er hat seinen Traum vom Autohaus wieder ausgegraben und auch sein altes, unduldsames Ich.

Sie sitzen gemeinsam beim Mittagstisch, als er seinen Löffel sinken lässt und sie unvermittelt anschaut.

»Übrigens wär's mir lieb, wenn du zur Frühstückspause

nicht immer mit deinen Kaffeetassen angeschissen kämst«, sagt er barsch. »Wenn Schulte Kaffee will, soll er sich selbst welchen mitbringen.«

»Nun sei nicht so garstig, Friedrich!«, gibt sie verärgert zurück. Ihre Empörung darf er ruhig spüren, nicht aber ihren heimlichen Schrecken.

»Glaubst du, ich weiß nicht, warum du das tust?« Er sieht sie scharf an.

»Weil ich nett sein will? Weil ich dir auch immer deinen Kaffee gebracht habe?«, fragt sie mit einem aufmüpfigen kleinen Lachen.

»Weil du ihn sehen willst!«, trumpft Friedrich grimmig auf. »Dafür lässt du keine Gelegenheit aus.«

»Nun mach dich nicht lächerlich.«

»Ich merke sehr wohl, dass er hinter dir her ist.«

»Unsinn! Jonny schaut mich doch kaum an.«

»Ebendrum.«

»Du steigerst dich da in etwas hinein, Friedrich. Freu dich lieber, dass die Geschäfte so gut laufen. Wir haben jede Menge neue Kunden.«

»Und du glaubst, es liegt an ihm?« Friedrich beobachtet sie wachsam, ein merkwürdiges Glitzern im Blick.

»Aber ja!«, entgegnet sie. Zwar ist Zaley keine Konkurrenz mehr, was sicher viel ausmacht, aber Jonny ist eben auch ein guter Mitarbeiter. Die Leute sind zufrieden mit ihm, sonst würden sie nicht wiederkommen. Das muss einmal gesagt werden, und sogar Friedrich kann dem nicht widersprechen. Es hätte längst gesagt werden müssen.

Evelyn wirft sich in ihrem Stuhl zurück, fasst sich ins Haar, will ihren Zopf straffen. Keine gute Idee mit dem hochtoupierten Oberkopf, also nimmt sie die Arme wieder herunter. »Warum hast du mir nicht erzählt, dass Zaley dir seine Werkstatt angeboten hat?«, erkundigt sie sich gereizt, wo sie schon einmal dabei ist, die Dinge klarzustellen. »Es stimmt doch, dass er sie dir angeboten hat?«

Friedrich gibt ein leises Grunzen von sich, das wohl eine Bestätigung sein soll, löffelt weiter seine Suppe.

»Warum hast du sie ihm nicht abgekauft?«, bohrt sie nach, erhält aber noch immer keine Antwort. »Friedrich, es wäre gut, wenn du mir gegenüber offener wärst. Ich muss Bescheid wissen über die Dinge. Anders geht es im Moment nicht.«

»Was sollte ich mit Zaleys Werkstatt?«, brummt er, und sie lacht bitter auf. Was sollte er mit einer Werkstatt, die viel besser ausgestattet ist als die eigene, wesentlich günstiger gelegen und dazu mit einem Haufen Stammkundschaft?

»Da ist kein Platz«, ringt Friedrich sich nun doch zu einer Erklärung durch. »Wie sollten wir dort unsere Halle bauen?« Seine Verkaufshalle. Das Autohaus, an dem er noch immer festhält. Eines Tages wird es stehen, und ihre Eltern werden anreisen und sich an den spiegelnden Scheiben erfreuen. Auch die Familie Wagner wird kommen und den abtrünnigen Sohn bewundern, ihn als großen Geschäftsmann feiern. Dann hat er es geschafft.

»Wir können die Wiese verkaufen«, sagt sie kalt.

»Verkaufen?« Friedrich schnaubt verächtlich. »Das ist Bauerwartungsland! Ich werfe es doch jetzt nicht irgendjemandem nach, wo ich all die Jahre so hart dafür gekämpft habe!« Ende der Diskussion.

Dennoch bringt Evelyn den beiden Männern weiterhin ihren Frühstückskaffee, denn letztendlich, so hat sie für sich entschieden, widerspräche es ihrer Rolle als schützende, auch um das Wohlergehen des Betriebes bemühte Ehefrau, diesen unsinnigen Verstoß gegen die guten Sitten einfach zu akzeptieren.

Bei dem dazugehörigen kurzen, unverfänglichen Geplänkel wechseln Evelyn und Jonny allerdings weiterhin kaum einen Blick. Allenfalls erkundigt er sich nach den Kindern oder erzählt ihr auf Nachfrage hin, dass er am Wochenende sein Mädchen zum Tanz auszuführen gedenkt. Doch trotz der dürren Worte schaffen sie es, sich im Geheimen auszutauschen. Wenn Evelyn etwa erwähnt, dass sie am heutigen Tage Mutter und Schwester besuchen fährt, oder in einem x-beliebigen Zusammenhang einen bestimmten Wochentag nennt, so weiß er, wann das nächste Treffen stattfinden kann, derweil Friedrich nichts ahnend weiter vor sich hin werkelt, mit abgewandtem Rücken und demonstrativ den Gleichgültigen mimend.

Einmal pro Woche bittet Evelyn ihn um den Wagen, angeblich, um Ilse und die Eltern zu besuchen. In Wahrheit trifft sie sich mit Jonny auf dem Waldparkplatz. Es sind heiß herbeigesehnte, stürmische Begegnungen, deren Seltenheitswert das überwältigende Verlangen noch steigert, und doch kann es über die traurige Grundstimmung nicht hinwegtäuschen, die mehr und mehr von Evelyn Besitz ergreift.

»Es ist so bitter, dass wir uns hier treffen müssen, zwischen Lenkrad und Sitzen eingequetscht«, klagt sie eines Tages.

»Immer noch besser, als uns gar nicht zu sehen«, findet Jonny.

»Das ist es ja gerade! Du bist den ganzen Tag nur wenige Meter von mir entfernt, aber es ist, als stünde eine Mauer zwischen uns. Eine Gefängnismauer.« Sie starrt durch die Windschutzscheibe in die Dunkelheit. »Wie geht's denn so mit ihm?«, fragt sie dann, schaut nun wieder zu Jonny hinüber, der seinen Missmut nicht verleugnen kann.

»Arbeiten unter permanenter Aufsicht könnte man's nennen. Dein Mann kommentiert jeden Handgriff.«

Nenn ihn nicht so, würde sie Jonny am liebsten korrigieren. Jetzt, zu dieser Stunde, ist er ihr Mann, niemand anders, aber der Gedanke ist töricht, und überhaupt ist sie eine törichte Person, die nicht weiß, wo ihr der Kopf steht.

»Friedrich ist ein guter Mechaniker«, räumt Jonny ein. »Aber eben sehr anstrengend.«

»Ja, das ist er.« Evelyn greift nach ihrer Strickjacke. Sie hat den Motor abgestellt, und es wird kalt im Wagen.

»Wie lange wirst du's noch aushalten?«, fragt sie und schlüpft umständlich in einen Ärmel.

Jonny schnaubt leise. »Die Frage ist, wie lange er es noch aushalten wird.«

»Er wird dich irgendwann rauswerfen«, prophezeit sie, auch das nicht zum ersten Mal. Dennoch trifft es sie, dass Jonny ihr nicht mehr widerspricht.

»Noch kann er es nicht«, erwidert er nur. »Noch kriegt er nicht mal ein Rad allein gestemmt. Er braucht mich, und das weiß er. Aber lass uns aufhören davon. Das bisschen Zeit, das uns bleibt, wollen wir nicht mit Friedrichs Launen verschwenden. Komm her!« Er legt seine Hände um ihren Nacken, zieht sie an sich, küsst sie auf den Mund, und für diesen Moment, für ein Augenblicksblinzeln des Universums, ist alles gut.

41.

EVELYN

Wie läuft's denn so?«, erkundigt sich Ilse und deutet mit dem Kinn zum Küchenfenster hin in Richtung Werkstatt.

»Die Geschäfte gehen gut«, antwortet Evelyn und faltet ein frisch gewaschenes Handtuch vor ihrem Bauch, legt es auf den Stapel zu den anderen. »Nun ja, manches gestaltet sich ein wenig schwierig«, räumt sie dann doch ein.

»Das glaub ich gern.« In der Art, wie Ilse das sagt, schwingt eine Art grimmiger Zufriedenheit mit, die Evelyn nicht gefällt, die sie jedoch übergeht.

»Friedrich ist es nicht gewohnt, mit jemandem zusammenzuarbeiten«, erklärt sie. »Er ist nun mal gern der Chef. Vieles geht ihm allerdings noch nicht so von der Hand, deshalb hängt das meiste an Jonny. Das stört ihn natürlich.« Sie greift sich das nächste Handtuch aus dem Wäschekorb.

»Es wird wohl auch eine gehörige Portion Eifersucht im Spiel sein«, erwidert Ilse bedeutungsvoll.

Nun reicht es Evelyn aber doch. »Nicht schon wieder, Ilse!« Sie rollt die Augen. »Hör endlich auf damit! Du lenkst doch nur ab.«

»Ablenken?« Ilse verzieht spöttisch den Mund. »Wovon sollte ich ablenken wollen?«

»Na, von dir!«, entfährt es Evelyn. »Du hast doch selbst ein Auge auf ihn geworfen.«

»Auf deinen Jonny? Pah!«

»Von wegen!« Evelyn hält mitten in der Bewegung inne. »Ich habe Augen im Kopf.«

Ilse stemmt die Hände in die Hüften. »Weißt du was, Evelyn? Ich habe auch Augen im Kopf.« Sie kneift ihre zusammen, als wollte sie ihren scharfen Blick demonstrieren. »Glaubst du etwa, ich habe nicht bemerkt, dass zwischen euch was läuft?«, fragt sie in vergiftetem Tonfall.

»Du solltest nicht von dir auf andere schließen«, schießt Evelyn zurück. »Spielst die sittsame Ehefrau und hintergehst Günther heimlich!«

»Hintergehen? Dass ich nicht lache!« Die Hände noch immer in die Hüften gestemmt, setzt Ilse ein Bein vor, steht nun da wie ein Feldherr nach einer siegreichen Schlacht. Diese provokante Haltung erzürnt Evelyn umso mehr.

»Was hast du dir von Jonny erhofft, einen kleinen Zeitvertreib?«, faucht sie. »Oder sollte er dein Zuchtbulle sein?«

Ilse zum Schweigen zu bringen, ist nicht leicht, aber jetzt steht ihr der Mund offen.

»Ich bin sicher, dass du den Artikel in der *Constanze* auch gelesen hast«, bricht es aus Evelyn heraus. »Die Schuld hat nicht immer die Frau, wenn's mit dem Kinderkriegen nicht klappt. Es kann auch am Mann liegen. Und deshalb …« Deshalb hast du dir den charmanten, blauäugigen Jonny ausgeguckt, von dem du auch noch dachtest, er sei leicht zu haben, denkt sie, bringt den Satz aber nicht über die Lippen. »Ich hätte sogar Verständnis«, räumt sie ein. »Nur solltest du nicht gerade bei uns wildern …« Evelyn weiß, dass sie zu weit gegangen ist, aber nun ist es raus. Vergossene Milch.

»Wildern?« Ilse fasst sich erstaunlich schnell wieder. »Erstens, Liebelein, gehe ich nicht in deiner Familie wildern. Jonny Schulte gehört ja noch nicht dazu, soweit ich weiß. Und dein Friedrich ist vor mir sicher. Von dem lasse ich die Finger.« Sie grinst, doch das Grinsen erstirbt sofort wieder. »Darf man nicht mal ein bisschen Spaß machen, Evelyn? Sich ein bisschen amüsieren? Musst du gleich das große Besteck auspacken? Zuchtbulle!« Ilse schüttelt den Kopf. »Und du bist die Unschuld vom Lande, die kein Wässerchen trüben kann, dass ich nicht lache! Dabei hast du's faustdick hinter den Ohren, das muss man dir lassen.«

»Worauf spielst du jetzt an?«, fragt Evelyn argwöhnisch.

»Ich spiele auf deinen Führerschein an, den du plötzlich so schnell in der Tasche hattest.« Ilse legt den Kopf schräg, spitzt die Lippen. »Ich tippe mal, du hast dich just in dem Moment angemeldet, als klar war, dass Friedrich länger ausfallen würde. Du wolltest Tatsachen schaffen, bevor er wieder draußen wäre. Das hättest du mir ruhig sagen können.«

Einmal mehr fühlt Evelyn sich ertappt. »Wenn ich mich recht entsinne, warst du es, die mir dazu geraten hat«, versucht sie sich herauszureden.

»Richtig. Ich habe dir erzählt, dass keine Einwilligung des Ehemanns mehr nötig ist – was im Übrigen kein großes Geheimnis ist. Ich wollte dir Mut machen, aber das hätte ich mir sparen können. Du hattest dich ja offenbar bereits entschieden, aber kein Wort darüber verloren.«

Tatsächlich war Evelyn zu diesem Zeitpunkt schon bei der Fahrschule Wimmer angemeldet. Als Jonny das Thema später ansprach, hatte sie bereits für die theoretische Prüfung zu lernen begonnen. Die Ermunterung ihrer Schwester wie auch sein gut gemeinter Ratschlag hatten sie nur in ihrer Entscheidung bestätigt. »Ich habe nur nichts gesagt damals, weil ich dich nicht in die Sache hineinziehen wollte«, rechtfertigt sie sich. »Gerade weil Friedrich dagegen war.«

»Schon gut.« Ilse winkt ab. »Pack schlägt sich, Pack verträgt sich.« Sie greift nach ihrer Handtasche, die über der Stuhllehne hängt. »Ich mache mich jetzt vom Acker. Günther hat es nicht gern, wenn ich im Dunkeln noch unterwegs bin. Wo sind die Kinder? Ich will mir noch einen Schmatzer abholen, wo mich schon sonst keiner lieb hat.«

Sie wendet sich demonstrativ zur Tür, doch Evelyn fasst sie beim Arm.

»Wir halten zusammen, oder? Versprich es mir!« Sie will nicht länger mit ihrer Schwester streiten. Ärger hin oder her, es gibt sonst niemanden, der ihr so nahesteht. Freundinnen hatte Evelyn nur zu ihrer Schulzeit. Vor ihrer Heirat. Vor ihrem Umzug. Ilse dagegen ist immer noch da. Und sie hält ihr die Treue. Trotz allem.

42.

KERSTIN

»Bist du noch böse?«, fragt Alex am Telefon. »Bist du noch böse auf mich?«, wiederholt er seine Frage, als erwarte er dringend Absolution. Seine naiv-treuherzigen Formulierungen sind auch so eine Angewohnheit, die ich insgeheim merkwürdig finde.

»Nein, bin ich nicht«, gebe ich mich großmütig.

»Puh«, macht er, »da bin ich froh.«

»Du bist ein freier Mensch«, füge ich hinzu. »Allerdings finde ich, wir sollten uns wieder auf unser Ziel konzentrieren.«

»Unser Ziel?« Er scheint es tatsächlich vergessen zu haben.

»Das, worum es uns ursprünglich ging. Wir wollten mehr über deine Familie erfahren, erinnerst du dich? Ich für meinen Teil wüsste nun wirklich gern, was es mit dieser Martha auf sich hat, der Schwester meines Mannes.«

Plötzlich drängt es mich geradezu, die Sache zu klären. Vielleicht ist es nur ein plumper Versuch meinerseits, mich irgendwie an der Lockenfee vorbeizulavieren, aber nach einem kurzen In-mich-Hineinhorchen komme ich zu einem anderen Schluss: Es war moralisch zweifelhaft, ausgerechnet Uwes traurige Familiengeschichte als Alibi für meine Liebschaft herhalten zu lassen. Wenn ich mir nicht den Vorwurf machen will, Uwe komplett belogen zu haben, muss ich zumindest herausfinden, was mit seiner Schwester ist, ob er das nun gutheißt oder nicht. Und darüber hinaus interessiert es mich brennend.

»Martha lebt noch, wie ich bereits sagte. Oder jedenfalls ist mir nicht Gegenteiliges bekannt.« Alex klingt nicht übermäßig engagiert. »Das letzte Mal, als ich sie besucht habe, wohnte sie in einer Wohnung im vierten Stock – ohne Fahrstuhl. Dort lebt sie jetzt nicht mehr, so viel weiß ich immerhin.«

»Aber eine gültige Adresse hast du nicht?«

»Nein, sie hat sie mir nicht zukommen lassen.«

Du bist mir ja ein schöner Ahnenforscher, denke ich. An ihre Adresse zu gelangen, wäre sicher kein Hexenwerk gewesen. Wieso hast du das nicht längst erledigt, Herr Oberstudienrat?

Wieder überkommen mich Zweifel. Als wäre ich sozusagen vorausgeprescht, und jetzt holten sie mich wieder ein. Ist es Uwe, der da gerade meine Gedanken infiltriert? Sind unsere Gehirne über den langen Zeitraum, den wir uns kennen, womöglich derart miteinander verknüpft und verwoben, dass gewisse Anteile vom einen auf den anderen übergehen wie Atome, die sich mischen? Eine Art Osmose, ein Diffundieren des Geistes?

Blödsinn. Hier diffundiert überhaupt nichts. Noch kann ich selbst denken, und das sogar recht schnell – zumindest, was die aktuelle Fragestellung betrifft.

Ein einziger Anruf bei der Stadtverwaltung erweist sich bereits als hilfreich. Wozu hat man alte Bekannte, die soliden Berufen nachgehen? Die größte Schwierigkeit sei der Name, erklärt mir die alte Bekannte. Der komme im Umkreis von hundert Kilometern ungefähr fünfzehntausendmal vor. Oha! Ob diese Frau denn nie geheiratet habe? Dann hieße sie ja vermutlich anders.

Nein, hat sie nicht. Immerhin das wusste Alex mit an Sicherheit grenzender Wahrscheinlichkeit. Eine alte Jungfer aus Leidenschaft, hat er gescherzt.

Einen Tag später schickt Anke mir vier Adressen. Allzu häufig scheint der Name dann doch nicht zu sein.

Der Rest ist auch schnell erledigt, denn Menschen in Marthas Alter verfügen gewöhnlich noch über Festnetztelefon – ergo über einen Eintrag im Telefonbuch. Drei Leute reagieren verwirrt auf meinen Anruf, offensichtlich nicht aufgrund fortgeschrittener Demenz, sondern weil sie keine Ahnung haben, wovon ich spreche. Bei der vierten Nummer, die ich mithilfe von Namen und Adresse ausfindig machen konnte, geht niemand ran. Ich probiere es später noch einmal. Und dann noch einmal.

»Wir könnten einfach hinfahren«, schlage ich Alex vor, als wir uns spätnachmittags auf einen Drink bei Hartmann treffen.

»Erst sollten wir anrufen«, beharrt er.

»Ich bin für hinfahren.«

»Also gut. Aber erst rufen wir an.« Er wählt nochmals die Nummer, die ich ihm gegeben habe, stellt auf laut, als jemand abhebt.

»Martha Wagner.« Die Stimme klingt spröde und alt.

»Hallo, Martha! Hier ist Alexander.«

»Wer?«

»Alexander Hild, dein Cousin.«

»Ach, der kleine Alexander!«

Bingo! Unwillkürlich bekomme ich eine Gänsehaut. Das ist sie also, Uwes Schwester. Sie lebt. Eindeutig.

Hastig schaue ich mich um und vergewissere mich vorsichtshalber, dass es keine unerwünschten Mithörer gibt. Doch um diese Zeit sind wir die einzigen Gäste, von zwei am Tresen hockenden Männern abgesehen, die mit sich selbst beschäftigt sind, und auch Hartmann ist mit sich selbst beschäftigt.

»Ich habe mal ein bisschen recherchiert, wo du abgeblieben bist«, berichtet Alex fröhlich.

»Hoffst du darauf, was zu erben?« In Marthas Stimme schwingt ein milder Spott, der mir vertraut vorkommt. Ein, zwei Oktaven tiefer, und es könnte Uwes Stimme sein.

»Nein, Tantchen.« Auch Alex lacht verhalten. »Ich wollte mich einfach nach dir erkundigen. Und, nein, ich stecke nicht in irgendwelchen Nöten.«

»Das klingt beruhigend.«

»Was hältst du davon, wenn ich dich einmal besuchen komme?«

»Von mir aus gern«, willigt Martha sofort ein.

»Sehr schön. Das freut mich. Ich würde auch noch jemanden mitbringen.«

»Wen denn? Frau, Freundin?«

»Hm, sagen wir, eine sehr nette Person. Mehr möchte ich am Telefon nicht verraten. Wann dürfen wir kommen? Wann hast du Zeit?«

»Ich habe immer Zeit.«

»Fein, wie wäre es nächste Woche?«

Ich schüttele den Kopf, flüstere: »Frag sie, ob sie morgen kann.« Alex runzelt die Brauen. »Ja, morgen.«

Ich nicke heftig. Meine Bitte scheint ihn nicht sonderlich zu begeistern, trotzdem kommt er ihr nach.

»Dann machen wir doch gleich Nägel mit Köpfen«, wendet er sich wieder an Martha. »Sagen wir morgen um drei? Ich hatte nämlich ehrlich gesagt sowieso vor, bei dir vorbeizuschneien. Dieser Anruf war nur eine Vorwarnung.«

»Warum hast du es auf einmal so eilig?«, fragt er mich, nachdem er das Telefonat beendet hat.

Ich erkläre ihm, dass ich nächste Woche sehr eingebunden bin und die Sache aus dem Kopf bekommen möchte, obwohl das nur die halbe Wahrheit ist.

Dass Uwes Ultimatum die Triebfeder ist, erwähne ich nicht. Es ist eine zu intime Angelegenheit, die nur meinen Mann und mich angeht. Aber ich habe das Gefühl, ich müsste über diese Familiengeschichte, die so viel ausgelöst hat, endlich Gewissheit erlangen. Ich will diese Frau mit eigenen Augen sehen, will sie kennenlernen.

Martha wohnt tatsächlich nicht sonderlich weit weg, gerade mal eine halbe Stunde Fahrt mit dem Wagen. Auch sie ist der alten Heimat also mehr oder weniger treu geblieben.

»Auenland«, sage ich laut. »Da lebt sie also: im Wohnpark Auenland. Klingt nicht sonderlich vertrauenerweckend, wenn du mich fragst.« Ich schaue zu Alex rüber, der am Steuer sitzt. Er runzelt nur fragend die Stirn.

»Denk doch an das viele Hochwasser, das der Klimawandel mit sich bringt«, erkläre ich, und er lacht. »Hey, das war kein Scherz. Es stimmt doch, was ich sage!«

Aber es stimmt nicht, denn bald stellt sich heraus, dass Auenland nichts mit Flussauen zu tun hat, im Gegenteil, es liegt ziemlich hoch oben.

Martin Auenland war der Gründer der Anlage, verrät uns die Infotafel am Besucherparkplatz.

»Auenlands Vision war die eines genossenschaftlich organisierten Mehrgenerationen-Wohnprojekts, für das er sich mit leidenschaftlicher Überzeugung einsetzte«, liest Alex vor.

»Ich bin gespannt«, sage ich.

»Und ich erst.«

Wir passieren eine parkähnliche Anlage, die die Wohnblocks umschließt wie das Ei den Dotter. Alles wirkt grün und licht und luftig. Dieser Auenland muss tatsächlich ein Menschenfreund gewesen sein.

»Da wären wir.« Alex deutet auf eines der mehrstöckigen Gebäude vor uns.

Martha Wagner, steht auf dem Klingelschild. Sie wohnt also allein. Dass sie noch immer ihren Mädchennamen trägt, wusste ich ja bereits.

Alex drückt die Schelle.

»Ja?«, krächzt es durch die Gegensprechanlage.

»Hier ist Alexander. Alexander Hild.« Der erstaunlich laute Türsummer lässt mich zusammenfahren. Ich bin plötzlich sehr nervös.

Wir lassen den Fahrstuhl links liegen, es sind nur zwei Treppen hinauf in den ersten Stock. In der mittleren der drei Türen steht eine große, schlanke Frau und schaut uns erwartungsvoll entgegen. Wieder fährt mir ein Schauer über den Rücken. Die Familienähnlichkeit mit Uwe ist nicht zu verkennen: das kantige Gesicht, die tief liegenden Augen, die herzförmig geschwungene Oberlippe. Uwe in einer weiblichen Version und um ein weiteres Jahrzehnt gealtert.

»Guten Tag, Tantchen!« Alex reicht ihr die Hand. »Martha, das ist Kerstin.« Er deutet auf mich.

Martha mustert mich flüchtig, ergreift meine Hand, lässt sie schnell wieder los. Ich überreiche ihr den mitgebrachten Blumenstrauß, und sie bedankt sich dafür, ohne recht hinzuschauen.

»Kommt herein!«, fordert sie uns auf, und wir betreten einen hellen, luftigen Flur. »Die Jacken könnt ihr dort aufhängen.« Sie weist auf eine Garderobenleiste, führt uns anschließend ins Wohnzimmer. Auch dieser Raum ist groß und licht. Nahe der Fensterfront mit Blick in die Baumkronen ist ein graues Sofa platziert, dazu ein Sessel und ein runder Beistelltisch mit Marmorplatte. Alles wirkt elegant und stilvoll, sogar die Schildpattkatze, die mir plötzlich um die Beine streicht.

»Wenn ihr etwas trinken wollt, müsst ihr es euch in der Küche holen«, sagt Martha zu Alex. »Ich hab's mit der Hüfte und renne nicht so gern durch die Gegend.«

»Wir sind wunschlos glücklich, danke.«

Dann läuft Martha aber doch los, holt eine Vase für den Blumenstrauß und stellt sie kommentarlos auf dem Esstisch nahe der Tür ab, denn auf dem Couchtisch steht bereits ein Strauß Gladiolen. Anschließend bedeutet sie uns, auf dem Sofa Platz zu nehmen, wählt selbst den Sessel.

»Eine schöne Anlage ist das«, lobt Alex. »Nette Häuser, moderne Wohnungen und so viel Grün!«

»Ja, ich fühle mich wohl hier«, erwidert Martha, und ihre Stimme klingt längst nicht so brüchig wie am Telefon. Mit energischer Geste schiebt sie die langstieligen Gladiolen an den Rand des Couchtischs, um uns besser sehen zu können.

»Seit wann wohnst du in dieser Wohnung?«, erkundigt sich Alex.

»Bin vor drei Jahren hergezogen. Die alte Wohnung lag im vierten Stock, wie du dich vielleicht erinnerst. Das ist mir zu viel geworden mit den Treppen ohne Fahrstuhl, also habe ich mich in Auenland eingekauft. Hier leben fast nur Leute ab Mitte sechzig, und der Friedhof ist gleich um die Ecke. Das nenne ich praktisch.«

Alex lacht sein Alex-Lachen. »Aber dir geht's noch gut?«, erkundigt er sich, und ich finde die Frage insgeheim ein bisschen einfältig. Schließlich steht diese Frau nicht schon mit einem Bein im Grab, nur weil sie nahe dem Friedhof wohnt.

»Es geht mir gut, ja. Oder wie man das eben so nennt, wenn man alt wird«, antwortet Martha. »Wie alt bist du inzwischen, Alexander? Vierzig? Fünfundvierzig?«

Wieder lacht er, dieses Mal besonders herzlich ob der Schmeichelei. »Da musst du noch einige Jährchen draufpacken, bis es ungefähr hinkommt, liebes Tantchen!«

Dieses ›Tantchen‹ ist auch so eine Sache. Onkel und Tante sind für mich Begriffe, die allenfalls für Kinder taugen. Solche, die vor fünfzig Jahren mal Kinder waren. Unter Erwachsenen wirken sie, sofern nicht ironisch gemeint, einfach nur albern, um nicht zu sagen anbiedernd.

»Und Sie?« Martha Wagner schaut nun mich an, deutet dann mit einem knappen Kinnschwenk zu Alex hin. »Sind Sie die neue Frau an seiner Seite?«

»Sie ist eine Freundin«, kommt Alex mir zu Hilfe.

»Noch immer so viele Freundinnen, der kleine Alexander!« Martha kichert, und ihre Augen blitzen. »Hattest du nicht noch einmal geheiratet?«, erkundigt sie sich jetzt.

»Doch, hatte ich«, pflichtet Alex ihr bei. »Aber es ging leider in die Brüche.«

Interessant zu hören, das ist mir völlig neu. Ich rücke ein wenig von Alex ab – das Sofa ist wirklich sehr zierlich –, erschrecke kurz, als ich in etwas Haariges greife. Eine weitere Katze. Ihr dichter Pelz ist vom selben Grau wie das des Sofas, als wäre sie eine Art Dreingabe beim Kauf gewesen, wie ein zusätzliches Kissen.

»Haben Sie etwas gegen Katzen?«, erkundigt sich Martha prompt.

»Nein, überhaupt nicht«, beeile ich mich zu sagen. »Es war nur … ich hatte sie nicht bemerkt.« Keinesfalls will ich jetzt von meiner Allergie anfangen und die Stimmung töten. Falls es hart auf hart kommt, habe ich notfalls ein Spray in der Handtasche. Aber Martha scheint das Interesse an mir bereits wieder verloren zu haben.

»Lebt Ilse noch?«, erkundigt sie sich bei Alex.

»Leider nein.« Er schüttelt bedauernd den Kopf. »Sie ist im letzten Jahr gestorben.«

»Aha. Wann denn?«

»Im Oktober.«

»Tja, sterben müssen wir alle«, verkündet Martha, und mich verwundert ihr offensichtlicher Mangel an Mitgefühl. Alex übergeht ihre Bemerkung.

»Wie gesagt, ich wollte dir eine Karte schicken, nur leider hatte ich keine Adresse.«

»Aber jetzt hast du sie«, sagt Martha und richtet ihren Blick wieder auf mich, als ahnte sie, dass ich die treibende Kraft war. Ich fühle mich plötzlich durchschaut. Hoffentlich denkt sie nicht auch, dass ich sie anpumpen oder ihr sonst wie Geld aus der Tasche ziehen will.

»Nun, liebe Tante«, hebt Alex erneut an. »Kommen wir zu Kerstin hier. Sie ist die Frau von Uwe, meinem Cousin. Deinem Bruder also.«

Das sich anschließende Schweigen ist greifbar.

»Welche Überraschung.« Marthas Miene bleibt noch immer ausdruckslos. »Und wieso jetzt Uwe?«, fragt sie plötzlich forsch, und in ihr Gesicht kommt Bewegung, als wäre die inhaltliche Bedeutung des Gesagten erst jetzt zu ihr vorgedrungen. »Er heißt doch Kai.«

»Kai-Uwe«, mische ich mich ein. »Aber sein Rufname ist Uwe.« Wieder schaut sie mich an.

»Nun, wenn Sie es sagen«, bemerkt sie spitz. »Als seine Frau müssen Sie es ja wissen.« Sie hält einen Moment inne, fragt dann: »Wie geht es ihm?«

»Es geht ihm gut, danke.«

Martha sagt nichts darauf, mustert mich nur wieder mit glashartem Blick. Merkwürdig, denke ich. Die beiden haben dieselbe Augenfarbe, dasselbe helle Braun. Bei Uwe wirkt es warm, bei ihr hingegen kalt.

»Wie lange sind Sie verheiratet?«, erkundigt sie sich jetzt.

»Mehr als dreißig Jahre.«

»Das ist ziemlich lang, würde ich meinen.«

»Ja, so ist es«, pflichte ich ihr bei. Zugleich ist es mir unangenehm, in Alex' Beisein über meine Ehe zu reden, aber deshalb sind wir nun einmal hier. Nicht wegen der Ehe, sondern wegen Uwe, so verrückt das in dieser Konstellation auch sein mag.

»Kinder?«

»Ja, eine Tochter. Jule. Sie ist erwachsen.« Ich nehme meine Geldbörse aus meiner Handtasche, krame drei Fotos heraus, reiche sie ihr. Sie rückt zwar ihre Brille zurecht, doch mir entgeht nicht, dass sie kaum hinschaut.

»Sehr nett«, behauptet sie und reicht sie mir zurück. »Und hier, das ist Uwe.« Ich gebe ihr die beiden anderen Bilder. Eines zeigt Uwe und mich in jungen Jahren, das andere, auf dem er allein zu sehen ist, stammt aus dem letzten Sommer. Jetzt schaut Martha ein wenig genauer hin.

»Ja, der kleine Kai«, seufzt sie und holt zugleich Luft. »Ist auch alt geworden.« Sie hebt den Blick, lächelt jetzt. Das Lächeln gilt mir. »Ich habe ihn jünger in Erinnerung.« Mit ihrer Rechten deutet sie Uwes damalige Größe an. Er hätte gerade einmal über die Sofalehne hinwegschauen können. »Hat er noch Kontakt zu seiner Familie?«, erkundigt Martha sich nun, und mich verwundert die Formulierung, denn immerhin ist es auch ihre Familie.

»Nicht direkt«, weiche ich aus. »Der Vater ist ja schon lange tot.«

»Aber ihr habt den Kontakt gehalten?« Sie schaut erst mich, dann Alex an.

»Ehrlich gesagt kennen wir uns noch gar nicht so lang«, antwortet Alex. »Nach Ilses Tod hatte ich auf einmal den Einfall, nach weiteren Familienmitgliedern zu fahnden. Eine Schnapsidee, wenn du so willst.« Er lacht leise auf. »Ich stieß also auf diesen Cousin und wollte Kontakt zu ihm aufnehmen«, fährt Alex fort. »Es hat dann allerdings noch ein bisschen gedauert.«

»Warum ist Kai dann nicht hier?«, unterbricht Martha ihn. »Oder meinetwegen Kai-Uwe?«

»Ich bin sozusagen die Vorhut«, schalte ich mich ein. »Uwe ist ein bisschen … reserviert, in gewisser Hinsicht. Zurückhaltend ist vielleicht das treffendere Wort.«

»Dann sollten Sie das respektieren«, weist Martha mich zurecht und schaut mich streng an.

»Ja, vielleicht.« Ich bemühe mich, ihrem Blick standzuhalten. »Aber es wäre schade.«

»Wie lange sind Sie verheiratet, sagten Sie noch mal?«

»Über dreißig Jahre. Und wir kennen uns noch länger.«

»Na also!«, ruft Martha triumphierend aus. »Ihr zwei seid auch ohne mich klargekommen, also belassen wir es doch einfach dabei. Man sollte das Leben nicht unnötig verkomplizieren.« Ihre Augen huschen wieder zwischen Alex und mir hin und her, und erneut fühle ich mich ertappt. »Wozu alte Geschichten aufwärmen? Es sind nur alte Kamellen und nicht mal die Sorte, die einem schmecken würde, Sie verstehen?«

Nein, das tue ich keineswegs. Und inzwischen bin ich der festen Ansicht, dass dieses Schweigen nicht angebracht ist. Die Dinge unter den Teppich zu kehren, sollte heute kein Mittel der Konfliktbewältigung mehr sein. Weil es keines ist. Dies gilt für mich wie für Uwe wie für alle Menschen.

»Entschuldigen Sie, aber das sehe ich anders«, wage ich ihr zu widersprechen. »Es wäre doch gut, wenn –«

»Liebe Martha, wir sind nur hereingeschneit, um Guten Tag zu sagen«, fällt Alex mir ins Wort. »Nicht wahr, Kerstin?« Er wirft mir einen eindringlichen Blick zu, doch so einfach lasse ich mich nicht abservieren. Ich spreche mit Martha, Uwes Schwester. Alex ist bloß der Cousin. Ich bin näher dran an ihr. Ich kann jetzt nicht einfach gehen.

»Für mich war das alles eine totale Überraschung. Bis vor

Kurzem wusste ich nicht einmal, dass es Sie gibt.« Das ist nicht ganz stimmig, allerdings will ich ihr nicht ins Gesicht sagen, dass ich sie für tot hielt.

»Nun, jetzt wissen Sie es«, gibt Martha sich gnädig. Das besänftigt mich allerdings nicht, denn es ist ja nicht in erster Linie sie, die mich so aufbringt. Vielmehr ist es die Lüge, mit der ich mehr als dreißig Jahre lang gelebt habe. Fake News von Vorvorvorgestern, die sich als Tatsachen festgesetzt haben.

All diese Dinge lassen sich nicht im gegenwärtigen Rahmen thematisieren, dessen bin ich mir bewusst. Martha wäre womöglich nicht einmal die richtige Adressatin – es sei denn, sie hätte die Lüge in die Welt gesetzt, also den eigenen Tod vorgetäuscht. Aber das hat sie nicht. Erstens war sie zu jung für solch perfide Pläne, und zweitens hat sie Alex' Familie gegenüber ja nie einen Hehl aus ihrer Existenz gemacht. Ich muss die Sache anders angehen.

»Als ich Sie eben sah, lief mir eine Gänsehaut über den Rücken«, setze ich nochmals an. »Sie hier zu sehen, so …«

… alt, habe ich sagen wollen, aber das wäre beleidigend, auch wenn dem keineswegs so ist: Martha hat nicht als Kind sterben müssen, sie hat alt werden dürfen.

»Es gab da wohl einige Unstimmigkeiten«, schaltet Alex sich wieder ein. »Kerstin dachte, du wärst gestorben.«

Na, toll. Alex, der große Vermittler.

»Gestorben? Ich?«

»Damals, bei dem Unfall«, erkläre ich, weil ich mir nicht nochmals das Heft aus der Hand nehmen lassen will. Marthas Lippen werden schmal, sie fixiert mich mit eisigem Blick, sagt eine Weile nichts. Plötzlich hebt sie den linken Arm, kneift demonstrativ hinein.

»Ich spüre was«, verkündet sie trocken. »Also lebe ich wohl noch.«

»Das wusste ich doch, Tantchen.« Alex schenkt ihr sein gewinnendstes Lächeln. »Und nachdem ich es Kerstin erzählt hatte, wollte sie dich unbedingt kennenlernen.« Er lächelt jetzt mir zu, doch ich lasse ihn abblitzen.

»Es hieß, Sie saßen damals mit im Wagen«, sage ich.

Wieder starrt Martha mich an.

»Nein, saß ich nicht«, widerspricht sie bestimmt. Dann Schweigen.

Die Schildpattkatze springt auf ihren Schoß, und sie streichelt sie mechanisch. »Es geht mir im Übrigen nicht so gut, wie ich behauptet habe«, wendet sie sich schließlich an Alex. »Ich bin krank, sehr krank, und ich merke, euer Besuch strengt mich zu sehr an.«

»Das tut mir wirklich leid.« Augenblicklich schäme ich mich, schäme mich in Grund und Boden für diese zweifelhafte Mission.

»Wenn ihr jetzt bitte gehen würdet.« Martha dreht den Kopf, blickt zum Fenster hin, streichelt weiter die Katze. Als sie wieder zu mir hinschaut, hat sich ihr Gesichtsausdruck schlagartig verändert. Die Fokussiertheit ist daraus gewichen, das diebische Vergnügen, mich durch ihre kaltschnäuzige Direktheit zu schockieren. Ihre Augen glänzen nicht mehr, sie sind stumpf und müde. Alex und ich stehen auf. Täusche ich mich oder knacksen seine Knie? Er ist acht Jahre jünger als ich, ihm haben nicht die Knie zu knacksen.

Auch die graue Katze erhebt sich – allerdings völlig lautlos.

»Passen Sie auf, dass Sie Ihnen nicht durch die Tür entwischt«, mahnt Martha, und ich verspreche, darauf zu achten. Dann verabschieden wir uns und schleichen uns aus dem Haus wie Diebe.

43.

EVELYN

Aufstehen, anziehen, Mann und Kinder versorgen. Alles wie immer und doch ganz anders. Evelyn fühlt sich der Verzweiflung nahe. Ihr ist, als hätte ihre Seele einst eine stützende Hülle besessen, eine schützende Haut, die nun gerissen ist. Alles trifft sie unmittelbar und ungedämpft. Sie fühlt sich hilflos ausgeliefert.

»Jonny, ich kann nicht mehr!« Sie fasst sich an die Schläfen, reibt daran. »Unsere Treffen hier im Auto – das ist doch kein Leben.«

Jonny schweigt einen Moment. Die Situation ist zu ernst für seichte Beschwichtigungen, das spürt auch er.

»Wir werden einen Weg finden«, versucht er sie dennoch zu beruhigen.

»Aber welchen?« Sie schaut ihn fragend an.

»Wir könnten weggehen«, schlägt er vor. Endlich ist es heraus! Endlich spricht er aus, woran sie bislang kaum zu denken wagte. Eine verlockende Vorstellung, aber fern jeder Realität, so erschien es ihr, und sie hat angenommen, er würde ähnlich denken.

»Wovon sollten wir leben?«

»Ich finde sicher irgendwo Arbeit«, gibt er sich optimistisch. »Wer fleißig ist und sich geschickt anstellt, kommt überall durch.«

»Wenn ich das nur auch von mir sagen könnte«, seufzt sie. »Ich habe ja nicht mal was gelernt.« Wie gern hätte sie eine kaufmännische Ausbildung gemacht. Sogar einen Lehrvertrag hatte sie schon, doch als es dann losgehen sollte, war sie schwanger mit Martha. Von da an stand das Kind im Vordergrund. Die Fehler der Vergangenheit rächen sich nun. Aber war es wirklich ein Fehler, Martha bekommen zu haben? Sie spürt, dass sie vor sich selbst für ihre Tochter Partei ergreifen müsste. Sie müsste überzeugt davon sein, es nie bereut zu haben. Sie dürfte keine Reue empfinden, sie bekommen zu haben, ihre wunderbare Tochter.

Ihre wunderbare Tochter. Der Gedanke ist ihr immer Trost gewesen. Jetzt nicht mehr. Dann war es ja so, dass Friedrich den Betrieb seines Vaters übernehmen sollte und seine Familie die Ansicht vertrat, dass sie als seine Frau keine Ausbildung brauche. Ihre Aufgabe liege in allererster Linie darin, ihm den Rücken freizuhalten. Aber dann hat Friedrich sich mit seinem Vater überworfen – und nun sind sie hier. Nein, sie bereut Marthas Geburt nicht, aber die Ausbildung hätte sie trotzdem gern gemacht. Sie wäre ihr jetzt sehr von Nutzen.

»Sorge dich nicht«, sagt Jonny. »Wir kommen schon durch.« Er lächelt zuversichtlich.

Sie versucht, sein Lächeln zu erwidern, doch ihr Herz zieht sich zusammen wie ein Gummiball. Oder ist es nicht ihr Herz, sondern ihr Magen?

»Aber die Kinder.« Sie flüstert fast.

»Die nehmen wir natürlich mit.« Jonny wendet sich ihr zu, bemerkt die Angst in ihrem Blick. »Ich würde nie von dir verlangen, sie zurückzulassen, Evelyn.« Er nimmt ihr Gesicht in seine Hände und schaut ihr tief in die Augen. »Das zu verlangen, wäre ja keine Liebe.«

Es wäre ja keine Liebe.

Falls sie je unsicher war, was sie für Jonny empfindet, dann hat sie jetzt Gewissheit: Sie liebt ihn. Mehr als alles andere. Sie liebt ihn wie verrückt.

44.

EVELYN

Beinahe hätte sie ihren eigenen Geburtstag vergessen, und ihr wäre es eigentlich ganz lieb, wenn die anderen dies tatsächlich tun würden. Davon ist allerdings nicht auszugehen, und obwohl sie niemanden eingeladen hat, bäckt sie noch eilig einen Kuchen. So gehört es sich nun einmal, und ihre Familie wird sicher bald aufschlagen.

Schon seit dem Aufwachen hat sie ein ungutes Gefühl, wie von drohendem Unheil, aber vielleicht ist es nur das schlechte Gewissen gegenüber Friedrich, die sich ständig verdüsternde Stimmung zwischen ihnen, vielleicht ist es das triste Halbdunkel da draußen und der Regen, der unaufhörlich gegen die Fenster klatscht, oder es ist eben gerade ihr Geburtstag und die damit verbundene Ahnung, dass ein Tag, der ein Freudentag sein sollte, für sie jedoch keiner ist, erst recht deprimierend werden würde.

Nachdem sie den Kuchen in den Ofen geschoben hat, setzt sie sich auf einen der Küchenstühle, zündet sich eine Zigarette an, starrt auf den Strauß grellorangefarbener Ringelblumen vor ihr, den letzten verzweifelten Versuch, noch etwas Fröhlichkeit ins Haus zu bringen.

Gegen elf Uhr vormittags ruft unerwartet ihre alte Schulfreundin Claudia an und fragt, ob sie am Nachmittag vorbeischauen dürfe. Zum ersten Mal an diesem Tag fühlt Evelyn so etwas wie Freude. Die alte Freundin hat sie nicht vergessen, es gibt noch ein Leben da draußen! Wie gut, dass sie den Kuchen gebacken hat.

Um halb drei Uhr ein erneuter Anruf. Claudia wird es leider, leider nicht schaffen. Ihr Mann muss eine Extraschicht fahren und kann sie nicht chauffieren. Aber sie werden ihr Treffen nachholen. Ganz bestimmt.

Ganz bestimmt, wiederholt Evelyn tonlos, bedankt sich nochmals für den Anruf und legt auf.

Pünktlich um drei Uhr steht Ilse vor der Tür, in der einen Hand einen Strauß buttergelber Chrysanthemen, in der anderen ihren Regenschirm.

»Hier, die sind von Muttern, und ich soll schön grüßen.« Sie streckt ihrer Schwester die Blumen hin.

»Die Eltern sind nicht mitgekommen?«, wundert sich Evelyn. Zu Geburtstagen erscheinen sie sonst immer.

»Vater hat Wichtiges im Garten zu erledigen, und Mutti sagt, du hättest dich schon so lange nicht blicken lassen, da möchte sie sich dir jetzt nicht aufdrängen, schon gar nicht uneingeladen.« Ilse verdreht die Augen.

»Puh!« Evelyn bläst die Backen auf. »Harter Tobak.«

»Mach dir nichts draus, Mutti ist halt gern mal empfindlich«, entgegnet Ilse und klappt ihren Schirm zusammen.

»Nun komm erst mal rein.« Evelyn nimmt ihr den Mantel ab, führt sie in die Küche, schließt die Tür hinter sich. Ilse setzt sich, schaut fragend ihre Schwester an, die noch immer mit dem Rücken an der Tür lehnt, als müsste sie unliebsame Eindringlinge abhalten.

»Was ist los?«

»Hör zu, Ilse: Friedrich darf nicht wissen, dass ich schon so lange nicht mehr bei euch war. Auf keinen Fall.«

Ilse kraust die Stirn, formt mit ihren Lippen lautlos ein »O«.

»Es ist so«, setzt Evelyn zu einer Erklärung an. »Friedrich ist ungeheuer anstrengend. Er kann mit seinem Bein immer noch nicht so, wie er will, und das macht ihn unleidlich. Manchmal ist er kaum zu ertragen, glaub mir. Dann muss ich einfach raus, frische Luft schnappen. Ich muss dann mal ganz für mich sein, ohne ihn, ohne die Kinder, ohne irgendwen. Einfach nur den Kopf frei bekommen, verstehst du?«

Ilse nickt. »Und was machst du dann?«, erkundigt sie sich.

»Ich fahre einfach durch die Gegend.«

»Das merkt Friedrich nicht?«

»Wie sollte er es merken?«

»Am Tachostand zum Beispiel.«

Evelyn erschrickt. Daran hat sie nie gedacht. Peinlich, dass ausgerechnet ihre Schwester sie darauf hinweisen muss. In Wahrheit geht es auch nicht um die vielen gefahrenen Kilometer, wie Ilse glaubt, sondern im Gegenteil: Es geht um die, die sie eben nicht gefahren ist. Zu den Eltern ist es sehr viel weiter als zum Waldparkplatz. Wieso hat sie das nie bedacht?

Draußen geht die Tür, gefolgt von unregelmäßigen, sich rasch nähernden Schritten. Evelyn hebt mahnend den Finger, und Ilse nickt zum Zeichen, dass sie verstanden hat. Die Küchentür schwingt auf, und Friedrich betritt den Raum.

»Meine Lieblingsschwägerin!« Er humpelt zu Ilse hin, streckt ihr die Hand entgegen. »Welch Glanz in unserer bescheidenen Hütte. Da können wir nicht mithalten, was, Evelyn?«

»Nun mach mal halblang, Friedrich. Deine Frau ist auch nicht von schlechten Eltern!« Ilse lacht schallend über den eigenen Scherz.

Das Ehepaar Wagner lacht nicht.

»Was ist denn das für eine Stimmung?«, beschwert sich Ilse. »Gab's hier nicht was zu feiern?«

»Ich hab Kuchen gebacken«, antwortet Evelyn pflichtschuldig und deutet auf den etwas verunglückten Gugelhupf. Die Zuckerglasur ist zu dünn geraten, sodass es aussieht, als hätte sie ein Glas Milch über das Backwerk gekippt. »Wer traut sich zu probieren?«

Sie deckt den Tisch, ruft die Kinder, und bald sitzen alle an der Kaffeetafel.

Der Kuchen schmecke besser, als er aussehe, bekundet Friedrich, und Evelyn ist sich nicht sicher, ob sie die Bemerkung als Lob deuten soll. Sie sitzt neben Kai und hilft ihm mit der Gabel, während Ilse sich angeregt mit Martha unterhält.

»Schau mal, Tante Ilse, was ich Mama zum Geburtstag geschenkt habe.« Martha springt auf und holt das Bild, das sie für Evelyn gemalt hat, einen leuchtend bunten Blumenstrauß.

»Wunderbar. Du bist ja eine richtige Künstlerin«, lobt Ilse.

»Kai hat auch was gemalt«, berichtet Martha und schaut ein wenig verächtlich drein, als sie der Tante die Kritzelei hinschiebt.

»Kais Bild ist auch sehr hübsch geworden«, beeilt Evelyn sich zu sagen und streicht ihrem Jüngsten über den Kopf.

»Aber meins ist schöner. Sag, Tante Ilse, meins ist das schönste, oder?«

»Sie sind beide schön«, gibt sich Ilse diplomatisch, aber Martha will das nicht gelten lassen.

»Papa, hast du mein Bild schon gesehen?« Es passiert nicht allzu oft, dass sie sich direkt an ihren Vater wendet. Auch jetzt ist da eine Spur zögern, aber der Wunsch, recht zu bekommen, ist offenbar stärker. Sie hebt ihre Zeichnung hoch, damit Friedrich sie bestaunen kann. »Es ist doch schöner als Kais Bild, oder?«

»Ja, es ist schöner«, bestätigt Friedrich unumwunden, und Martha grinst triumphierend.

»Willst du auch meine anderen Bilder sehen? Warte, ich hole sie schnell!« Schon ist sie aufgesprungen und aus dem

Zimmer gerannt. Keine Minute später schiebt sie entschieden den Kuchenteller ihres Vaters zur Seite und legt ihm ihre Zeichnungen vor. Hunde, Pferde, Katzen. Blumen, Schmetterlinge, Vögel.

»Sehr hübsch«, lobt Friedrich ein ums andere Mal, und seine Anerkennung erfüllt sie sichtlich mit Stolz. Sie legt ihm weitere Bilder vor, die er freundlich abnickt, doch ihm ist anzusehen, dass er allmählich das Interesse verliert. Dann merkt er plötzlich auf. »Und was ist das hier?«

»Das ist unsere Familie«, gibt Martha bereitwillig Auskunft.

Evelyn erstarrt. Es ist das Bild, das ihre Tochter vor Wochen gemalt hat – oder ist es gar schon Monate her? Sie hat ihr die Zeichnung damals abluchsen wollen, aber Martha wollte sie nicht hergeben, und dann ist sie in Vergessenheit geraten. Eine fatale Nachlässigkeit, wird Evelyn schlagartig bewusst.

»Wer gehört denn alles zur Familie?«, erkundigt sich Friedrich in scheinbar harmlosem Ton.

»Ich, Kai, Papa, Mama und Jonny«, zählt Martha auf und lässt ihren Zeigefinger über das Blatt hüpfen.

»Gehört Jonny auch zur Familie?« Friedrich klingt amüsiert.

»Ja, klar.« Martha nickt eifrig, froh und glücklich über die ungeteilte Aufmerksamkeit, die ihr Vater ihr unverhofft zuteilwerden lässt. »Jonny hat tolle Ausflüge mit uns gemacht. Wir sollten dir nichts davon erzählen, weil du dann traurig gewesen wärst, hat Mama gesagt. Bestimmt wärst du auch gern mitgekommen, doch das ging ja nicht wegen deinem kaputten Bein. Aber jetzt, wo du wieder gesund bist, kannst du es ruhig wissen. Oder, Mama?« Ihr Blick fliegt kurz zu Evelyn hin und dann gleich wieder zurück zum Vater. »Wir waren baden und Eis essen und haben Lagerfeuer gemacht. Da, siehst du?« Sie deutet auf einen roten Klecks in der Ecke des Bildes.

»Wie nett von Jonny«, sagt Friedrich schneidend.

»Bitte, Martha!«, insistiert Evelyn. »Wir wollen jetzt nicht –«

»Nun lass sie doch!«, fällt Friedrich ihr ins Wort, hebt beide Hände. »Mich interessiert brennend, was das Kind alles erlebt hat in der langen Zeit, in der ich weg war.« Er klingt jetzt wie ein salbungsvoller Prediger, schaut wieder seine Tochter an. »Nur zu, Martha. Wie war das mit Jonny?«

»Er war mit uns schwimmen am Bach, und er hat mich gedöppt, damit ich hinter den Ohren sauber werde.« Martha kichert lauthals, und Friedrichs huldvolles Nicken spornt sie noch mehr an. »Einmal hat er sich an unserm Waschbecken die Zähne geputzt, und ich hab ihm gesagt, er kann ruhig deinen alten Rasierer benutzen, dagegen hat Papa bestimmt nichts. Oder hattest du, Papa?« Sie legt den Kopf schräg, wirft ihm einen zweifelnden Blick zu.

»Das ging schon in Ordnung«, antwortet Friedrich mit falscher Freundlichkeit. »Und wo er doch jetzt zur Familie gehört, wollen wir ihn ganz schnell dazubitten.«

»Nein, Friedrich«, widerspricht Evelyn.

»Aber ja doch! Lauf und hol ihn, Martha!«

»Soll ich?« Auch Martha spürt die plötzliche Spannung im Raum. Friedrich klatscht in die Hände, und so flitzt sie los. In der Küche macht sich ein eisiges Schweigen breit, das bis zu Marthas Rückkehr anhält. »Jonny ist weg, und sein Fahrrad ist auch weg«, berichtet sie mit ängstlicher Miene, als träfe sie die Schuld daran.

»Wie schade, dann hat er wohl schon Feierabend gemacht.« Friedrich lehnt sich in seinem Stuhl zurück, legt seinen Ellenbogen auf der Stuhllehne ab. »Badefreuden und romantische Lagerfeuer also.« Er schaut Evelyn an. »Das muss ja sehr nett gewesen sein. Sogar das Zähneputzen.«

»Was denn? Schon so spät?«, gellt Ilse urplötzlich. »Günther hat's gar nicht gern, wenn ich erst im Dunkeln nach Hause komme.«

Doch Friedrich lässt ihr den überstürzten Aufbruch nicht durchgehen. »Setz dich wieder«, kommandiert er. »Jetzt wird es doch erst interessant.«

»Aber ich … ich weiß nicht …«

»Du gehörst auch zur Familie, und in der Familie hat man keine Geheimnisse voreinander. So ist es doch, nicht wahr? So sollte es immerhin sein.« Friedrichs Blick wandert wieder zu seiner Frau. »Also, wie war das mit dem Zähneputzen, Evelyn? Erzähl's uns doch mal.«

»Es war nicht, was du denkst, Friedrich«, antwortet sie hilflos. Die älteste aller Ausreden und zugleich die unglaubwürdigste. »Ich kann's dir erklären«, behauptet sie trotzdem.

»Bitte, nur zu!«

Evelyn dreht den Kopf weg und fängt Marthas angstvollen Blick auf. ›Es war meine Dummheit, du kannst nichts dafür‹, würde sie ihrer Tochter am liebsten zurufen. Wie hat sie nur so blauäugig sein können, so leichtsinnig? Wie hat sie annehmen können, die Dinge kämen nicht ans Licht? Die Wahrheit ist wohl, dass sie ab einem bestimmten Punkt nicht mehr achtsam genug war – oder vielmehr jeden kritischen Gedanken beiseitegeschoben, alle Vorsicht in den Wind geschrieben hat. Aber all das sagt sie nicht. Alles, was sie hervorbringt, ist: »Martha, Kai, geht spielen!«

Martha gehorcht wortlos, hebt Kai von seinem Stuhl, rafft ihre Bilder zusammen, nimmt ihren Bruder bei der Hand und ist auch schon draußen. Evelyn spürt eine gewisse Erleichterung darüber, dass den Kindern weitere unschöne Szenen erspart bleiben, doch ihre Wangen brennen noch immer heiß vor Scham, als sie sich wieder an Friedrich wendet.

»Jonny musste sehr viel arbeiten. Er war ja allein«, hebt sie mit dünner Stimme an. »Er hat wirklich viel geschuftet, du kannst es an den ausgestellten Rechnungen sehen. Es kam Geld rein. Er wollte uns helfen, Friedrich. Deshalb ist er manchmal bis spät in den Abend geblieben. Dann hat er mit uns gegessen, mit den Kindern und mir, und ein-, zweimal hat er sogar in der Werkstatt geschlafen. Ich habe ihn morgens hereingebeten, damit er sich zumindest richtig waschen kann.«

»So fleißig! Ich bin beeindruckt.« Friedrich nickt anerkennend.

»Wir hätten es nicht geschafft ohne ihn!«, schleudert Evelyn ihm aufgebracht entgegen, nun den Tränen nahe. Zugleich will sie aufspringen, doch Friedrich fasst sie bei den Schultern, drückt sie wieder herunter. »Nicht doch, das Geburtstagskind bleibt bei seinen Gästen.« Und so ist er es, der aufsteht. Ohne ein weiteres Wort humpelt er aus der Küche, und gleich darauf fällt die Haustür ins Schloss. Draußen in der Werkstatt flammt Licht auf.

Evelyn ist wieder mit ihrer Schwester allein.

»Zeit für ein paar Takte Klartext«, befindet Ilse, die offensichtlich ihre Sprache wiedergefunden hat. »Von wegen frische Luft schnappen! Du hast dich mit Jonny Schulte getroffen, gib's zu! Ich wusste ja immer, dass da was läuft. Aber nein, du hast es abgestritten!«

»Weil es dich nichts angeht«, erwidert Evelyn, halb provozierend, halb resigniert. Sie fühlt sich nun vollends in die Ecke gedrängt. Wie ein Tier in der Falle.

»Was glaubst du, wie es nun weitergehen soll?«, fragt Ilse vorwurfsvoll. »Soll Friedrich es sich etwa gefallen lassen, dass ihr ihm weiter auf der Nase herumtanzt?« Sie schaut ihre Schwester eindringlich an. »Mach dem ein Ende, Evelyn! Du hast Friedrich gewählt, und jetzt musst du die Kröte schlucken. Du kannst nicht nur an dich selbst denken. Du hast Kinder. Ich verstehe nicht, wie du ihr Wohl so leichtfertig aufs Spiel setzen kannst. Sie brauchen dich doch!« Ilse streckt ihre Hand aus, fasst Evelyn beim Arm. »Reiß dich zusammen und zieh einen Schlussstrich. Denk an deine Familie!«

Die Kinder.

Die Kinder sind Friedrichs Pfand.

45.

KERSTIN

Das war doch recht spannend«, kommentiert Alex unseren Besuch, als wir wieder im Auto sitzen. »Martha war schon immer ein schräger Vogel.« Er grinst zu mir rüber.

»Hey, sie ist krank!«, mahne ich. So wenig Mitgefühl hätte ich ihm nicht zugetraut.

»Schaun mer mal, dann sehn mer scho.« Alex' Erwiderung verstehe ich noch weniger. »Sie war auch früher gern krank, wenn ihr etwas gegen den Strich ging«, klärt er mich auf. »Auf meiner Konfirmation ist sie direkt nach dem Essen gegangen, um sich mit niemandem unterhalten zu müssen. Angeblich eine Magenverstimmung. Bei meiner ersten Hochzeit waren es – lass mich nachdenken – plötzliche Schwindelanfälle, glaube ich, aber ich kann mich täuschen. Vielleicht auch eine Blinddarmentzündung oder ein drohender Herzinfarkt.« Er lacht.

»Das ist alles lange her«, wende ich ein. »Sie sah nicht gut aus. Anfangs schon, aber dann nicht mehr.«

Alex zuckt nur die Achseln.

Wie es sein könne, dass Martha keine rechte Vorstellung von seinem Alter gehabt habe, frage ich. Immerhin waren sie ein paar Jahre lang so etwas wie Halbgeschwister, da müsste sie den Altersunterschied eigentlich im Kopf haben. Beginnende Demenz oder bloße Koketterie?

Alex wiederholt die alte Litanei. Sie standen einander nicht sonderlich nahe, hatten nie so viel Kontakt. Es muss tatsächlich stimmen, denn er hat Martha ja offensichtlich nicht einmal über den Tod seiner Mutter informiert, geschweige denn sie zur Beerdigung eingeladen.

»Außerdem hat Martha es noch nie mit Zahlen gehabt«, erzählt Alex jetzt. »Nachdem sie längst bei uns ausgezogen war, kam sie einmal zu meinem Geburtstag. Sie hatte mir ein Gummihüpftier mitgebracht, so einen Ball mit Hörnern zum Festhalten dran. Kennst du die noch?« Klar kenne ich die. »Das Ding sah aus, als hätte sie es Minuten vorher einem Kind unterm Hintern weggezerrt.«

Wider Willen muss ich lachen. »Wie alt warst du damals?«, frage ich.

»Vierzehn oder fünfzehn.«

»Wie bitte?«

»Deshalb erzähle ich dir die Geschichte ja. Ich war schon ein Teenager, als sie damit ankam. Als ich achtzehn wurde, hat sie mir allerdings einen Brief geschickt mit hundert Mark drin. Dazu eine Karte, auf der stand: *Investiere in deine Freiheit*, oder so ähnlich. Das war dann wieder nett von ihr. Ich hatte ein bisschen ein schlechtes Gewissen, weil ich sie nicht eingeladen hatte, aber immerhin habe ich ihr ein Dankeskärtchen geschrieben. Darauf hat sie nicht mehr geantwortet. Später haben wir uns dann auch nicht gerade oft gesehen. Sie war bei meiner Hochzeit, wie ich erzählt habe. Bei der ersten.«

»Wie viele Ehen waren es denn nun eigentlich insgesamt, so über den Daumen gepeilt?«, frage ich, weil er erst jetzt damit rausrückt, nachdem Martha das Thema angeschnitten hat.

»Es waren nur zwei«, antwortet Alex ungerührt, fährt dann fort: »Ein paar Mal habe ich noch mit Martha telefoniert und sie in ihrer alten Wohnung besucht, aber das ist jetzt auch schon wieder ewig her. Wahrscheinlich hatte sie mich schon vergessen, als ich sie angerufen habe.« Wieder grinst er zu mir rüber. Womöglich sind Martha auch andere Details entfallen, denke ich. Beispielsweise, dass sie einen Bruder hatte.

Alex hat Hunger. Einen Mordshunger, sagt er. Also halten wir bei einem auf der Strecke liegenden Ausflugslokal. Wir vertiefen uns in die Speisekarte, geben unsere Bestellungen auf, reden wenig und nur Belangloses. Wenn er Hunger habe, sei mit ihm nichts anzufangen, sagt Alex.

»Ah, wunderbar!« Er strahlt die Kellnerin an, die ihm den Rheinischen Sauerbraten mit breitestem Lächeln serviert.

»Meine Güte, die sprüht ja geradezu vor guter Laune«, sage ich und blicke ihr hinterher.

»Tja, die Frauen mögen mich eben.« Alex grinst wie ein Schulbub. Aber er ist keiner mehr.

Ich habe nur eine Suppe bestellt. Kein Appetit.

»Schmeckt's?«, erkundige ich mich nach einer Weile.

»Aber ja. Hat was von Muttern.«

»Meine Mutter hat nie Sauerbraten gekocht. Und ich auch nicht.«

»Tja. Es gerät so manches in Vergessenheit.«

»Und zu Recht«, bemerke ich spitz.

Merkwürdig. Es ist merkwürdig, dass Alex das Erlebte so wenig berührt. Es hat ihn schon nicht sonderlich aus dem Konzept gebracht zu erfahren, dass Martha von ihrer Familie für tot erklärt wurde, erinnere ich mich. Mich hätte diese Information umgetrieben. Allerdings, und das spricht vielleicht wieder für ihn, hat er heute dafür gesorgt, dass ich Martha nicht weiter in die Enge treiben konnte. Nicht er war es, der unseren Rauswurf verschuldet hat, sondern ich. Aber auch das unschöne Ende des Besuchs scheint ihn nicht zu belasten.

»Schnapsidee«, sage ich laut.

»Wie bitte?«

»Du hast deine Verwandtensuche sinngemäß als Schnapsidee bezeichnet.«

»Das war sie ja auch, in gewisser Weise.« Er zwinkert mir zu, greift zur Serviette, widmet sich wieder seinem Braten. Es kränkt mich, dass er die Sache so sieht, aber ich möchte nicht, dass er es spürt.

Nachdenklich mustere ich ihn über den Rand meiner Henkeltasse hinweg und sehe plötzlich, was ich vorher nicht gesehen habe: die Stirnfurchen, die großporige Haut auf den Nasenflügeln, die leicht nach unten sackenden Gesichtszüge. Auch an Alex geht das Alter nicht spurlos vorüber. In diesem Moment schaut er auf, schaut mich an, und ich weiß, dass er dasselbe an mir wahrnimmt. Ein Moment der Wahrheit, wir spüren es beide. Er legt das Besteck hin, betupft nochmals seinen Mund. Auch ich stelle die Tasse ab, und wir sehen einander an, als täten wir es zum ersten Mal wirklich, ohne rosa Brille, ohne Herzklopfen, ohne Atemanhalten.

»Wir sind nicht sonderlich weit gekommen mit unserer Familienzusammenführung«, sage ich.

»Nein. Das ist richtig.«

»Wir sollten es dabei bewenden lassen.«

»Ja.« Er greift nochmals zur Serviette, fährt sich über die Lippen.

»Ich mag dich, Herr Hild«, sage ich und greife nach seiner Hand.

»Ich dich auch, Kerstin.« Er verschränkt seine Finger mit meinen. Ich mag so vieles an ihm: seine Augen, sein Lächeln, seine schönen Hände. Auch seine Stimme, seine Kultiviertheit. Ich mag mich mit ihm.

Das Belehrende mag ich vielleicht weniger und auch nicht das Zimperliche. Nun gut.

»Wir mögen einander, aber es sollte hier enden.«

Alex schweigt.

»Du sagst nichts?«

»Na ja, wäre doch schade.« Er lächelt schwach.

Das stimmt. Ich werde sie vermissen, diese wunderbar leichten Tage. Das Bad im Jungbrunnen. Aber er würde nicht ewig sprudeln, ich würde meine Fingerspitzen nicht stetig aufs Neue ins Zauberwasser tauchen, mein Gesicht damit benetzen und mich wieder wie zwanzig fühlen dürfen. Das liegt in der Natur der Sache.

Auch das Klavierspiel werde ich vermissen. Reine Poesie. Schade drum. Wirklich schade.

»Wir könnten Freunde bleiben«, schlägt Alex vor.

»Nein, könnten wir nicht.« Ich löse meine Hand aus seiner, streiche über seine Wange. »Wie sagte Martha eben? Man sollte das Leben nicht unnötig verkomplizieren.«

»Du meinst deinen Mann?«, fragt er.

»Wäre es nicht an der Zeit, mir von Melissa zu erzählen?«, frage ich zurück.

Alex schaut weg, scheint mit sich zu ringen, sieht dann wieder mich an. »Wir waren sechs Jahre zusammen, eine On-off-Geschichte. Aktuell hat Melissa einen Lehrauftrag an der Augsburger Uni. Komparatistik – das ist noch abgedrehter als Mathematiklehrer, findest du nicht?« Wieder dieses schwache Lächeln.

»Mit mathematischen Diskursen hast du mich ja bisher verschont. Sonst wäre ich längst geflüchtet«, erwidere ich, und wir lachen beide. Oder tun so, als ob. »Aber ich wollte dich nicht unterbrechen.«

»Wie gesagt, aktuell ist Melissa meist in Augsburg. Davor war sie für anderthalb Jahre –« Er bricht ab. »Ist ja auch egal, wo sie steckte, wir haben jedenfalls nie zusammengewohnt. Als ich dich kennenlernte, als wir zwei uns kennenlernten, deutete der Zeiger mal wieder auf off. Ein paar Wochen zuvor hatte es Streit gegeben. Das Fass war übergelaufen – nicht zum ersten Mal, ich sagte es ja bereits. Sie rauschte also beleidigt ab und hat sich danach nicht mehr gemeldet. Ich war auch sehr verärgert, und das war's dann.«

»Bis sie wieder vor deiner Tür stand.«

»Bis sie wieder vor der Tür stand«, bestätigt Alex zerknirscht. »Ich wusste, dass sie zu irgendeiner Tagung geflogen war, dachte aber, sie käme erst später zurück. Oder jedenfalls nicht zu mir. Es tut mir leid, dass ich dich in diese blöde Situation gebracht habe.«

»Schon gut.« Ich winke ab. »Und jetzt? Habt ihr wieder Kontakt?«

»Ja.« Er weicht meinem Blick nicht aus.

Ich brauche einen Moment, um diese Information zu verdauen. Gut, dass es raus ist. Gut, dass sich die Dinge klären.

»Es ist nicht so, dass ich Melissa ständig um mich haben könnte«, fährt Alex fort, und ich habe das Gefühl, er ist ganz froh darüber, plötzlich ungestraft über seine Freundin reden zu dürfen. »Ich bin einfach nicht der Typ für engere Beziehungen, das habe ich nach zwei Ehen begriffen. Aber ein Leben so ganz ohne sie kann ich mir ehrlich gesagt auch nicht recht vorstellen.«

Unweigerlich muss ich an das Porträt der beiden denken, das in diesem Moment sicher wieder an seinem Platz hängt.

Es tut gleichzeitig weh und ist gut zu wissen, gerade noch einmal die Kurve gekriegt zu haben. Ich will keine Kämpfe mit den Melissas dieser Welt austragen müssen, die ich ohnehin früher oder später verlieren würde. Und selbst wenn nicht, ich will überhaupt nicht kämpfen müssen. Ich will diese Anstrengung nicht.

Ich will mir nicht noch mehr Gedanken übers Altern machen müssen als ohnehin schon; nicht über Botox und Lipfiller nachdenken, da mir bereits das lästige Haarefärben reicht. Ich will keine Konkurrenz haben, und ich will keine sein.

»Ach, Herr Hild«, seufze ich. »Ich mag dich trotzdem.«

Er lächelt, streichelt meine Hand. »Iss jetzt bitte weiter, ehe es kalt ist.« Alex tippt mir auf die Nasenspitze, greift dann wieder zum Besteck. Der Appetit ist ihm nicht vergangen.

Es fühlt sich noch immer nicht falsch an, hier mit ihm zu sitzen, an diesem Ort, nur wir beide. Aber es ist auch nicht so, als müsste es so und nicht anders sein. Und was unser Treffen mit Martha betrifft, hätte es sich richtiger angefühlt, wenn wir zu viert dort gesessen hätten, wenn Uwe dabei gewesen wäre.

Doch dafür hätte alles anders laufen müssen. Alex hätte nicht vor unserer Tür stehen, ich ihn nicht einlassen dürfen, schon gar nicht mich heimlich mit ihm treffen, mich von ihm bezirzen lassen oder ihn bezirzen, mich nicht mit Uwe überwerfen, unsere Ehe nicht zum Kipppunkt bringen dürfen.

Uwe und Alex wären sich bereits in der Kindheit begegnet und hätten auch später Kontakt gehalten. Alex wäre auf unserer Hochzeit gewesen und wir auf seiner. Vielleicht wäre er Jules Patenonkel geworden, und Jahre darauf hätten wir uns darüber ausgetauscht, dass Martha im Alter immer wunderlicher würde. Aber dieses Leben hat es nie gegeben, und deshalb sitzt Uwe hier nicht mit am Tisch.

Alex und ich beenden unsere Mahlzeit, auch ein Kaffee ist noch drin. Wir haben es nicht eilig. Es ist okay, wie es ist. Ich fühle mich innerlich aufgeräumter. Nicht glücklich, aber aufgeräumt. Als stünde alles wieder an seinem Platz.

Während der Rückfahrt legt er mir einmal die Hand in den Nacken. Ein schönes, warmes Gefühl. Wir sind einander sehr nahegekommen. Nahe genug, um zu erkennen, dass es keine unausweichliche Fügung war, die uns zusammengeführt hat. Es war eher ein Streifen der Seelen, ein temporäres Andocken; eine instabile Verbindung, die sich von allein wieder löst.

Wir fahren weiter. Heimwärts.

46.

EVELYN

Friedrich«, spricht Evelyn in die Dunkelheit hinein. »Friedrich.« Sie fasst ihn bei der Schulter, zieht die Hand sofort wieder weg.

»Hm?«

»Ich muss mit dir reden.«

Friedrich streckt den Arm aus, schaltet die Nachttischlampe an. »Was ist denn?«, fragt er mit knarziger Stimme.

»Ich kann das nicht mehr.«

»Was kannst du nicht?«

»Das mit uns. Die Werkstatt und alles.« Sie starrt zur Decke hinauf. »Es geht einfach nicht mehr.«

»Was soll das bedeuten?« Er setzt sich halb auf. »Was hast du vor, Evelyn?«

»Wir müssen einen Weg finden, das zu beenden.«

»Beenden?« Er lacht bitter auf.

»Wir können nicht ewig so weitermachen, Friedrich.«

»Nein, das können wir nicht.« Seine Zustimmung überrascht sie.

»Du siehst es also auch so?«

»Ja, natürlich.« Er wirkt plötzlich hellwach. »Fakt ist, wir brauchen jetzt keinen Jonny Schulte mehr. Wir kommen allein klar.« Kurzes Innehalten. »Ich verzeihe dir die Sache mit Schulte. Schwamm drüber. Wir werden nicht mehr darüber sprechen. Wenn er erst weg ist, wird sich alles wieder einrenken. Es wird wieder werden wie früher, du wirst sehen.«

Sie liegt schweigend da, wie erstarrt. »Ich weiß, dass die letzte Zeit sehr anstrengend war für dich«, räumt Friedrich unerwartet ein. »Meine Krankheit, die Kinder, der Betrieb – alles blieb an dir hängen. Kein Wunder, dass du erschöpft bist. Aber das wird schon.« Er tastet nach ihrer Hand, die eiskalt ist im Vergleich zu seiner, drückt sie. Als sie seinen Druck nicht erwidert, lässt er sie wieder los. »Wenn du vorhast, mich zu verlassen, vergiss es!«, spricht er ins Halbdunkel hinein. »Eine Scheidung wird es nicht geben. Niemals. Du würdest die Kinder nie mehr wiedersehen, dafür würde ich sorgen, das schwöre ich dir. Also schlaf jetzt lieber. Morgen früh wird dir selbst aufgehen, was für einen Unsinn du verzapft hast.« Er löscht demonstrativ das Licht und rollt sich auf die Seite.

Die Nacht scheint nicht enden zu wollen. Am Morgen fühlt sie sich regelrecht krank, eine Art geistige Verkühlung.

Sie weckt Kai, hilft ihm beim Ankleiden, bereitet ihm und Martha das Frühstück, starrt dabei immer wieder aus dem Fenster, wie gebannt auf den Moment wartend, in dem Jonny eintrifft.

Seine Ankunft kündet er wie immer mit einem kurzen Schellen an. Sie eilt zum offenen Fenster, sieht ihn vom Rad springen. Fast im selben Moment tritt Friedrich aus der Werkstatt.

»Moin, Chef!«, ruft Jonny ihm zu und streift seinen Rucksack von den Schultern.

»Schulte, ich hab mit dir zu reden.«

Jonny stutzt für einen Moment. »Aber bitte! Ich höre.«

»Wir brauchen dich nicht mehr.«

»Wie?«

»Ich brauche deine Hilfe nicht mehr. Du bist entlassen.«

»Ähm, Moment. Soll das ein Witz sein?«

»Nein. Du bekommst das Geld bis zum Ende des Monats, damit ist auch dein Urlaubsanspruch abgegolten.«

»Aber … das können Sie doch nicht machen, Herr Wagner! Ich meine, es gibt jede Menge zu tun, und Sie schaffen das nicht allein.«

»Lass das mal meine Sorge sein, Schulte. Hier, dein Geld.« Friedrich drückt ihm einen Umschlag in die Hand. »Zähl nach, wenn du willst, aber nicht hier. Und jetzt verlässt du bitte das Grundstück.«

Jonny steht wie versteinert da.

»Scher dich zum Teufel!«, brüllt Friedrich unvermittelt und macht einen schnellen Schritt nach vorn. Jonny weicht zurück. Evelyn sieht, wie er sich wieder auf sein Rad schwingt, wendet und vom Hof radelt, ohne ihr auch nur einen flüchtigen Blick zuzuwerfen, ohne sich überhaupt noch einmal umzusehen.

Sie sieht Friedrich zurück in die Werkstatt humpeln, als wäre nichts geschehen. Und in gewisser Weise ist es das auch nicht. Das Leben geht einfach weiter, heute wie morgen und auch übermorgen und überübermorgen. Alles wie immer.

Am späten Vormittag klingelt das Telefon. Evelyn überlegt, gar nicht erst ranzugehen. Sie hat keine Energie. Aber was, wenn es Jonny ist? Doch es ist nicht Jonny, sondern der alte Zaley.

»Guten Tag, Frau Wagner. Wie geht es Ihnen?«

»Danke, gut.«

»Sind Sie wohlauf?«

Zaley weiß Bescheid, denkt sie unvermittelt. Sonst würde er nicht nachhaken. »Ja, bin ich«, antwortet sie knapp.

»Ich wollte nur sichergehen, dass Ihr Mann nicht abhebt.« Zaley klingt plötzlich verlegen. »Können Sie sprechen? Sind Sie allein?«

»Ja.«

»Gut, dann gebe ich Ihnen jetzt Herrn Schulte.«

Jonnys Stimme zu hören, ist fast zu viel für sie. Urplötzlich schlottern ihr die Knie. Was sie einander zu sagen haben, ist schnell besprochen. Keine Minute später hängt Evelyn ein. Ihre Beine wollen sie nicht mehr tragen. Sie muss sich setzen.

47.

KERSTIN

Alle Straßen führen zu der, auf der du dich gerade befindest. Ich befinde mich hier: Hembergweg 47, Einfamilienreihenendhaus. Mein Leben hat mich vor Jahrzehnten an diesen Ort geführt, eine Folge vieler kleiner und großer Entscheidungen und von noch mehr Zufällen.

Unmöglich zu sagen, der Hembergweg 47 war schon immer mein Ziel. Vielleicht steckt in uns allen ein kleiner Kolumbus, denke ich. Vielleicht haben wir irgendwann mal etwas ganz anderes gesucht und sind dann irgendwo gestrandet. Vielleicht wussten wir auch gar nicht, wonach wir suchten, und haben uns einfach treiben lassen. Hätte sich der Wind in andere Richtungen gedreht, wären wir ganz woanders gelandet. Sind wir aber nicht. Wir sind da, wo wir gerade sind.

Möglicherweise ist die Botschaft eine andere. Vielleicht will sie zum Ausdruck bringen, dass der Ort, an dem wir uns befinden, gut für uns ist, eben weil wir hier sind und nirgendwo anders. *Die beste aller möglichen Welten.* Eine andere gibt es nicht für uns.

Dieser Gedanke gefällt mir schon eher, allerdings trifft er auf mich nicht zu. Ich bin zwar keine dreißig mehr, doch ich habe sehr wohl die Möglichkeit, diesen Ort zu verlassen. Ich kann meinen Kram packen und mich noch einmal auf den Weg machen, mir neue Ziele suchen. Jule ist erwachsen, sie braucht ihre Mutter nicht mehr, jedenfalls nicht hier, an diesen Ort gebunden. Ich bin nicht mehr jung, aber auch nicht richtig alt, ich habe noch Kraft, ich habe Geld, nichts hält mich.

Oder doch?

Brauche ich überhaupt noch einen Mann? Allein zu leben, erscheint mir auf einmal nicht mehr so erschreckend. Alle die geschiedenen Frauen in reiferen Jahren, die ich kenne – wie die Witwen im Übrigen auch –, sagen, sie wollen keinen Mann mehr. Ein deutlicher Hinweis darauf, dass ab einem bestimmten Alter die Nachteile überwiegen. Oder zumindest die Befürchtungen.

Wie wäre es, allein zu sein? Ich müsste mich nicht mehr wie ein Möbelstück fühlen, das man beiseiteschiebt, wenn es im Weg ist, keine Socken unterm Sofa aufklauben, keine Musik hören, die ich nicht mag, nicht den Partner überreden, mit mir an Orte zu fahren, die ihn nicht interessieren. Ich könnte einfach tun, wonach mir der Sinn steht. Und alles andere sein lassen.

Aber dass Uwe sich jetzt so klar positioniert und mir unmissverständlich zu verstehen gegeben hat, dass er mir meine Unentschiedenheit nicht mehr durchgehen lässt, hat mich innerlich stärker berührt als alles, was in den letzten Jahren zwischen uns war.

Diese Entschlossenheit hat in mir etwas anklingen lassen, das ich völlig erloschen glaubte; etwas überaus Lebendiges, Unmittelbares, wie das Aufflammen von Glut. Sosehr ich mich auch über Uwe ärgere, so hat mir sein Handeln doch Respekt eingeflößt.

Vielleicht hat es daran gemangelt in den letzten Jahren, vielleicht hat er sich abgeschliffen, abgerieben an den Ecken und Kanten des Alltags.

Aber womöglich ist es gar nicht so sehr eine Frage des Respekts. Vielleicht war es diese ungeteilte Aufmerksamkeit, die er mir hat zukommen lassen – so schizophren das auch klingen mag. Und immerhin hat er mir mehr Möglichkeiten eingeräumt als sich selbst. Ich habe die Entscheidungsfreiheit, er muss mit dem Ergebnis leben. Nein, das ist falsch. Er ist kein Opfer meiner willkürlichen Herrschaft. Er hat den Kampf aufgenommen, um sich, um uns. Um mich.

In diesem Moment fehlt er mir, ein Gefühl wie Seitenstechen. Man möchte, dass es weggeht, doch man wird es nicht los. Gleichzeitig ist da noch dieser Zorn auf ihn, wie Seitenstechen und Magengrimmen auf einmal.

Wir sind nicht von ungefähr an diesen Punkt geraten, an dem wir jetzt stehen. Ich bin nicht gewillt, mir in diesem Spiel den Schwarzen Peter zuschieben zu lassen. Nicht nur ich bin eine Lügnerin. Auch Uwe hat mich angelogen. Schon immer. Oder falls der Begriff Lüge zu hart ist, so hat er zumindest die Unwahrheit gesagt. All die Jahre über hat er mir weisgemacht, seine Schwester wäre bei einem Autounfall gestorben, gemeinsam mit der Mutter.

Nun weiß ich es besser. Wozu diente diese grässliche Mär? Der Tod seiner Mutter wird für Uwe gewiss ein einschneidendes Erlebnis gewesen sein, wie im Übrigen auch für Vater und Schwester. Aber warum war es nötig, das familiäre Gefüge noch weiter zu zerreißen?

Nach wie vor treibt mich die Begegnung mit Martha um.

Es mag merkwürdig klingen, aber die größte Familienähnlichkeit zwischen ihr und Uwe offenbarte sich mir in dem Moment, als ich sie nach dem Unfall fragte. Dieser reservierte Blick, dieses augenblickliche Zumachen und Verschließen. Sogar die Farbe ihrer Iris schien sich geändert zu haben. Genau wie bei Uwe, wenn er über etwas nicht reden will – oder es nicht preisgeben möchte.

Was, zum Kuckuck, ist damals geschehen? Es geht nicht anders: Ich muss noch einmal mit Martha sprechen.

48.

EVELYN

Jonny hat sich Zaleys Wagen geliehen, um Evelyn vom Busbahnhof abzuholen. Leider wartet auch die Witwe Kemmert aus dem Lebensmittelladen an der Haltestelle auf ihre Verbindung. Evelyn fühlt sich von ihr beobachtet, als sie zu Jonny ins Auto steigt. Was soll's, versucht sie sich einzureden. Die Kemmert wird wohl kaum mit der frohen Kunde zu Friedrich laufen, und überhaupt hat sie gerade andere Sorgen. Seit Tagen – über eine Woche schon – hat sie Jonny nicht getroffen, ihn nicht sehen dürfen, und in ihre Erleichterung und Freude über das Wiedersehen mischt sich vom ersten Moment an die Trauer über den bald wieder nahenden Abschied, ihre ganze Verzweiflung über diese Liebe, die nicht gelebt werden darf.

»Hast du Arbeit?«, erkundigt sie sich, weil ja irgendetwas gesagt werden muss und weil sie es tatsächlich nicht weiß. Außerdem könnte Jonny ohne Arbeit wohl kaum länger in der Gegend bleiben.

»Zaley hat mich bei Hettinger & Söhne eingeschleust.«

»Die Schraubenfabrik?«

»Richtig. Ich warte dort jetzt den Fuhrpark.«

»Hört sich gut an.«

»Ja, es ist eine gute Arbeit. Gutes Geld. Ich spare jeden Pfennig, damit wir endlich von hier verschwinden können.«

Bei seinem *Wir* läuft ihr ein Schauer über den Rücken.

»Aber du kannst deine Arbeit nicht aufgeben.« Es ist mehr eine Feststellung als echter Widerspruch.

»Ich finde überall Arbeit, das sagte ich schon mal. Es kann ja nicht so weitergehen.«

Schweigen.

»Und die Kinder?«, erkundigt sie sich bang.

»Auch darüber haben wir bereits gesprochen.«

»Es ist dir also noch ernst?«

»Selbstverständlich.«

»Aber wo sollen wir hin?«

»Zu meiner Schwester, fürs Erste.«

»Du hast eine Schwester?«

»Ja.«

»Davon wusste ich gar nichts.«

»Du weißt vieles nicht von mir. Aber ja, wir können eine Weile bei ihr unterkommen. Sie hat Platz genug. Und dann sehen wir weiter.«

»Wie sollen wir es anstellen? Die Kinder und ich werden Gepäck brauchen, zumindest das Allernötigste. Friedrich wird den Braten riechen.«

»Ich könnte Zaley nochmals um den Wagen bitten.«

»Nicht doch. Wir dürfen ihn da nicht auch noch mit reinziehen.«

Jonny sagt nichts darauf, und sie deutet sein Schweigen als Zustimmung. »Also Friedrichs Wagen«, sagt sie laut. Ihr *gemeinsamer* Wagen. Sie würden zwei Fliegen mit einer Klappe schlagen: Evelyn wäre schnell mit den Kindern vom Hof, und Friedrich könnte ihr nicht sofort folgen. »Später kann ich das Auto ja irgendwo abstellen und ihm die Schlüssel schicken«, sagt sie, ihren eigenen Gedanken fortspinnend. »Dann kann er ihn wieder abholen.« Je länger sie darüber nachdenkt, desto klarer wird ihr, dass dies der einzige Weg ist. Sie wird den Wagen nehmen müssen, eine andere Chance haben sie nicht.

Und sie wird sich beeilen müssen, ehe das Pulverfass explodiert.

49.

EVELYN

Drei Koffer hat sie gepackt. Einen für sich, einen für Martha, einen für Kai. Die Schwierigkeit besteht darin, sie unbemerkt ins Auto zu schaffen. Dann die rettende Botschaft: Friedrich hat am Vormittag einen schwer verunfallten Wagen hereinbekommen. Er wird beschäftigt sein und auch mit dem Trennschleifer ranmüssen. So wird er nicht hören, was draußen vor sich geht. Das hofft sie zumindest, sicher sein kann sie sich nicht, aber sie muss das Risiko eingehen.

Martha hat schulfrei, Kartoffelferien. Allerdings gibt es bei den Wagners keine Kartoffeln zu ernten.

Evelyn wartet, bis die Kinder ihr Frühstück beendet haben, räumt den Tisch ab, spült das Geschirr. Der Gedanke, Friedrich den Abwasch zu hinterlassen, ist ihr unangenehm.

Ein letzter prüfender Blick in den Hof, dann eilt sie mit den Koffern die Treppe hinunter. Erst die von Kai und Martha, danach ihr eigener. Leise schließt sie die Kofferraumklappe. Geschafft. Bis hierher zumindest.

»Kommt, Kinder! Wir machen einen Ausflug«, verkündet sie, zurück in der Küche. »Lauft, holt eure Jacken!

»Wo wollen wir denn hin?«, fragt Martha, nicht eben begeistert.

»Lass dich überraschen.«

»Ich will aber nicht.«

»Nun komm. Es wird lustig.«

»Na gut. Aber erst muss ich –«

»Martha, wir müssen los!«

Schmollend rutscht die Tochter von ihrem Stuhl. »Kommt Papa auch mit?«

»Der hat zu tun.«

Schnell, schnell! Nur jetzt keine Zeit verlieren. Sie hilft Kai in die Jacke, schnürt ihm die Schuhe, schiebt ihn aus der Tür, hält im letzten Moment inne.

»Lauf, Martha! Hol seinen Hasen.«

»Seinen Hasen, aber wieso?«

»Frag nicht! Hol ihn einfach.«

Endlich können sie das Haus verlassen. Die paar Schritte über den Hof sind ein Spießrutenlauf.

Die Kinder krabbeln auf die Sitze, sie schwingt sich hinters Lenkrad, startet den Motor, lässt den Wagen so leise wie möglich anrollen. Ein letzter prüfender Blick zurück, dann setzt sie den Blinker und biegt in die Landstraße ein. Sie hat Haus und Werkstatt hinter sich gelassen. Und Friedrich.

»Freut euch, Jonny kommt auch mit!« Evelyn legt alle Fröhlichkeit in ihre Stimme, die sie aufbringen kann.

»Sonny«, sagt Kai. Er sagt ›Sonny‹ statt ›Jonny‹, und im Rückspiegel sieht sie ihn fröhlich lachen.

»Ja, unser Jonny!« Evelyn lacht zurück.

»Aber Jonny arbeitet nicht mehr für uns«, wirft Martha ein, die Arme vor ihrer Brust verschränkt.

»Trotzdem können wir einen gemeinsamen Ausflug unternehmen«, antwortet Evelyn leichthin. »Er ist ja noch unser Freund. Du magst Jonny doch, oder?«

»Ja, er ist lustig.« Martha schaut zum Seitenfenster hinaus.

»Da ist er auch schon!« Evelyn deutet nach vorn. Und tatsächlich, da steht Jonny am Straßenrand, eine Art Seesack neben sich, und hält den Daumen raus, als wollte er trampen.

Sie setzt den Blinker.

»Können wir dich mitnehmen?«, scherzt sie. Martha soll ihre Anspannung nicht bemerken.

»Das wäre ganz wunderbar.« Schon schwingt Jonny sich auf den Beifahrersitz, stellt seine Tasche zwischen seinen Knien ab.

»Hallo, Kinder! Wo geht's hin?«

»Wir machen einen Ausflug«, berichtet Martha.

»Wunderbar. Da bin ich dabei.«

»Bist du doch sowieso.«

»Schlaues Mädchen.«

Als Evelyn wieder anfahren will, würgt sie den Motor ab. Sie startet neu, verschaltet sich. Jonny sagt nichts dazu, doch als sie in ihrer Nervosität einem anderen Wagen beinahe die Vorfahrt nimmt, fragt er, ob er steuern soll.

»Nein!« Die Antwort fällt harscher aus als beabsichtigt. Sie beißt sich auf die Unterlippe, umklammert das Lenkrad noch fester, spürt Jonnys prüfenden Blick.

»Was ist los?«

»Ich habe keine Dokumente für die Kinder«, antwortet sie mit bebender Stimme, den Blick fest auf die Straße geheftet. »Ich weiß nicht, ob es richtig ist. Ich weiß es wirklich nicht.«

»Fahr bitte rechts ran.«

»Warum?«

»Halt bitte an, nur für einen Moment.«

Doch das kann sie nicht. Ein tiefer Graben trennt die Straße vom offenen, stark abfallenden Wiesengelände. Also fährt sie noch einige Meter weiter, biegt schließlich in einen Feldweg ein. Kaum ist ihr Wagen zum Stillstand gekommen, steigt Jonny auch schon aus.

»Mama, was ist los?«, erkundigt sich Martha argwöhnisch.

»Nichts weiter. Bin gleich wieder da.« Auch Evelyn ist bereits halb draußen. Schnellen Schrittes geht sie Jonny nach, der ein wenig abseits stehen geblieben ist.

»Also?« Er blickt ihr forschend ins Gesicht.

»Ich habe keine Papiere, keine Ausweise, kein Stammbuch, nichts. Friedrich muss die Unterlagen genommen haben, ich konnte sie nirgends finden. Jetzt kann ich nicht einmal beweisen, dass es meine Kinder sind!« Ihre Stimme wird schrill.

»Aber Martha und Kai existieren«, entgegnet Jonny ruhig. »Das kann ja wohl niemand in Zweifel ziehen. Es wird Mittel und Wege geben, die Dokumente zu beschaffen. Wir erfinden einen Wasserschaden, einen Brand, irgendetwas. Es wird sich regeln lassen.«

Doch sie hört ihm nur halb zu. »O mein Gott!«, jammert sie weiter. »Ich weiß nicht, ob ich den Kindern das antun darf!«

»Aber Evelyn! Wir stehen hier, und du weißt es immer noch nicht?« Jonny klingt plötzlich ungehalten. »Vielleicht hat dein Mann ja recht, und du kannst dich wirklich nie entscheiden.« Der Vorwurf trifft sie hart. Nie hat sie Jonny so bitter erlebt.

»Ich gebe dir zehn Minuten«, sagt er. »Überlege dir noch einmal gut, ob du mich willst oder nicht. Wenn du dich gegen mich entscheidest, mache ich dir keinen Vorwurf. Wir kehren um, und ich verschwinde aus deinem Leben. Für immer. Wenn du dich aber für uns beide entscheidest, dann zieh die Sache durch. Dann gibt es kein Zurück mehr.« Er schaut sie eindringlich an, wirft anschließend einen Blick auf seine Armbanduhr. »Zehn Minuten.« Schon wendet er sich ab und stapft los, den Berg hinunter.

Eine Weile schaut sie ihm nach, tritt dabei unruhig von einem Bein aufs andere. »Warte!«, ruft sie schließlich, doch Jonny reagiert nicht, sondern schreitet nur noch zügiger aus, als hätte er ein fernes Ziel. Sie möchte die Kinder nicht allein lassen, eilt ihm trotzdem nach, muss schließlich in einen schnellen Trab fallen, um ihn einzuholen. »Jonny, so lauf doch nicht weg!«

Endlich bleibt er stehen, wartet, bis sie schnaufend zu ihm aufgeschlossen hat. »Ich sagte zehn Minuten, Evelyn.«

»Ich brauche keine zehn Minuten.«

»Aber du solltest sie dir nehmen.«

»Ich habe mich ja längst für dich entschieden«, beeilt sie sich zu sagen. »Es war nur diese plötzliche Sache mit den Papieren. Ich weiß nicht, ob Friedrich nur vorsorgen wollte oder ob er gewarnt ist. Ich weiß nicht, wie ich mich jetzt als Mutter der Kinder ausweisen soll. Das hat mir Angst gemacht, Jonny!«

»Okay, das verstehe ich«, räumt Jonny ein. »Aber wo ein Wille ist, ist auch ein Weg, und wir müssen –« Er erstarrt mitten im Satz, reißt erschrocken die Augen auf. »Was zum Teufel …« Schon stürzt er los, zurück in Richtung Wagen. Evelyn fährt herum, und auch ihr stockt der Atem, ihr Herz setzt für einen Moment aus. Der Admiral hat sich in Bewegung gesetzt. Wie von Geisterhand gesteuert kommt er den Feldweg hinabgerollt, geradewegs auf sie zu, nimmt nun immer mehr Fahrt auf, wird schneller und schneller. Als er vorbeischießt, bleibt ihnen nichts anderes übrig, als zur Seite zu springen.

Dieses Bild wird sich ihr auf ewig in die Netzhaut brennen: Marthas angstverzerrter Blick – und Kais strahlendes Lachen. Er steht da wie ein Kapitän, das Lenkrad wie ein Steuerruder fest im Griff. In Wahrheit steuert er natürlich nicht, der Wagen ist führerlos.

Evelyn schreit auf. Laut rufend rennt sie dem Wagen hinterher, fliegt geradezu, als könnte sie ihn noch aufhalten, wenn sie nur schnell genug wäre. Doch bevor der Wagen die Talsenke erreicht, die der Schanzenbach ins Gestein gegraben hat, kommt er vom Feldweg ab und rumpelt über eine

Wiese, verliert dort an Fahrt, kracht schließlich in eine Wand aufgestapelter Strohballen. Ein neuerlicher Aufschrei schrillt übers Land und findet irgendwo ein fernes Echo.

Jonny ist als Erster bei den Kindern, reißt die Fahrertür auf, bückt sich und hebt Kai vorsichtig hinaus, der offensichtlich in den Fußraum geschleudert wurde. Evelyn ist nun auch da, öffnet die Beifahrertür. »Martha! Bist du in Ordnung?«, keucht sie, noch immer völlig außer Atem. Ihre Tochter nickt, krabbelt selbst aus dem Wagen, kreidebleich im Gesicht.

»Was ist mit Kai?«

»Er scheint unverletzt zu sein«, antwortet Jonny und wiegt das Kind in den Armen. »Hat wohl mehr Glück als Verstand gehabt.« Vorsichtig stellt er den Jungen auf die Füße, und sofort rennt er zu seiner Mutter. Evelyn beginnt zu weinen, die Tränen laufen ihr nur so übers Gesicht.

Oben auf der Straße wird das Nageln eines Dieselmotors hörbar, dort rollt gerade ein Traktor vorbei. Der Fahrer hat sie offensichtlich bereits entdeckt, biegt jetzt in den abschüssigen Feldweg ein.

Bauer Brenner. Evelyn erkennt ihn schon von Weitem. Dann ist er bei ihnen. Er steigt von seinem Traktor, kommt mit schweren Schritten auf sie zu. »Ist jemand verletzt?«

»Ich glaube nicht.« Jonny schüttelt den Kopf.

»Wir wissen es nicht«, schränkt Evelyn ein, den kleinen Kai noch immer ängstlich beäugend.

»Aber es sieht nicht so aus«, beharrt Jonny. »Können Sie uns wohl helfen, denn Wagen rauszuziehen?«

»Klar kann ich«, brummelt Brenner. »Wie ist das passiert?« Er mustert Jonny kritisch. »Nun, reden können wir später«, beschließt er, nachdem die Antwort ausbleibt. »Sehen wir erst mal zu, dass wir die Kuh vom Eis kriegen.«

»Wir waren unterwegs, und auf einmal musste ich pieseln«, erzählt Jonny dem Bauern, während er das Abschleppseil an der Abschleppöse befestigt. »Zu viel Kaffee.«

»Herr Schulte wollte uns zu meiner Mutter fahren und anschließend ein paar Ersatzteile besorgen«, springt Evelyn ihm bei, doch Jonny übergeht ihre Bemerkung.

»Also bin ich rechts ran und ausgestiegen. Und da meinte Martha, dass sie auch mal müsse. Frau Wagner ist dann auch mit ihr raus. Ich wollte die Damen nicht in Verlegenheit bringen, also bin ich ziemlich weit weg. Und auf einmal rollt der Wagen …«

»Der Kleine saß allein drin?« Brenners dichte Brauen fügen sich zu einem Balken.

»Aber nein!«, widerspricht Evelyn heftig. »Ich war schon fast wieder eingestiegen. Martha auch. Doch auf einmal …« Schlagartig wird ihr bewusst, dass sie die Handbremse nicht angezogen hat. Schwergängig, wie sie ist, hätte Kai sie niemals lösen können. Evelyns Herz beginnt erneut zu rasen, ihre Wangen brennen. »Ich … ich habe noch versucht, ihn einzuholen, aber es ging nicht«, stottert sie.

»Nicht zu glauben!« Brenner schüttelt den Kopf. »Wenn die Strohballen nicht gewesen wären, wäre der Wagen womöglich den Steilhang runtergeschossen und hätte sich überschlagen.«

Evelyn mag gar nicht daran denken. Der Unfall hätte tödlich enden können.

Mit vereinten Kräften gelingt es den Männern, den lädierten Admiral aus dem Strohstapel zu befreien, und da er nicht mehr von allein anspringen will, schleppt Brenner ihn mit seinem Traktor zurück zum Hof. In seinem Innern hocken Jonny, Evelyn und die Kinder beieinander, als läge der Ausflug noch vor ihnen. Aber niemand spricht mehr auch nur ein Wort.

50.

KERSTIN

Ich will keine Abfuhr riskieren, also verzichte ich auf einen weiteren Anruf und fahre gleich hin. Meiner Hoffnung nach wird mir das Überraschungsmoment zuarbeiten.

Marthas Gesichtsausdruck lässt allerdings keinen Zweifel daran, dass mein Anblick für sie keine freudige Überraschung darstellt. Ich sage, dass ich noch etwas Dringendes zu klären hätte, und bitte sie, mich einzulassen. Sie beäugt mich argwöhnisch, späht mir über die Schulter.

»Ist Alexander dabei?«

»Nein, ich komme allein.«

»Gut. Ich will ihn nicht sehen.«

Das war deutlich.

Schließlich führt sie mich ins Wohnzimmer, und ich nehme erneut auf dem Sofa Platz; auch die graue Katze leistet mir wieder Gesellschaft. Ich bedanke mich nochmals für ihr Entgegenkommen, und sie taut etwas auf.

»Ja, ja, der kleine Alexander«, sagt sie mit leisem Schmunzeln. »Ein richtiger Schürzenjäger. Kennen Sie den Begriff noch?« Klar kenne ich ihn. »Dieses Kleine-Jungs-Lächeln, das hat er immer noch drauf. Sie sollten sich vor ihm in Acht nehmen.« Martha hebt ihren Zeigefinger, lächelt dabei, und ihre Augen legen sich in Fältchen. »Aber ich glaube nicht, dass Sie wegen Alexander hier sind.« Sie wird wieder ernst.

»Nein, bin ich nicht. Und ich rechne es Ihnen hoch an, dass Sie mir diese Chance geben und mich anhören trotz Ihrer gesundheitlichen Probleme.«

»Gesundheitliche Probleme?« Sie hebt irritiert die Brauen.

Ich stutze. Ihr fehlt gar nichts? Dann hat sie die schwere Erkrankung, von der sie bei unserem letzten Treffen sprach, also nur vorgeschoben? So sieht es wohl aus. Sie hat sich herausgeredet, genau wie Alex vermutet hatte. Aber es ist nicht an Martha, sich erklären zu müssen. Sie hat mich nicht hergebeten, vielmehr habe ich die Einladung erzwungen, also bin ich jetzt an der Reihe.

»Die Geschichte zwischen Uwe und Ihnen hat mir keine Ruhe gelassen«, komme ich zum eigentlichen Thema zurück und bin mir sicher, dass sie versteht, wovon ich rede. »Dieser Bruch zwischen Ihnen beiden, oder wie ich es nennen soll – er muss doch irgendetwas mit der Vergangenheit zu tun haben.« Ein kurzes Innehalten, dann gebe ich mir einen Ruck. »Meiner Vermutung nach hängt es mit diesem furchtbaren Unfall Ihrer Mutter zusammen.«

Ich schaue auf und beobachte Marthas Reaktion. Sie erschrickt nicht wie beim letzten Mal, sondern bleibt gefasst. Mit leicht in sich gekehrtem Gesichtsausdruck blickt sie vor sich hin, als müsste sie sich ihre Antwort sorgfältig zurechtlegen.

51.

EVELYN

Friedrich steht im Hof und blickt ihnen finster entgegen, als Brenners Traktor einrollt und vor der Werkstatt zum Stehen kommt.

»Da bringe ich Ihnen die Ausreißer wieder«, versucht Brenner zu scherzen und trifft nichts ahnend ins Schwarze. Vielleicht ahnt er aber doch etwas, auch wenn er offensichtlich keine Ahnung hat, dass Jonny nicht mehr für die Wagners arbeitet. Er fängt Friedrichs Blick auf, der töten könnte, schlägt einen beschwichtigenden Ton an. »Ist ärgerlich, klar, aber seien Sie lieber froh und dankbar, dass Ihre Kinder noch leben. Die Sache hätte verdammt ins Auge gehen können.«

Friedrich fragt nicht, was passiert ist, sagt überhaupt nichts, starrt nur den kaputten Wagen an und dann Evelyn, die mit den Kindern ausgestiegen ist. Auch Jonny steigt nun aus.

»Ich bringe das in Ordnung, Herr Wagner.« Jonny tritt einen Schritt vor, steht nun zwischen ihr und ihm, doch Friedrich schiebt ihn einfach zur Seite und geht Brenner zur Hand, der sich bereits daranmacht, das Abschleppseil zu lösen.

»Ich muss meine Mutter anrufen«, sagt Evelyn unvermittelt, dazu sehr laut. »Sie muss wissen, dass es nichts werden wird mit dem Besuch, damit sie sich keine Sorgen macht.« Doch sie regt sich nicht, unternimmt nichts.

»Danke, Brenner«, brummt Friedrich schließlich.

»Nichts für ungut.« Brenner tippt sich an die Mütze und schickt sich an, auf seinen Traktor zu klettern.

»Nehmen Sie Schulte mit. Der wird hier nicht mehr gebraucht!«, schiebt Friedrich nach.

Brenner schaut von ihm zu Jonny, Ratlosigkeit im Blick.

Jonny hebt die Hand. »Nicht nötig, danke! Ich komme allein klar.«

Brenner nickt nur, startet den Motor und tuckert vom Hof.

»Ich bringe den Wagen wieder in Ordnung, Herr Wagner«, wiederholt Jonny, als das Nageln des Motors verhallt ist. »Ein, zwei Tage Arbeit, dann ist er wieder wie neu.«

»Du bringst hier gar nichts in Ordnung«, blafft Friedrich. »Hau ab! Wir brauchen deine Hilfe nicht!«

»Aber –«

»Schnauze! Du schwingst jetzt die Hufe und machst dich vom Acker.«

»Friedrich, er kann nichts dafür«, schaltet Evelyn sich ein.

»Du hältst dich raus!«, donnert Friedrich und hebt die Hand, als wollte er zum Schlag ausholen.

»Lassen Sie gefälligst Ihre Frau in Ruhe!«, zischt Jonny.

»Du sollst verschwinden, du mieses Schwein!«

»Nicht, solange Sie Ihre Frau bedrohen!«

»Bedrohen? Ich? Wer hat sie denn eben in Lebensgefahr gebracht? Und meine Kinder dazu?«

»Friedrich, bitte! Lass uns vernünftig reden.« Evelyn schluchzt auf.

»Wir reden noch, darauf kannst du Gift nehmen! Aber erst verschwindet dein Stecher von unserem Hof.«

»Mama, Mama!«, ruft Martha, und Kai beginnt zu weinen.

Evelyn breitet ihre Arme aus, drückt ihre Kinder an sich.

»Herr Wagner, lassen Sie Ihre Frau aus dem Spiel«, sagt Jonny mit fester Stimme. »Klären wir die Sache unter uns!«

»Unter uns, ja? Das kannst du haben!« Friedrich spuckt

die Worte geradezu aus. »Warte, ich setze uns ein Käffchen auf, das trinkt ihr doch so gern!« Er dreht sich um und stürmt ins Haus.

Evelyn blickt ihm nach, lauscht angespannt. Die Haustür steht sperrangelweit offen, und so hört sie ihn mit schleppenden Schritten die Treppe hochpoltern, hört, wie er sich im Schlafzimmer zu schaffen macht. Eine Schranktür fliegt auf, dann Gerumpel. Das Jagdgewehr, schießt es ihr in den Sinn. Dort oben liegt eine uralte Waffe, ebenfalls noch vom Vermieter. Er hat sie einfach dagelassen. Vor Jahren hat Friedrich sie ganz oben auf einem der Schränke verstaut, damit sie keine Gefahr für die Kinder darstellt, und auch die Munition. Wieder Gepolter.

»Martha, du gehst mit Kai hinter die Scheune«, kommandiert Evelyn. »Nun los, mach schon! Und du, Jonny, geh bitte!«

»Aber –«

»Geh, Jonny!«

»Nein, ich lasse dich nicht mit ihm allein.«

»Mir wird er nichts tun, das weiß ich. Aber dir …«

Wieder Gepolter, dann erscheint Friedrich in der offenen Tür. Er hat jetzt das Gewehr in der Hand.

»Friedrich, bitte nicht!« Evelyn springt ein paar Schritte vor, mit ausgebreiteten Armen, als wollte sie ihn aufhalten, doch er beachtet sie gar nicht, lädt nur die Waffe durch.

»Wollen wir mal sehen, ob du gehst oder nicht!« Er richtet den Lauf auf Jonny, zielt. Dann ein Schuss. Evelyn brüllt auf, die Kinder schreien, die Ringeltauben flattern auf.

Friedrich hat Jonny nicht getroffen. Womöglich hat er nicht einmal auf ihn gezielt, vielleicht zielt das alte Ding überhaupt nicht mehr, aber es zeigt seine Wirkung.

Jonny hebt die Hände zum Zeichen, dass er sich geschlagen gibt, geht ein paar Schritte rückwärts, dreht dann um.

Nachdem er die Scheune passiert hat, entschwindet er ihren Blicken.

»Wer sagt's denn?« Friedrichs Grinsen zeugt von grimmiger Genugtuung. Er lässt die Waffe sinken, deutet auf Evelyn. »Und jetzt zu dir. Geh ins Haus! Wir reden drin weiter.«

»Und die Kinder?«, fragt sie ängstlich.

»Die gehen schön spielen«, antwortet Friedrich, schaut dann kurz zu seiner Tochter. »Geh spielen, Martha. Und nimm deinen Bruder mit.«

Martha, noch immer blass und leidend aussehend, gehorcht sofort und schiebt ihren kleinen Bruder vor sich her in Richtung Wiese. Evelyn überrollt eine Welle von Scham und Schuldgefühlen.

»Friedrich, es tut mir so leid!« Sie ringt die Hände. Sie stehen einander in der Küche gegenüber, Auge in Auge. »Es war ein dummer Einfall von mir. Ich hätte dir sagen müssen, dass ich ein paar Tage zu meiner Mutter fahren wollte. Ich dachte, dort würde ich wieder einen klaren Kopf bekommen.«

»Seit wann fährt man übers Schanzenbachtal zu deiner Mutter?«, zischt Friedrich.

»Nun, die Kinder haben Ferien, und …«

»Verkauf mich nicht für dumm, Evelyn! Die Kinder waren keine zehn Minuten in deiner Obhut, und schon hast du sie in Lebensgefahr gebracht. Sie könnten tot sein!«

Evelyn stöhnt auf. Es stimmt, was er sagt.

»Und dann auch noch die Dreistigkeit besitzen, mir meinen Wagen zu stehlen!«, poltert Friedrich von Neuem los.

»Es ist unser Wagen«, schluchzt sie, den letzten Rest Widerspruchsgeist zusammenkratzend, der ihr geblieben ist.

»Es ist mein Wagen!«, zischt Friedrich. »Ich habe ihn bezahlt, er ist auf mich angemeldet, und du wirst ihn nie wieder fahren. Mehr habe ich nicht zu sagen. Jetzt sieh zu, dass du den Kindern was zu essen machst! Sie haben heute schon genug leiden müssen.« Er schickt sich an, die Küche zu verlassen, hält aber noch einmal inne. »Falls du doch noch irgendwelche Illusionen hegst, den lieben Jonny betreffend: Du bist nur ein kleines Flittchen, das für jeden dahergelaufenen Kerl die Beine breit macht. Und völlig skrupellos auch noch die eigenen Kinder in Lebensgefahr bringt. Das wird jeder Richter so sehen.« Er mustert sie verächtlich. »Ich hätte schon damals stutzig werden sollen, wie leicht du dich hast rumkriegen lassen. Sonst hättest du mir wohl kaum so schnell ein Balg anhängen können.«

»Aber, das ist –« Evelyn schnappt nach Luft.

»Du siehst die Kinder nie wieder. Sei dir dessen bewusst.« Friedrich dreht sich um und geht, die Tür fliegt krachend ins Schloss.

Den Rest des Tages redet er kaum noch ein Wort mit ihr, auch nicht während ihrer gemeinsamen Taxifahrt ins Krankenhaus, wo sich herausstellt, dass Martha sich den Arm gebrochen hat. Ein glatter Bruch, der rasch und vollständig ausheilen wird, so verspricht man ihnen.

Das ist es, was auch Evelyn sich wünschen würde: eine schnelle, vollständige Genesung von dem Leid, das sie angerichtet hat.

52.

EVELYN

Wieder zu Hause angekommen, erwägt sie, auf dem Sofa in der guten Stube zu schlafen, doch sie will Friedrich nicht noch mehr reizen. Er schneidet sie zwar, aber er brüllt nicht mehr. Nicht einmal wegen der Sache mit dem Armbruch hat er ihr noch Vorwürfe gemacht.

In der Nacht wälzt er sich stumm auf sie. Sie liegt da wie erstarrt, während er in sie dringt, spürt mit jedem Stoß seine grenzenlose Wut. Der Akt als verdiente Strafe, die sie klaglos hinnimmt. Danach schläft er direkt ein; Evelyn schläft nicht. Sie faltet ihre Hände vor ihrem Bauch, fühlt sich wie eine Pharaonin in ihrem Sarkophag. Oder wie eine Tote. Vielleicht gehört sie dahin: unter die Erde. Schon spürt sie das Gewicht des lehmigen Aushubs auf ihrem Brustkorb, das Atmen wird ihr schwer. Die Erstarrung löst sich, verwandelt sich in ihr Gegenteil: Hände und Füße beginnen zu kribbeln; sie hat das Gefühl zu zerspringen. Aufspringen und aus dem Haus rennen zu müssen, anrennen gegen das Hämmern ihres Herzens, gegen die Angst. Rennen, bis sie nicht mehr kann, bis sie vor Erschöpfung zusammenbricht. Dann wäre Ruhe.

Aber in ihr herrscht keine Ruhe, nur Angst. Als sie endlich eine gewisse Entspannung spürt, sickert bereits die Morgendämmerung herein.

»Evelyn? Evelyn! Nun werd doch schon wach!«

Sie öffnet die Augen, blinzelt in den helllichten Tag, erblickt Friedrich, über sie gebeugt. Blitzschnell greift sie nach der Decke, zieht sie sich über den Kopf.

»Evelyn.«

Sie reagiert nicht, hört schließlich, wie er den Raum verlässt.

Noch immer liegt sie da, ganz unter der Decke verborgen, hebt die Hände vors Gesicht, betrachtet fasziniert, wie sie sich als dunkle Schatten unter dem dichten Gewebe abzeichnen. Sie fühlt sich angenehm isoliert, wie in einem Kokon. Die schützende Hülle, die sie so vermisst. Sie wird einfach liegen bleiben. Nie wieder aufstehen. Dann schläft sie erneut ein.

»Evelyn, nun los doch!« Wieder Friedrich. »Komm, gib dir einen Ruck. Es ist fast zehn Uhr.« Er ist nicht mehr als ein Schatten in ihrem Gesichtsfeld.

»Bitte, so steh doch auf!« Der Schatten nähert sich. Sie stellt sich vor, in die Matratze einzusinken, einfach zu verschwinden, eins zu werden mit ihr. Aber sie verschwindet nicht. Die Decke verschwindet. Friedrich hat sie ihr weggezogen, und es ist plötzlich hell, so hell, wie es dieser düstere Raum eben zulässt.

»Fühlst du dich nicht gut?«

Sie antwortet nicht, dreht nur den Kopf zur Seite, hin zum Fenster.

»Evelyn, bitte!«

»Ich bin krank«, murmelt sie.

»Bist du nicht.«

»Doch, bin ich.«

»Du kannst nicht –« Er unterbricht sich und gibt einen eigenartigen Laut von sich. Es klingt wie ein unterdrücktes Schluchzen. Und dann schluchzt er offen. »Bitte, Liebling! Du darfst nicht gehen! Die Kinder brauchen dich, wir alle brauchen dich, hörst du? Dieser Schulte hat dir Flausen in den Kopf gesetzt. Du glaubst, mit ihm wäre alles leichter, aber das ist es nicht. Sieh ihn dir doch an! Ein Habenichts ist er, ein Niemand. Es wird wieder besser werden mit uns, das weiß ich. Du musst es nur wollen. So sieh mich doch an, Evelyn! Du musst es nur wollen!«

Sie wendet sich zu ihm hin, schaut ihm ins Gesicht. Er weint. Sie hat ihn noch nie weinen sehen. Sein Gesicht wirkt eingefallen, sein ganzer Körper wirkt ausgezehrt. Er räuspert sich mehrfach, versucht seine Stimme wiederzufinden.

»Ich habe mit Zaley gesprochen. Sein Angebot steht noch, wir können die Werkstatt übernehmen. Hörst du, Evelyn? Wir ziehen um und fangen noch einmal ganz neu an. Ich werde dir ein guter Mann sein, wie ich es versprochen habe, und ich halte meine Versprechen, das weißt du. Wir werden ein gutes Leben führen, du wirst sehen.« Er fasst nach ihren Händen, führt sie an sein Gesicht, küsst sie wieder und wieder.

Sie lässt ihn gewähren, unfähig, irgendetwas zu erwidern, sich auch nur zu bewegen. Die Handküsse reichen ihm nicht, jetzt kniet er sich auch noch vor sie hin. Sein Kopf ist auf Höhe von ihrem, das kranke Bein hat er merkwürdig hinter sich gestreckt. Es sieht elend aus. »Bitte!«, fleht er. Sie bringt noch immer keinen Ton über die Lippen. »Bitte!«, wiederholt er, das Gesicht nass von Tränen. »Nun sag doch schon, Evelyn: Gibst du uns eine Chance?«

»Ja, Friedrich.«

Als er fort ist, steht sie auf, späht aus dem Fenster. Sie sieht ihn unten über den Hof gehen, Kai an der Hand. Martha ist auch draußen. Ihr Gips leuchtet weiß im hellen Morgenlicht.

Evelyn streift sich ihren Morgenrock über, verlässt das Schlafzimmer, geht zur Toilette, spürt das Brennen zwischen ihren Beinen. Der Schmerz ist kein unmittelbarer Schmerz, eher eine Bestandsaufnahme. Wie das, was sie damals gespürt hat, bei jenem ersten Mal auf dem Nachhauseweg von der Tanzstunde. Nichts, das man nicht aushalten könnte. Möglicherweise hat sie ihn sogar verdient.

Seltsam steif in den Gliedern geht sie die Treppe hinunter in die Küche, hin zum Telefon. Das Gespräch dauert keine zwei Minuten. *Fasse dich kurz!*

Plötzlich kommt Bewegung in sie. Sie hastet zurück ins Schlafzimmer, zerrt den kleinen Koffer hervor, den sie noch nicht wieder ausgepackt hat. Den Rest ihrer Sachen wird sie später holen, wenn sich die Wogen geglättet haben. Wenn sie die Kinder mitnehmen wird.

Auch Friedrich wird einsehen müssen, dass Kinder zur Mutter gehören. Was will er anfangen mit ihnen, wie sie erziehen und versorgen? Friedrich wird es einsehen müssen, und auch ein Richter kann keiner anderen Meinung sein. Kinder gehören zur Mutter. Naturgesetze muss auch er akzeptieren. An diesem Glauben muss sie eisern festhalten, sonst bricht ihr das Herz. Sie wird die Kinder nachholen. Schon sehr bald.

Aber jetzt muss sie los. Sie schlüpft in Pullover und Hose, dann in ihren Mantel. Er ist noch zu warm für das milde, regnerische Herbstwetter. Aber besser jetzt schwitzen als später frieren.

Als sie aus dem Haus tritt, geht ein heftiger Schauer nieder. Trotzdem verzichtet sie auf den Schirm, er wäre ihr jetzt nur hinderlich.

Sie eilt die Treppe hinab, auf der sie so viele glückliche Sommerstunden verbracht hat. Jetzt sind es nur ein paar nasse Stufen, leicht glitschig dazu.

Sie hastet über den Hof, rennt jetzt beinahe, die Zufahrt hinunter, hin zur Straße, dann in Richtung Bushaltestelle. Die Furcht vor Entdeckung brennt ihr wie ein Loch im Rücken. Kein Blick zurück, nicht ein einziger. Sie geriete sonst wieder ins Zweifeln.

Als sie die Haltestelle erreicht, ist sie klatschnass. Das ohne große Sorgfalt auftoupierte Haar klebt ihr nun an den Schläfen, doch sie achtet kaum darauf.

Drei Minuten. Ein Stoßgebet zum Himmel, der Bus möge pünktlich sein.

Zwei Minuten.

Eine.

Manchmal werden Gebete erhört. Sie steigt ein, kauft sich eine Fahrkarte, geht gleich nach hinten durch in Richtung Ausgangstür. Bereits zwei Stationen weiter steigt sie wieder aus. Kein Mensch weit und breit. Das schlechte Wetter hat auch sein Gutes.

Sie überquert die Straße, geht schnellen Schrittes den Zufahrtsweg zum Friedhof hinauf. Aus weißstämmigem Birkengeäst prasseln dicke Tropfen auf sie herab und zerplatzen auf ihrem Mantelkragen, doch auch das nimmt sie kaum wahr. Ihr Atem geht schneller, der Weg steigt auf den letzten Metern steil an, dann hat sie den Parkplatz erreicht. Da steht er, wie angekündigt, Zaleys Wagen, den Jonny ihm eilig abgekauft hat.

Jonny selbst ist vorausgereist und wartet in einem kleinen Hotel an der Landesgrenze auf sie. Von dort werden sie weiter zu seiner Schwester reisen. Niemand soll sie mehr zusammen sehen, niemand Verdacht schöpfen.

Evelyn bückt sich, greift hinter das linke Vorderrad, ertastet die Schlüssel. Sie macht sich nicht erst die Mühe, den Kofferraum zu öffnen, wirft ihren kleinen Koffer einfach auf den Rücksitz. Nur keine Zeit verlieren.

Wenn sie zügig fährt, kann sie in etwa einer Stunde bei Jonny sein, hat sie ausgerechnet. Sie dreht den Zündschlüssel, startet den Motor; sie schaltet den Scheibenwischer ein, kuppelt, gibt Gas.

Nur eine Stunde. Dann sind sie wieder vereint.

MARTHA

Du gehst mit Evelyn zu hart ins Gericht
sagt Onkel Günther
hast du eine Ahnung sagt Tante Ilse
hat sie dich auch um den Finger gewickelt
die Unschuld vom Lande
nu mal sachte sagt Onkel Günther
und dann sagt er nix mehr.

***

53.

KERSTIN

Der Unfall.« Martha schüttelt leicht den Kopf, als könnte sie noch immer nicht glauben, was sich damals zugetragen hat. »Die Geschichte ging ja anders«, sagt sie dann überraschend. »Wer weiß, wie es gekommen wäre, wenn er diesen Unfall nicht gehabt hätte.«

»Er?«, frage ich erstaunt.

»Ja, er. Unser Vater.« Sie schaut mich an, als müsste ich im Bilde sein, registriert aber wohl, dass dies nicht der Fall ist. »Er ist bei der Arbeit unter einen Hänger geraten und hat sich sehr schwer verletzt«, erklärt sie mir. »Danach war er monatelang ans Bett gefesselt. Aber die Werkstatt musste ja weiterbetrieben werden, also hat Mutter jemanden eingestellt. Dieser Mann war Jonny. Jonny Schulte. Sagt Ihnen der Name etwas?«

Ich überlege kurz. »Nein. Nie gehört.«

»Na schön, hier also die Kurzfassung: Jonny wurde der Liebhaber meiner Mutter, und später, nachdem unser Vater aus der Klinik entlassen worden war, sind sie zusammen durchgebrannt.«

Ich schlucke hart. Davon wusste ich nichts, rein gar nichts. Aber wusste Uwe überhaupt davon? Er war ja noch sehr jung damals. Der Vater wird ihm wohl kaum die Wahrheit auf die Nase gebunden haben. Es gäbe so viele Fragen zu stellen, aber ich möchte Martha nicht unterbrechen, jetzt, da sie einmal zu reden begonnen hat.

»Für uns Kinder war es natürlich nicht so toll, dass die Mutter auf einmal weg war«, fährt sie fort. »Und für unseren Vater selbstverständlich auch nicht. Eine Weile hat er sich allein mit uns durchgeschlagen, mehr schlecht als recht, muss man sagen. Diese ganzen … wie soll ich es nennen? … weiblichen Aspekte des Lebens … das Kümmern, das aufmerksame Auge, die Zuwendung, all das fehlte auf einmal. Das hat mich schon belastet. Nun ja, Schnee von gestern.« Wieder diese wegwischende Handbewegung. »Wo war ich stehen geblieben? Bei unserem Vater, richtig. Ich hatte ihn bis dahin eher wie einen Fremden innerhalb der Familie erlebt. Er hat halt immer gearbeitet, und dieses ›immer‹ meine ich wörtlich. Auf einmal musste er sich auch noch um uns kümmern, was damals absolut nicht üblich war. Diese ganzen Dinge, die anfallen: Frühstück, Wäsche, Kindergarten und so weiter. Lange hat er das nicht ausgehalten. Nach ein paar Wochen kam eine Witwe aus dem Dorf zu uns. Sie hat gekocht und ein bisschen was im Haushalt gemacht, zuerst nur für ein paar Stunden. Dann kam sie täglich, und kein halbes Jahr später ist sie bei uns eingezogen.«

»Und Ihre Mutter – Evelyn? Wo war die abgeblieben?«, hake ich ein.

Martha zuckt die Achseln. »Keine Ahnung, irgendwo unterwegs mit Jonny.«

»Aber Sie werden doch nach Ihrer Mutter gefragt haben?«

»Natürlich haben wir das.« Martha lacht wehmütig. »Unser Vater erzählte uns anfangs, sie sei für längere Zeit verreist; er sprach von irgendwelchen gesundheitlichen Problemen und meinte, sie sei in einem Krankenhaus und müsse erst einmal wieder gesund werden. Wir haben das geglaubt, zumindest ich – Kai war ja noch zu jung, um das alles zu begreifen. Ich habe meinem Vater geglaubt, weil die Geschichte dieselbe war, die wir zuvor mit ihm erlebt hatten. Wie gesagt, nach seinem schweren Arbeitsunfall war er ja selbst monatelang weg gewesen. Wir haben ihn während dieser Zeit praktisch nicht gesehen.«

»Diese Sache mit seiner Frau muss eine große Schmach für ihn gewesen sein«, sage ich, und Martha nickt.

»Er war ein sehr stolzer Mensch, um nicht zu sagen halsstarrig.«

Schweigen.

»Und der Unfall, bei dem sie ums Leben kam?«, frage ich vorsichtig. »Wann geschah der?«

Martha schaut mich nachdenklich an, presst ihre Lippen aufeinander, lockert sie wieder.

»Diesen Unfall hat es nie gegeben«, sagt sie dann.

»Wie bitte?« Mir kriecht eine Gänsehaut über die Arme.

»Den Unfall gab es nicht«, bekräftigt sie. »Er war eine Erfindung unseres Vaters.«

Ich schnappe nach Luft. »Sie … sie ist also nicht gestorben?«, stammele ich.

»Nein.« Martha schüttelt den Kopf. »Nach einem halben Jahr ungefähr, so genau weiß ich's nicht mehr, jedenfalls erzählte Vater plötzlich, unsere Mutter wäre gar nicht im Krankenhaus gewesen oder nur kurz. In Wahrheit habe sie einen schlimmen Autounfall gehabt. Er habe uns nicht früher davon erzählt, weil er es nicht übers Herz gebracht habe. Es sei zu schrecklich gewesen. Immerhin hatten wir ja schon zu verkraften, dass unsere Mutter uns verlassen hatte, da sollten wir nicht auch noch ihren Tod verdauen müssen. Aber er könne die Wahrheit ja nicht ewig vor uns geheim halten, meinte er damals zu mir. Sinngemäß jedenfalls. Wie schon erwähnt, Kai war zu klein, um das alles zu begreifen, aber irgendetwas ist wohl auch bei ihm angekommen, denn danach ging es ihm noch schlechter. Er hatte ohnehin Schlafstörungen und Albträume und hat sich ständig eingenässt. Das steigerte sich dann noch einmal beträchtlich.«

»Du meine Güte!« Ich presse eine Hand vor den Mund, in meinen Augen brennen Tränen. Dennoch ist es schwer vorstellbar für mich, dass dieser arme kleine Junge, von dem Martha gerade spricht, Uwe gewesen sein soll.

»Das klingt furchtbar«, sage ich. »Aber – warum musste sie denn gleich tot sein?«

Martha seufzt auf, macht eine hilflose Geste. »Nun, die einfachste Lösung, mit jemandem fertigzuwerden, der einem große Probleme bereitet hat, ist wohl der Tod dieser Person.« Sie stößt ein bitteres Lachen aus. »Bei einem Unfall ums Leben gekommen, basta. War damals übrigens keine Seltenheit. Mit dieser Erzählung war Vater sie los, und wir waren sie in gewissem Sinne auch los. So jedenfalls erkläre ich mir die Sache.«

Dieser Mann hat seinen Kindern den Tod ihrer Mutter vorgetäuscht, hämmert es mir durch den Sinn. Das ist an Grausamkeit wohl kaum zu überbieten. »Und Sie?« Ich schaue Martha an. »Wie ging es mit Ihnen damals weiter?«

Sie bückt sich, kratzt sich an der Wade, und die Schildpattkatze nutzt ihre halb gekippte Haltung, um ihr auf den Schoß zu springen. Die Bewegung wirkt ungelenk und steif, auch dieses Tier muss alt sein.

»Nun, es hat natürlich wehgetan, sehr weh«, räumt Martha ein und streicht der Katze über den Rücken. »Ich war furchtbar wütend auf meine Mutter, auch auf meinen Vater und auf die Witwe auch. Ich konnte sie nicht ausstehen und sie mich nicht. Ich war die Kröte, die sie schlucken musste, um meinen Vater zu kriegen, und den wollte sie ja durchaus.« Martha schaut auf. »Wissen Sie, mit den Männern war das so eine Sache damals. Die waren begehrt. Der Krieg lag noch nicht allzu lange zurück, es waren so viele gestorben, und das hing immer noch nach. Da musste man nehmen, was man kriegen konnte.« Ihr Grinsen wirkt gequält. »Mit Kai kam die Witwe besser zurecht als mit mir, er gab ja keine Widerworte. Aber die Heulerei und das Bettnässen störten sie schon.

Sie war sehr hart, glauben Sie mir. Keine Zuwendung. Keine Liebe.« Martha dreht den Kopf weg und starrt aus dem Fenster. »Für mich lief es auch immer schlechter zu Hause. Ich habe meinen Vater gehasst dafür, dass er sich die Witwe ins Haus geholt hatte. Sie war kein Ersatz für unsere Mutter, aber er tat so, als ob. Die Witwe sorgte schließlich dafür, dass wir ins Dorf zogen – vorher wohnten wir da draußen ja quasi allein auf weiter Flur. Das war auch so eine Sache, mein Vater wollte immer ein Autohaus bauen. Er war regelrecht besessen von dieser Idee und spekulierte darauf, dass auf der grünen Wiese um uns herum einmal ein großes Gewerbegebiet entstehen würde. Angeblich sahen die Planungen das vor. Keine Ahnung, ob dem so war, ich kann mich nur an das viele Grün erinnern, was ja nicht das Schlechteste war. Es gab sogar einen Bach, in dem wir baden konnten – das sind so meine schönsten Erinnerungen. Aber es ging um unseren Umzug. Im Ort stand eine Kfz-Werkstatt zur Übernahme, und da hat mein Vater zugegriffen. Er war ja Mechaniker, aber das wissen Sie sicher alles.«

»Ich weiß kaum etwas«, gebe ich zurück, obwohl mir bekannt ist, dass Uwes Vater Automechaniker war – eine Leidenschaft, die er offenbar an den Sohn vererbt hat. Von der Werkstatt dagegen weiß ich nichts. Ich habe ihn nur ein einziges Mal getroffen, damals war er Facharbeiter bei Ford. Aber das war viel, viel später. Dennoch sehe ich mich zu einer Erklärung genötigt. »Uwe hat nur sehr ungern über seine Familie gesprochen; eigentlich gar nicht«, gestehe ich.

»Wen wundert's?«, entgegnet Martha mit gespielter Heiterkeit. »Mit uns war ja kein Staat zu machen.«

Nun ist Uwe nicht der Typ, dem es auf einen großen Staat ankäme, aber irgendein Motiv für seine Schweigsamkeit muss es gegeben haben.

»Für mich stand irgendwann der Wechsel zur weiterführenden Schule an«, erzählt Martha weiter. »Der Schulwechsel war ein guter Grund, einen Schlussstrich zu ziehen. Ich bin dann zu meiner Tante Ilse gekommen, zu Alexanders Mutter. Das hatten sie und mein Vater so besprochen.«

»Evelyns Schwester?«, versichere ich mich.

»Ja, die Schwester. Unter der Woche wohnte ich also in Torbenau und bin dort zur Schule gegangen, und an den Wochenenden war ich beim Vater und der Witwe. Dann kam Alexander zur Welt. Ilse und Günther hatten bis dato keine eigenen Kinder, sie hatten die Hoffnung wohl schon aufgegeben, aber schließlich hat es doch noch geklappt. Das Alexanderchen war unterwegs.« Marthas Lippen kräuseln sich zu einem Lächeln. »Eine Weile lief alles so weit ganz gut, ich kam ja mit Ilse aus. Aber dann, eines Tages … ich war inzwischen ungefähr sechzehn oder siebzehn …« Sie stockt. »Da war dieses Wochenende beim Vater. Ich brauchte irgendwelche Unterlagen, und weil er gerade nicht da war, mir also nicht helfen konnte, suchte ich allein danach. Und plötzlich hielt ich die Scheidungspapiere meiner Eltern in Händen.«

»Scheidung?«, frage ich irritiert. »Die beiden waren geschieden?«

»Erwähnte ich das nicht?« Martha wirkt verdutzt. »Doch, sie waren geschieden. Er hat ja später die Witwe geheiratet, nach der Scheidung. Aber das war nicht das Ungeheuerliche, sondern es war das Datum. Zu dem Zeitpunkt, als die Scheidung ausgesprochen wurde, war unsere Mutter längst tot, Vaters Erzählung nach. In diesem Moment wusste ich natürlich Bescheid. Ich wusste, dass er gelogen hatte.« Martha hält inne, schaut auf die schnurrende Katze herab, umschließt ihr Maul zärtlich mit der Hand, fährt ihr dann wieder übers Fell, schaut wieder auf. »Später wollte ich ihn zur Rede stellen, doch er hat sich nur herausgewunden«, fährt sie schließlich fort. »Er habe nur das Beste für uns gewollt, und wir hätten uns nicht als Scheidungskinder fühlen sollen. Das war damals tatsächlich ein riesiger Makel, vergleichbar etwa damit, unehelich geboren zu sein.« Sie nickt bekräftigend.

»Trotzdem. Seine Lügen waren durch nichts zu rechtfertigen«, werfe ich ein.

»Nein, das waren sie nicht«, stimmt Martha mir zu. »Also habe ich mit ihm gebrochen. Mit dieser Familie wollte ich nichts mehr zu tun haben.«

»Nur verständlich«, sage ich. »Nur eines verstehe ich nicht: Sie haben doch bei Ilse gewohnt, der Schwester. Sie muss gewusst haben, dass Evelyn noch lebte.«

»Das hat sie ja auch«, bestätigt Martha, und schon wieder stockt mir der Atem. »Anders als mein Vater hat Ilse nicht einmal den Versuch unternommen, es zu leugnen, als ich sie darauf ansprach. Eine Erklärung hatte sie allerdings auch nicht. Das fand ich beinahe noch ungeheuerlicher.« Sie hält kurz inne, schaut wieder auf ihre Katze hinunter. »Ich habe dann noch die Schule beendet, bin anschließend nach Düsseldorf gezogen und dort in die Lehre gegangen. Alexander war damals höchstens vier oder fünf Jahre alt. Er war ein lieber kleiner Kerl, und er konnte ja nichts für seine Eltern. Doch jetzt wissen Sie, weshalb wir uns nicht sonderlich nahestehen.«

»Aber Uwe, Kai-Uwe –«, stottere ich. »Er muss doch seine Mutter danach noch gesehen haben.«

Martha schaut mich sinnend an, als müsste sie ihre Worte sehr genau abwägen. »Wissen Sie, in diesem Scheidungsverfahren wurde ordentlich schmutzige Wäsche gewaschen«, sagt sie dann. »Das konnte ich ja alles nachlesen. Es ging um die Liebschaft, um das Verhältnis zwischen meiner Mutter und Jonny Schulte. Das kam bei Gericht natürlich nicht gut an. ›Schuldhaft geschieden‹, kennen Sie den Ausdruck noch?

Einer musste der Sündenbock sein. Immer. Aber noch schlimmer als die Liebschaft wurde der Unfall gewertet. Meiner Mutter entzog man darauf das Fürsorgerecht, weil sie so unverantwortlich gehandelt hatte. Fürsorgerecht – heißt das heute noch so?«

»Welcher Unfall jetzt?«, frage ich irritiert. »Der von Friedrich Wagner?« Ich kann nicht ganz folgen.

»Nein. Kai und ich waren gemeinsam mit Mutter und Jonny in unserem Wagen unterwegs. Warum, weiß ich nicht mehr, aber die Stimmung war sehr angespannt. Irgendwann hat meine Mutter angehalten – sie hatte kurz zuvor ihren Führerschein gemacht und ist gefahren. Sie hielt also an, und sie und Jonny sind ausgestiegen. Kai und mir wurde es bald langweilig, wir haben herumgeblödelt, und dann ist Kai nach vorn auf den Fahrersitz geklettert und hat am Lenkrad gespielt. Gut möglich, dass die Handbremse nicht angezogen war, denn der Wagen ist plötzlich losgerollt. Wir sind den ganzen Hang runtergeschossen, bis uns ein Stapel Strohballen aufgehalten hat.« Sie schlägt sich mit der geballten Faust in die offene Hand, grinst dabei. »Glücklicherweise ist nicht viel passiert. Kai war in Ordnung, und ich hatte mir den Arm gebrochen, aber das kam erst später heraus. Die Richter urteilten, das Verhalten sei unverantwortlich und einer Mutter nicht würdig gewesen. Ja, so war das damals.« Martha seufzt auf.

»Bedeutet das, sie durfte ihre Kinder nicht mehr sehen, sie nicht besuchen, gar nichts?«

»So war's. Dafür hat mein Vater gesorgt. Und die Witwe hatte wohl auch noch ein Wörtchen mitzureden. Sie wollte sich nicht mit dieser ersten Ehefrau belasten, die womöglich noch irgendwelche Forderungen stellen würde.«

»Puh!«, mache ich. Meine Kehle ist plötzlich wie ausgetrocknet. »Kann ich vielleicht ein Glas Wasser haben?«

»Gehen Sie in die Küche und nehmen Sie sich eins.«

»Und Sie? Möchten Sie auch?«

»Nein danke. Wie pflegte meine Tante Ilse früher zu sagen: Ich bin ein Kamel. Ich komme tagelang ohne Wasser aus.«

Es irritiert mich, dass Martha nach dieser fürchterlichen Geschichte ausgerechnet ihre Tante zitiert. Diese ganzen Informationen muss ich erst einmal verarbeiten und weiß jetzt schon, dass ich länger dafür brauchen werde. Eine wichtige Frage erscheint mir allerdings unaufschiebbar.

»Nachdem Sie wussten, was tatsächlich geschehen war – und Sie waren ja damals kein Kind mehr«, hebe ich an, nachdem ich aus der Küche zurückgekehrt bin, das Glas Wasser in Händen. »Haben Sie danach nie versucht, die Geschichte mit Ihrer Mutter zu klären?«

»Doch, das habe ich«, räumt Martha bereitwillig ein. »Ich habe sie ausfindig gemacht und sie auch besucht. Allerdings habe ich ihr bei dieser Gelegenheit schwere Vorwürfe gemacht. Ich konnte noch immer nicht akzeptieren, dass sie so einfach gegangen ist, und auch nicht, dass sie sich später quasi tot gestellt und nicht dafür gesorgt hat, dass wir Kinder die Wahrheit erfahren. Auch von ihr kamen nur Rechtfertigungen. Das hatten unsere Eltern gemeinsam – diese Ausflüchte. Meine Mutter rechtfertigte sich mit denselben Argumenten, die mein Vater schon vorgebracht hatte, nämlich damit, dass sie uns nicht noch mehr Kummer habe machen wollen. Es sei ja nicht zu ändern gewesen. Wir hätten unser Schicksal einfach hinnehmen müssen, weil Kinder eben machtlos wären und keine Entscheidungsfreiheit hätten. Sie – also Evelyn, ich nenne sie jetzt Evelyn, weil es mir doch schwerfällt, sie Mutter zu nennen.« Martha bricht ab, räuspert sich, atmet tief durch. »Also – Evelyn. Sie hat furchtbar geweint, während sie darüber sprach, aber damals hat mich das nur noch wütender gemacht. Vielleicht, weil sie zu diesem Zeitpunkt schwanger war. Sie brauchte es mir gar nicht zu beichten, es war deutlich zu sehen. Ich warf ihr vor, sie hätte ihre alte Familie gegen eine neue eingetauscht, völlig skrupellos. Und das war es dann.« Wieder hält Martha inne, lächelt traurig. »Heute verstehe ich sie besser. Letztendlich wollen wir alle nur überleben, nicht wahr?« Sie sucht meinen Blick. »Evelyn hat getan, was sie tun musste. Sie hätte es auf Dauer nicht ausgehalten bei meinem Vater. Es ist nichts Verwerfliches, sich nach ein bisschen Glück zu sehnen, denke ich heute. Aber dann sollte man keine Kinder in die Welt setzen. Ich habe es jedenfalls nicht getan.« Martha verfällt in Schweigen, und auch ich sage eine Weile nichts.

»Aber Ilse: Wieso hat sie Ihnen nicht die Wahrheit gesagt?«, frage ich schließlich. Diese Sache will mir noch immer nicht in den Kopf.

»Keine Ahnung. Bequemlichkeit? Scham über das unmoralische Verhalten der Schwester?« Martha malt Gänsefüßchen in die Luft, während sie den Begriff der Unmoral anführt. »Ich weiß es nicht.« Sie zuckt die Schultern. »Vielleicht hat sie Evelyn anfangs die Kinder geneidet, die sie selbst nicht hatte und mit denen ihre Schwester ihrer Meinung nach allzu fahrlässig umging. Ilse hatte ja lange kein eigenes Kind, obwohl sie es sich wünschte. Im Gegenteil: Es sah ganz danach aus, als würde sich dieser Wunsch nie erfüllen. Und als sie es dann hatte, war die Sache nicht mehr rückgängig zu machen. Aber das sind nur Mutmaßungen. Evelyn wird auch nicht gut auf Ilse zu sprechen gewesen sein, die sie einfach totschwieg. Die beiden hatten keinen Kontakt mehr, zumindest keinen, von dem ich wüsste, was wiederum der Lüge Vorschub leistete.« Martha hält kurz inne, schaut mich an. »Im Übrigen wissen Sie jetzt, warum ich das Thema in Alexanders Anwesenheit nicht anschneiden wollte. Ich wette, er weiß nichts davon, und so sollte es bleiben. Alte Kamellen, die nicht einmal schmecken, Sie erinnern sich?« Ich erinnere mich sehr gut. »Wir müssen die alten Fehler nicht ständig wiederholen«, setzt Martha hinzu und lehnt sich, noch immer die Katze im Schoß, in ihrem Sessel zurück. Sie sieht plötzlich sehr erschöpft aus. Auch ich fühle mich erschöpft, aber ich muss es jetzt zu Ende bringen.

»Warum haben Sie keinen Kontakt mehr zu Uwe aufgenommen?« Diese Frage kann ich ihr nicht ersparen, Erschöpfung hin oder her. »Warum haben Sie die Geschichte nicht klargestellt?«

Wieder zuckt Martha leicht die Achseln, setzt nun eine gleichgültige Miene auf. »Bin wohl nicht so der Familienmensch.«

Ihre Reaktion verärgert mich. »Sie sagten gerade selbst, wir sollten die alten Fehler nicht ständig wiederholen, aber genau das taten Sie! Sie haben sich mitschuldig gemacht, indem Sie Uwe die Wahrheit vorenthalten haben. Das muss Ihnen doch klar gewesen sein.«

»Habe ich ja nicht«, antwortet Martha gefasst.

»Wie?«

»Das habe ich nicht«, wiederholt sie. »Als junge Frau kam ich zu derselben Überlegung wie Sie und habe Kai – Kai-Uwe – einen Brief geschrieben. Darin stand sogar die Adresse unserer Mutter. Er hätte sich melden können.«

»Vielleicht hat er ihn nicht bekommen«, werfe ich ein. »Vielleicht hat sein Vater ihn abgefangen oder die Stiefmutter.«

»Er hat ihn bekommen«, antwortet Martha mit Nachdruck.

»Wie können Sie sich da so sicher sein?«

Sie schaut mich intensiv an, sagt dann: »Weil er mir geantwortet hat.«

»Uwe hat Ihnen geantwortet?«

»Er schrieb mir, es sei ihm egal, ob unsere Mutter lebe oder nicht. Sie habe uns sitzen lassen, und damit sei sie für ihn tot. Im Übrigen habe er unserem Vater die Geschichte schon lange nicht mehr geglaubt. Zu viele Unwägbarkeiten.«

Zu viele Unwägbarkeiten. Das trifft gerade auch auf mein Leben zu.

MARTHA

Ich soll Tante Lore sagen zu Frau Kemmert vom Edeka
ich frage wieso
sie sagt sie will sich hier nützlich machen Kartoffeln schälen
ist nützlich
Abwaschen ist nützlich
Wäsche waschen ist nützlich
nach Papa schielen ist nicht nützlich
und wenn ich so ein Gebiss hätte wie sie
würde ich mir lieber den Mund zuhalten.

***

54.

KERSTIN

Uwes Mutter ist also nicht bei einem Autounfall ums Leben gekommen. Evelyn. Sie hat auch keineswegs ihre Tochter mit in den Tod gerissen.

Unfassbar.

Ob ich denn nie in unsere Familienunterlagen geschaut hätte, hat Martha mich noch gefragt, Eintragungen im Stammbuch oder dergleichen. Ob mir denn nie etwas aufgefallen sei?

Nein, ehrlich gesagt nicht. Ich glaube mich schwach zu erinnern, in jungen Jahren einmal danach gefragt zu haben, vermutlich anlässlich unserer Hochzeit. Uwe hatte irgendetwas von unvollständigen Einträgen gemurmelt, und ich habe nicht weiter nachgehakt. Damals hatte es keine Bedeutung für mich, ich war mit anderen Dingen beschäftigt.

Wer trägt die Schuld an dem Dilemma? Die Mutter, die die Familie im Stich ließ? Der Vater, der die ungeheuerliche Lüge in die Welt gesetzt hat?

Uwe war ein Opfer in doppeltem Sinne, das wird mir jetzt klar. Von der Mutter verlassen, vom Vater mit einer grausamen Lüge abgespeist. Das galt es erst einmal zu verkraften. Wie sagte Martha noch: Die einfachste Lösung, mit jemandem fertigzuwerden, der einem große Probleme bereitet, ist wohl der Tod dieser Person.

Uwe scheint von seinem Vater gelernt zu haben. Sein Weg war nicht, sich der Wahrheit zu stellen und sie in sein Leben zu integrieren, sondern er erweiterte die Lüge gar noch. Aber warum? Warum tat er es, obwohl er den eigenen Vater für dieses Verhalten verabscheute?

Warum hat Uwe nie mit mir über seine Familie gesprochen? Ich hätte seine Not doch verstanden. Ich hätte ihm helfen können. Und ich wäre niemals so leichtfertig mit Alex' Ansinnen umgegangen, hätte ich die Wahrheit gekannt.

Lügen führen zu nichts, das zeigt sich einmal wieder: Sie führen zu immer mehr und noch mehr Lügen und kommen doch irgendwann ans Licht.

Friedrich Wagners Lügen haben die Kindheit und Jugend seiner Tochter und seines Sohnes ruiniert, wie auch ihr Verhältnis zu ihm. Und selbst mit seinem Tod wurden die Lügen nicht ausgelöscht, sondern haben überdauert und leben in seinen Kindeskindern fort. Ich selbst war es, die die Lüge an Jule weitergegeben hat: Papas trauriges Schicksal. Du kannst heilfroh sein, dass es dir besser geht.

Vielleicht bin ich deshalb so zornig. Weil ich ohne mein Wissen in dieses Lügengeflecht hineingewoben wurde, weil auch ich betrogen wurde.

Dieser skandalöse Schwindel muss ein Ende haben, ein für alle Mal.

MARTHA

Mama ist nicht krank sie ist in den Himmel gefahren
sagt Papa
ich frage Tante Ilse aber sie weiß es nicht
also frage ich Onkel Günther
der wird ganz böse aber nicht auf mich
vielleicht auf Mama
mit dem Himmel kennt er sich nicht aus
sagt er.

***

55.

KERSTIN

Uwe hat sich einen Strammen Max gebraten. Er sitzt am Küchentisch, isst und liest nebenher eine Sportzeitung.

»Ich war bei deiner Schwester Martha«, erkläre ich ohne Umschweife. »Du wusstest es, oder?«

Uwe hält kurz inne, wirklich nur für einen kleinen Moment, kaut weiter, schluckt. »Was soll ich gewusst haben?«

»Sie hat mir alles erzählt.«

Wieder dieses Innehalten, das jetzt eher einem Erstarren gleichkommt, dann spießt Uwe den letzten Bissen auf die Gabel, isst demonstrativ zu Ende.

»Deine Schwester ist nicht tot, und diesen Unfall hat es nie gegeben«, sage ich. »Gib endlich zu, dass du es wusstest!«

Er trinkt einen Schluck von seinem Bier, wischt sich mit dem Handrücken über den Mund. »Und wennschon, was spielt das für eine Rolle?«

»Wir kennen uns so lange, Uwe. Aber du verlierst nie ein Sterbenswort darüber. Du lebst die ganze Zeit mit dieser Lüge. Und ich gezwungenermaßen auch.«

»Ich habe niemanden umgebracht«, entgegnet Uwe ruhig. »Meine Familiengeschichte hatte keinen Einfluss auf unser Leben.«

»Das ist nicht wahr, Uwe. Es hat unser aller Leben beeinflusst«, widerspreche ich, doch mir ist inzwischen klar geworden, dass es mir nicht zusteht, den Stab über ihn zu brechen.

»Komm du mir nicht mit der Wahrheit«, wehrt Uwe ab. »Führst dich seit Wochen auf wie ein Teenie und vögelst heimlich mit diesem Herrn Oberstudienrat, angeblich, weil er mein Cousin ist.«

Nein, ich lasse mich jetzt nicht aus dem Konzept bringen, ich bleibe brav bei der Sache. »Wechsle bitte nicht das Thema, Uwe! Du bist mir noch ein paar Antworten schuldig.«

»Ich bin dir gar nichts schuldig.« Vielleicht ist es so. Aber ich spüre, dass es an der Zeit ist, die Dinge auszusprechen, Klarheit zu schaffen. Wir sind an einem Punkt angelangt, an dem wir nicht mehr zurückkönnen.

»Warum hast du mir erzählt, deine Mutter und deine Schwester wären gestorben? Warum hast du sie für tot erklärt?«, frage ich leise und muss mich räuspern. Ich kenne die Antwort nicht, aber ich ahne, wie schwer sie ihm fallen muss, sollte er denn bereit sein, sie mir zu geben.

Mein Mann sagt lange nichts. »Also gut, ich versuch's«, räumt er schließlich ein, ohne seinen Widerwillen zu verbergen, dennoch atme ich leise auf und werte es als Vertrauensbeweis. »Was meine Mutter betrifft, sagte ich dir doch, dass ich mich kaum an sie erinnern kann. Ich war einfach zu jung. Und was Martha angeht: Sie ist ja selbst abgehauen, wie sie dir hoffentlich auch erzählt hat. Ich nehm's ihr nicht übel, wirklich nicht. Es gab Gründe genug, sich von unserer Familie abzuwenden. Außer vielleicht den, dass da noch ein kleiner Hanswurst war, der nicht wusste, wie ihm geschah. Der sich nach jeder vertrauten Stimme sehnte, nach jedem vertrauten Geruch, jeder Geste, selbst wenn sie nicht einmal gut gemeint war. Schwamm drüber. Es war auch nicht so, dass mein Vater es nicht gut machen wollte. Er hat sich redlich bemüht, aber er war eben, wie er war. Und meine Stiefmutter, über die rede ich erst gar nicht. Von der durfte man nichts erwarten. Hart war sie. Und ungerecht. Wie gesagt, ich kann sehr gut verstehen, dass Martha sich vom Acker gemacht hat. Habe ich dann ja später auch getan. Aber sie war die Ältere, sie war mir voraus. Und sie hat nie einen Versuch unternommen, wieder Kontakt zu mir aufzunehmen, nicht ein einziges Mal.«

»Aber da war der Brief«, werfe ich ein.

»Ja, der Brief«, bestätigt Uwe und senkt den Blick, schaut dann wieder auf. »Natürlich trug Martha keine Schuld an dem elterlichen Drama, aber ich habe es ihr wohl nachgetragen, dass sie mich allein gelassen hat.« Er stößt ein kleines, bitteres Lachen aus, zuckt die Achseln. »Es war vielleicht unfair, kann sein. Aber irgendwann spielte es auch keine Rolle mehr. Nun, ich habe Martha nicht nachgeweint. Sie war mir egal. Für mich war es ohnehin besser, mit jedem Mitglied dieser Familie abzuschließen. Endgültig.« Er atmet tief durch, reibt sich den Nacken.

Ich mustere ihn, lange und intensiv, sehe ihn auf einmal vor mir, den jungen Kai-Uwe, optisch eine männliche Version unserer Tochter, im Herzen ein einsamer, zutiefst verletzter junger Mann.

Auch Uwe sucht jetzt meinen Blick. »Allerdings habe ich versucht, es selbst besser zu machen«, fährt er fort. »Ich war da, wenn Jule ein Problem hatte, und ich habe sie nie gegen dich aufgehetzt. Was also wirfst du mir vor?« Er schaut mir in die Augen, und aus seiner Miene ist alle Wut gewichen. Da ist nur noch Trauer. »Warum bin ich so unzumutbar für dich?«

»Warum hast du mir nicht vertraut?«, frage ich leise zurück, und er lacht auf, als hätte ich einen Witz gemacht oder als läge die Antwort auf der Hand.

»Willst du eine ehrliche Antwort?«

»Deshalb führen wir dieses Gespräch. Das wäre zumindest mein Wunsch«, sage ich, obwohl ich ahne, dass mir nicht gefallen wird, was er zu sagen hat.

»Ich habe nichts erzählt, weil ich deinen missionarischen

Eifer gefürchtet habe«, antwortet er schließlich. »Deinen Willen zur Bekehrung, deine Besserwisserei. Ich hätte das nicht ertragen.«

»Bekehrung?«, frage ich irritiert. »Inwieweit hätte ich dich denn bekehren sollen?«

Uwe wirft sich in seinem Stuhl zurück, fragt ärgerlich: »Warum nötigst du mich immer, alles zu erklären? Denk doch selbst einmal nach! Es ist so sicher wie das Amen in der Kirche, dass du mir zugesetzt hättest. ›Nimm Kontakt auf … Fahr doch mal hin … Du musst die Sache aus der Welt schaffen … Mach endlich eine Therapie.‹ Du hättest nicht aufgehört mit der Drängelei, obwohl es genügend Gründe gegeben hätte, vor deiner eigenen Tür zu kehren. Aber das wäre ja anstrengend gewesen, warum solltest du es also tun? Da spielst du dich lieber als Retterin auf und gibst ungefragt Ratschläge. Frag mal Jule, die wird das bestätigen.«

»Lass bitte Jule aus dem Spiel!« Ich bemühe mich, ruhig zu bleiben.

»Also gut, lassen wir sie außen vor. Reden wir über deinen Herrn Studienrat, meinen ach so tollen Cousin. Seine Mutter, also meine Tante, Patentante sogar«, wieder unterbricht er sich für dieses bittere, verstörende Lachen, »Ilse also, so hieß sie, meine Tante. Sie hat sich auch nicht mehr um mich geschert, nachdem meine Mutter abgehauen war. Es war ihr wohl zu anstrengend, und dann hatte sie ihren eigenen tollen Sohn. Alexander. Wozu hätte sie da noch mich gebraucht?« Er hält inne, zupft an seinem Ohrläppchen, rauft sich durchs verbliebene Haar. »Mit solchen Leuten möchte ich nichts zu tun haben, Verwandtschaft hin oder her. Nicht mit Tante Ilse und auch nicht mit ihrem Spross. Ich dachte eigentlich, das hätte ich sehr deutlich klargestellt. Aber du wusstest ja besser, was gesund für mich ist.« Er schaut mich an, und ich halte seinem Blick stand. »Nachträglich hat mich dein Verhalten nur bestätigt«, fährt Uwe fort. »Es war die richtige Entscheidung, dir nie die Wahrheit gesagt zu haben. Aber jetzt kennst du sie ja. Nun zufrieden?« Er schiebt polternd seinen Stuhl zurück, steht auf und verlässt den Raum.

Ich bin allein.

Uwes Worte schmerzen, sie schmerzen sehr. Bin ich wirklich dieser anstrengende, unsympathische Mensch, von dem er eben gesprochen hat? Es wäre furchtbar. Doch selbst wenn ich es nicht bin, hat Uwe mich so gesehen, und diese Erkenntnis tut weh. Mir wird bewusst, wie sehr ich ihn in all den Jahren verletzt habe – und es immer noch tue. Ich bin nicht die Einzige, die ihre Wunden leckt.

Ich brauche eine Weile, bis ich mich wieder halbwegs gefangen habe, höre Uwe im Haus rumoren. Er hat sich also nicht in die Garage oder sonst wohin verkrochen. Es sind eher leise, friedvolle Geräusche. Sein Zorn scheint sich gelegt zu haben.

Als ich das Wohnzimmer betrete, schlägt mir eine Hitzewelle entgegen. Uwe hat ein Feuer im Kaminofen angefacht, hockt jetzt in seinem Sessel und starrt in die Flammen. Zögernd trete ich näher.

»Du bist noch da«, stellt er fest, ohne mich anzusehen. Es klingt nicht nach gewetzten Messern.

»Danke, dass du mir meine Fragen beantwortet hast.« Ich sage es leise, beinahe schuldbewusst. »Es war gut, dass wir geredet haben.« Ich trete noch näher an ihn heran, und er dreht den Kopf, schaut mich nun doch an.

»Du siehst scheiße aus«, sagt er beinahe mitleidig.

»Vielen Dank. Das hört man gern.« Ich ziehe eine Grimasse.

»Es ist nicht schön für mich zu sehen, dass es dir schlecht geht, auch wenn du das vermutlich denkst«, sagt Uwe.

Ich will etwas erwidern, aber mir fehlen die Worte, also stehe ich einfach nur da.

Er greift zu einem Scheit Holz, stochert im Ofen damit. Ein rauchiger Duft verbreitet sich im Raum. Kaum ist die Ofentür geschlossen, geht das Scheit in Flammen auf.

Uwe setzt sich wieder, nimmt eine entspanntere Haltung ein, schwingt gar ein Bein über die Sessellehne wie ein lümmelnder Teenager, eine jahrzehntelang vertraute Pose. Ich bin heimlich stolz darauf, dass er noch immer diesen jugendlichen Elan besitzt – und auch die Gelenkigkeit. Gleichzeitig ist es eine Einladung, mich dazuzusetzen, und ich verstehe sie sehr wohl. Also grätsche ich über den frei gewordenen Fußhocker wie auf einen Pferderücken. Fehlt nur noch, dass ich meinen Oberkörper gegen sein Bein lehne, so wie früher immer, aber in Anbetracht der Umstände verzichte ich auf den Körperkontakt.

»Du fehlst mir«, sage ich mit Blick in die Flammen.

»Aber ich bin hier.« Eine ganz einfache Antwort, die mir die Tränen in die Augen treibt.

»Ja, wir sind beide hier.«

Schweigen.

»Du fehlst mir wirklich. Das alles würde mir fehlen.« Ich schwenke die Hand, eine umfassende Geste. »Außerdem müsste ich mich ständig fragen, ob du die Dahlienknollen beizeiten ausbuddelst oder den Zitronenbaum reingeholt hast.« Ich lache über meinen eigenen Scherz, dabei ist mir eher nach Heulen zumute.

»Mir war immer bewusst, dass ich hinter Haustieren und Blumenzwiebeln rangiere. Da habe ich mich nie irgendwelchen Illusionen hingegeben«, antwortet Uwe trocken, doch der Anflug eines Lächelns, der über sein Gesicht huscht, entgeht mir nicht.

»Wir haben keine Haustiere«, korrigiere ich ihn.

»Danke, dass du mich dran erinnerst.« Er reibt sich das Kinn, fällt wieder in Schweigen.

»Uwe, du bist mein bester Freund.«

»Vergiss es!« Er winkt ab. »Freundschaft ist was für Loser.«

»Aber so ist es«, kontere ich.

»Umso trauriger für dich. Ich bin nicht dein Freund, basta. Die Freundschaft hast du verwirkt.«

Ich atme tief durch, raufe mir das Haar, lenke dann ein: »Also gut. Ich verstehe dich ja.«

»Nein, das tust du nicht!«, braust Uwe unerwartet auf. »Hier steht alles auf dem Spiel, und du kommst mir mit Freundschaft!« Er will sich anders hinsetzen, stöhnt plötzlich laut auf. »Verdammter Mist!«

Ich weiß, es ist keine unmittelbare Reaktion auf das, was ich gesagt habe. Es ist sein Rücken. So biegsam sind wir nun doch nicht mehr. Wir halten das einfach nicht länger aus, weder mental noch körperlich.

Uwe verschränkt die Hände unter seinem Bein, hievt es über die Lehne, stellt wieder beide Füße auf dem Boden ab.

»Wir sollten aufhören«, sage ich. »Wir sind zu alt, um Kriege anzuzetteln.«

»Ich habe keinen Krieg angezettelt.«

Es stimmt, er war es nicht. Uwe war einfach nur er selbst.

»Was ist schiefgelaufen zwischen uns?«, frage ich leise, noch immer auf dem Fußschemel hockend, und schaue zu ihm auf.

»Was schiefgelaufen ist? Das Leben ist schiefgelaufen«, antwortet Uwe. »Weil's das nämlich immer tut. Es geht seine eigenen Wege und nimmt selten Rücksicht auf große Träume.«

Ich denke kurz über seine Worte nach. »Ich hatte eigentlich nie große Träume. Ich wollte einfach nur glücklich sein. Wollen wir das nicht alle?«

Uwe erwidert nichts darauf.

»Wir hätten mehr miteinander reden sollen«, sage ich und schaue ihn dabei an.

»Ich will aber nicht reden«, antwortet er schroff. »Für mich zählen nur Taten.« Er stemmt sich aus seinem Sessel hoch und tritt zum zweiten Mal an diesem Tag die Flucht vor mir an. Und dieses Mal flieht er wirklich. Ich höre ihn wegfahren. Er wird nicht lange fort sein, rede ich mir ein. Wo sollte er auch hin?

Als ich ins Bett gehe, ist er noch nicht zurück. Ich weiß nicht, wann er heimkommt, doch am nächsten Morgen liegt die Decke zurückgeschlagen auf dem Sofa, und er ist schon wieder weg.

Ich fahre ins Büro, erledige meine Arbeit, versuche mich auf die Erfordernisse des Jobs zu konzentrieren. Mir bleibt noch ein Tag. Der letzte, Uwes Zeitrechnung nach.

Ich fühle mich wie eine geschälte Frucht, alle Häutungen sind vollzogen. Was übrig bleibt, ist der Kern. Mein Ich. Aber manche Früchte haben gar keinen Kern. Sie lassen sich schälen und schälen und schälen, bis nichts mehr übrig bleibt. Weil die Schichten das Leben sind. Weil das Leben kein steinharter Kern ist, sondern aus Sedimenten besteht, die sich aufeinanderschichten und miteinander verwachsen.

Wachse ich noch?

56.

KERSTIN

Freitags habe ich schon mittags frei, und auch Uwe ist in der Regel früh zu Hause. Doch als ich von der Arbeit komme, parkt sein Wagen nicht in der Einfahrt, und auch der Motorradhänger steht nicht an seinem Platz. Was hat das nun wieder zu bedeuten? Er war doch derjenige, der mir das Ultimatum gestellt hat. Heute läuft es ab, und er ist nicht da. Ganz kurz überlege ich, ob womöglich Absicht dahintersteckt. Vielleicht möchte er nicht Zeuge meines Auszugs werden, und falls ich mich zum Bleiben entschiede, spielte seine An- oder Abwesenheit keine Rolle. Der Gedanke gefällt mir nicht, in keiner Hinsicht. Zum einen würde ich mich nie einfach heimlich davonstehlen – und wieder trifft es mich, dass Uwe mir so etwas womöglich zutraut –, zum anderen schmerzt mich die Gleichgültigkeit, die aus seinem Fernbleiben spricht, sofern ich mich denn für unsere Beziehung entschiede.

Ich blicke auf mein Smartphone, entdecke eine Nachricht von ihm.

Irrtum meinerseits. + 1 Tag Galgenfrist.

Galgenfrist. Im ersten Moment steht mir vor Empörung der Mund offen. Dann muss ich lachen. Das ist so typisch für Uwe! Mehr als einmal hat er mir bereits am Tag vor meinem Geburtstag Blumen geschenkt, aus Angst, ihn später zu vergessen. Irgendwann habe ich angefangen, ihn dezent auf die anstehenden Ehrentage der Familienmitglieder hinzuweisen einschließlich seines eigenen. Überhaupt auf alle Termine, die anstanden. Irgendwann wurde mir das lästig, und ich habe es wieder sein lassen. Auch ich kann nicht abstreiten, meiner Bequemlichkeit mit den Jahren einen immer höheren Stellenwert eingeräumt zu haben.

Was Uwe betrifft, so ist es nicht einmal mangelnder Wille oder gar Desinteresse, sondern eher eine Art Lernschwäche. Wie andere sich mit dem Lesen oder Rechnen schwertun, hat er Probleme mit Daten. Im Kollegium ist er deswegen gefürchtet, und ein gut meinender Arbeitskollege markert ihm alles Wichtige mit Leuchtstift an. Den Ablauf des Ultimatums hat er ihm offensichtlich nicht angemarkert.

Was tut man mit einer Galgenfrist? Ich beschließe, sie sinnvoll zu nutzen.

»Möchten Sie einen Tisch reservieren?«, fragt mich die Dame vom *L'Oignon Rose* am Telefon. Das möchte ich nicht. Ich möchte wissen, ob sie auch eine Art Catering anbieten. Und dann bestelle ich einmal die Karte rauf und runter.

Pünktlich um zwölf Uhr am nächsten Tag nehme ich die Tüte mit dem eleganten *L'Oignon-Rose*-Logo entgegen. Macht dreihundertzwanzig Euro plus den Wein, den ich noch dazu ordere. Perfekt.

Es fällt mir schwer, meine Aufregung zu bezähmen, während ich nach Hause eile. Wenn nur jetzt alles gut geht!

Als ich die heimische Küche betrete, plündert Uwe gerade den Kühlschrank, mit bescheidenem Erfolg. Ich habe absichtlich nicht eingekauft und er offenbar auch nicht.

»Komm mit!«, sage ich. »Ich hab was Besseres für dich.«

Uwe schaut kurz zu mir rüber, schließt den Kühlschrank wieder. Einer seiner größten Vorzüge besteht darin, dass er sich nicht groß bitten lässt. Weder muss er peinlichst genau informiert sein, ehe er sich auf ein Anliegen einlässt, noch hält er sich mit langen Abwägungen auf. Er tut einfach, was man ihm sagt.

Wir steigen in meinen Wagen, fahren los. Unterwegs reden wir kaum, und die *L'Oignon-Rose*-Tüte schlummert in der Thermobox im Kofferraum. Nach zwanzig Minuten Fahrzeit biege ich auf den altbekannten Parkplatz ein.

»Der Waldsee?« Uwe schaut mich fragend an. Der See war mal einer unserer Lieblingsplätze, als Jule klein war, und auch schon, als es sie noch gar nicht gab. Ein Ort mit Vergangenheit, über die Jahre fast vergessen.

Wir steigen aus. Das Freibad ist um diese Jahreszeit längst geschlossen, aber es gibt einen Wanderweg rund um den See. Ich hole die Thermobox aus dem Kofferraum, und wir laufen los. Uwe will mir die sperrige Box abnehmen, doch ich bestehe darauf, sie selbst zu tragen. Und dann überlasse ich sie ihm doch. Schweigend marschieren wir nebeneinanderher. Als wir den Bootssteg erreichen, passieren wir kommentarlos das *Betreten-verboten*-Schild. Es hat keine Gültigkeit für uns. Weder beabsichtigen wir, uns kopfüber ins seichte Wasser zu stürzen, noch liegt ein Boot an, das wir kapern könnten.

Ich breite die mitgebrachte Decke aus, öffne die Box und hebe die *L'Oignon-Rose*-Tüte heraus, packe die kulinarischen Schätze aus, während Uwe mir zusieht.

»Greif zu, ehe alles schlecht wird«, fordere ich ihn auf.

Er verschafft sich einen kurzen Überblick, wählt ein mit Schokolade und Blattgoldsplittern überzogenes Würfelchen. *»Life is short, eat dessert first«*, murmelt er und beißt hinein.

»Vielleicht sollten wir uns an die Speisenfolge halten«, wage ich einzuwenden. »Man wird sich ja etwas gedacht haben dabei. Das hier sind eindeutig die Amuse-Gueules.« Ich deute auf ein paar winzige Kügelchen vor mir, schaue Uwe dabei an, gewahre seinen halb kritischen, halb belustigten Bick.

»Selbstverständlich nimmst du dir, worauf du Lust hast«, korrigiere ich mich, und wir müssen beide lachen. Ein bisschen zumindest. An diese Art der Nahrungsaufnahme könnten wir uns gewöhnen, stellen wir fest, als wir mit allem durch sind. Uwe stippt die letzten Krümel auf und greift zur Serviette. Mit einer kurzen, entschlossenen Geste hat er das Mundabwischen erledigt. Keine affektierte Tupferei, keine umständlichen Faltmethoden.

»Das war wirklich gut, danke.«

»Ich hatte kurz erwogen, die Rechnung dazuzulegen«, sage ich. »Aber am neuen Chanel-Jäckchen lässt man ja auch nicht absichtlich das Preisschild hängen.« Ich zwinkere Uwe zu, schenke ihm Wein nach, nehme selbst einen Schluck Wasser, sammle mich.

»Uwe, ich möchte, dass wir beide nach dem Essen wohin fahren.«

Sein Kinn ruckt nach oben, und er starrt mich an, als hätte ich ihm soeben offenbart, dies sei seine Henkersmahlzeit gewesen.

»Du wolltest mich doch nicht etwa kaufen mit dem hier.« Er deutet verächtlich auf die edle Papiertüte, in der sich nun nur noch Essensreste und ein zusammengeknüllter Haufen Unrat befinden. »Sag: Das war doch nicht etwa ein Bestechungsversuch?«

»Aber nein«, widerspreche ich sanft. »Es war eine Einladung. Wenn du so willst, vielleicht … Überzeugungsarbeit?« Selbstverständlich haben sich mit diesem Picknick nicht unsere Probleme erledigt, sie lassen sich nicht mit einer Hand wegfegen wie die Krümel von der Decke. Das dürfte uns beiden klar sein.

»Hör zu«, sagt Uwe, senkt den Kopf und schaut mich leicht von unten her an. »Wir sind ewig verheiratet, da kann man schon mal Lust auf Abwechslung bekommen.

Sehe ich alles ein. Es sollte einem dafür auch nicht gleich die Hölle drohen. Wir leben nicht mehr in den Fünfzigern. Aber ich kann das nicht. Ich werde dein Ding mit diesem Alex nicht akzeptieren. Mag sein, dass andere das schaffen. Ich schaffe es nicht. Für mich ist das keine Lösung. Falls es also das ist, was du mir sagen willst …« Er hält einen Moment inne.

Ich antworte nicht sofort. »Die Sache mit Alex hat sich erledigt«, sage ich schließlich. »Ich habe einen großen Fehler gemacht und kann mich nur bei dir entschuldigen. Nun hoffe ich, ich hoffe wirklich sehr, dass du die Entschuldigung annimmst.«

Uwe saugt die Wangen ein, denkt nach. »Meine Güte!« Er lacht flüchtig auf. »Nein, Kerstin, so einfach kommst du nicht davon. Du verrätst mir erst mal, wohin du mit mir fahren willst.«

»Also gut«, antworte ich. »Es geht um Martha, um deine Schwester.«

Die folgende Stille wiegt schwer. Kein Windzug, kein Vogelruf, kein Lkw auf der nahen Landstraße. Und wir beide sind auch still. Ich fürchte schon, alles verdorben zu haben. Zu viel auf einmal gewollt, wie so häufig.

Uwe bleibt noch immer stumm, schaut über das Wasser.

»Wenn du nicht willst, fahren wir einfach heim«, schlage ich vor. »Ich bin dir sehr dankbar, dass du dich überhaupt auf das hier eingelassen hast. Wirklich. Ich will dir nichts aufdrängen.«

Neuerliches Schweigen. Ich muss an Martha denken und an die schwarz-rote eselsohrige Kladde, die sie mir bei meinem letzten Besuch noch gegeben hat.

Nachdem ich darin gelesen hatte, habe ich in Erwägung gezogen, sie Uwe hinzulegen, aber den Gedanken wieder verworfen. Es wäre mir anmaßend erschienen.

Uwe kratzt sich am Kinn, wendet sich nun wieder mir zu, plötzliche Entschlossenheit im Blick.

»Na gut. Gehen wir!« Er stützt sich mit einer Hand am Bootssteg ab, springt federnd auf, schaut zu mir zurück. »Worauf wartest du noch? *Let's go!*«

MARTHA

Fräulein Secklich hab ich jetzt nicht mehr
also mache ich hier Schluss
mit dem Zeugs wo kein' intressiert adiö!

***

57.

KERSTIN

Auf dem Rückweg zum Wagen hake ich mich bei Uwe ein, und er lässt mich gewähren. Eine halbe Stunde später passieren wir die spät blühenden Rosenbeete des Wohnparks Auenland, stehen vor Marthas Wohnungstür.

Uwe ergreift meine Hand. Ich spüre seine Finger, spüre, wie der Druck sich nochmals verstärkt, als der Türöffner summt.

»Tatsächlich, ihr seid gekommen.« Marthas Mundwinkel zittern, und auch ihre Hände zittern. »Meine Güte, Kai!« In ihren Augen schwimmen Tränen. Uwes Miene bleibt starr. Er will ihr die Hand reichen, überlegt es sich anders, zieht sie wieder zurück.

»Martha.« Seine Stimme klingt kehlig, in sein Gesicht kommt Bewegung. Er breitet die Arme aus und drückt sie fest an sich.

58.

EVELYN, 1961

Sie zögert kurz, steigt dann ein paar Stufen hinauf, setzt sich und streicht ihren Rock glatt. Ihr Blick schweift über das geschäftige Treiben der Piazza di Spagna, verweilt bei dem steinernen Brunnen in der Mitte, seinem satten Sprudeln, dem magischen Gleißen des Lichts auf der Wasseroberfläche, wandert hoch zum strahlend blauen Himmel. Dieses unglaubliche, nie zuvor gesehene Blau! All diese Farben, all diese Schönheit.

»Bitte lächeln!«, ruft Jonny ihr zu und schießt ein Foto, gesellt sich dann zu ihr, hockt sich neben sie und legt seinen Arm um ihre Schulter. So sitzen sie da, eng umschlungen, auf der siebten Stufe der Spanischen Treppe, die möglicherweise auch die achte oder neunte Stufe ist, hier in Rom, der Ewigen Stadt, von deren Ewigkeit sie sich drei Tage abgezwackt haben.

»Jonny?«

»Ja, Liebes?«

»Glaubst du wirklich, dass wir es schaffen?«

»Natürlich glaube ich das. Wir schaffen alles, wenn wir nur wollen.«

»Nimm mich ernst, Jonny.«

»Das tue ich ja.«

»Aber wie kannst du dir so sicher sein?«

»Wie oft haben wir schon darüber gesprochen, Evelyn? Wir haben uns. Mehr brauchen wir nicht.«

ENDE

Ein berührender Roman über das Schicksal von Kriegswitwen und ihr mutiges Leben nach dem 2. Weltkrieg

MICHAELA KÜPPER

Und trotzdem leben wir

ROMAN

Deutschland 1945. Endlich ist der Krieg zu Ende, und nun stehen vor allem die Frauen vor der Aufgabe, das Überleben ihrer Familien zu sichern. So auch Gerrit, die in einem Haus in einer kleinen Stadt am Mittelrhein lebt, in dem viele Flüchtlinge Schutz gesucht haben. Als auch noch die ausgebombte Kölnerin Eva vor der Tür steht, nimmt Gerrit sie nur widerstrebend auf. Zwischen den Frauen herrscht zunächst Misstrauen und Ablehnung, doch den Kampf ums Überleben können sie nur gemeinsam aufnehmen …

DROEMER

Die Kinderlandverschickung im Zweiten Weltkrieg – eine Irrfahrt durch die Wirren des Nazi-Terrors

MICHAELA KÜPPER

Der Kinderzug

ROMAN

Das Ruhrgebiet im Sommer 1943. Die junge Lehrerin Barbara soll eine Gruppe Mädchen im Rahmen der sogenannten Kinderlandverschickung begleiten. Angst, aber auch gespannte Unruhe beherrschen die Gedanken der Kinder, die nicht wissen, was sie erwartet. Das Heim auf der Insel Usedom, das ihr zeitweiliges Zuhause werden soll, erweist sich zunächst als angenehme Überraschung, doch dann muss dieses geräumt werden. Es beginnt eine Odyssee, die nicht nur die Kinder, sondern auch Barbara an ihre Grenzen führt, denn mehr und mehr wird sie, die sich bisher aus der Politik herauszuhalten versucht hat, mit der Realität und den grausamen Methoden der Nationalsozialisten konfrontiert. Als schließlich ein Mädchen verschwindet und ein polnischer Zwangsarbeiter verdächtigt wird, kommt für die Lehrerin die Stunde der Entscheidung.

DROEMER